【完全版】悪魔の淫獣
秘書と人妻

結城 彩雨

フランス書院文庫X

【完全版】悪魔の淫獣　秘書と人妻

もくじ

フランス書院文庫X

【完全版】悪魔の淫獣

秘書と人妻

第一章　生贄美人秘書燿子・二十四歳

1

氷室は駅前の路地でエメラルドというバーを経営している。客が十二、三人も入ればば満席の小さな店だ。

以前はけっこう繁盛したが、バブル経済がはじけるとともにひまな日がつづいた。このままでは店を閉めなくてはならなくなる。

「景気はどうだ、氷室」

原田が店に入ってきて、カウンター席に座った。

「いいわけねえだろ。店を開けて一時間もして、お前が最初の客だからな」

氷室は苦笑いをしながら、原田がいつも飲むバーボンの水割りを差しだした。

氷室と原田は高校からの遊び友だちで、女遊びやバクチなど派手にやってきた。とくに女を責め嬲ることに快感を覚える点で気が合った。景気のいい時は、よく二人でSMクラブへ行き、一人の女を責め嬲ったものだ。

原田は父親のあとを継いで、小さな貿易会社の社長である。

「うちの会社もピンチでよ。このままじゃ、倒産だぜ。なんとか手を打たなくちゃな」

原田も苦笑いをして、バーボンをグッとあおった。

「そこで例の話なんだが、考えてくれたか」

「危険が大きすぎるぜ、原田。よほどうまくやらねえとよ」

「しかし、もうけはでかいぜ」

原田はニンマリと顔を崩した。

原田の貿易会社を利用して、南米から麻薬を密輸入し、逆に日本からは女を密輸出するというものだ。すでに南米の麻薬と女体売買のシンジケートとの連絡もとってあるという。

「二人で組めばうまくいくぜ。俺には海外ルートがあるし、お前にはブツをさばくコネが暴力団にあるからな」

「女はどうするんだ。注文は素人の女だぜ、原田。それも美人だけってんだから」

「まかせとけって。もう女のリストもつくってある、フフフ。二人で女狩りしようじゃねえか」

原田は本気だ。女のリストを氷室に見せて熱っぽく語った。

リストのなかの佐藤夏子という名が、氷室の眼を引いた。

「この夏子ってのは……」

「今じゃ結婚して佐藤夏子になってるが、俺たちが高校の時にさんざん追いまわした夏子だ」

「夏子を売りとばすのか……」

考えるだけでもゾクゾクして、氷室は思わず胴ぶるいした。もう十年ほどもたつが、夏子への熱い思いが消えていない。原田も同じだった。

「どうだ、氷室」

「やるしかねえな、フフフ、背に腹は代えられねえし、夏子もリストにのってるしな」

「そうこなくちゃよ。さんざん楽しんでから売りとばせばいいんだ」

原田と氷室は顔を見合わせて、ニタリと笑った。そしてリストを前にあれやこれやと相談をはじめた。

そろそろ夜の七時近くになろうとしているのに、店に入ってくる客の姿はない。

原田のリストによると、最初のターゲットは夏木燿子だった。燿子は二十四歳、この春から原田の秘書をしている。氷室も一度見たことがあったが、思わず見とれたほどの美人だ。ファッションモデルみたいに整った美貌は知的に輝き、男につけ入る隙を与えない。

そして百六十七センチはある身長は、見事なまでのプロポーションを見せてピチピチと健康美にあふれていた。

「なんだ、原田。お前のことだから、もうてっきりあの秘書をモノにしてると思ってたぜ」

「それが意外とガードが固くてよ。いくら誘っても、のってきやしねえ」

「それでいっそレイプして売りとばしちまおうってわけかい、フフフ」

「そういうことだ、氷室」

氷室と原田はニヤニヤと笑った。

なるほど秘書の燿子なら氷室も責め嬲ってみたいし、どんな相手でも喜んで買うだろう。

「実はもう手を打ってあるんだ。七時半に書類を持ってここへ来いと命じてあるから、カクテルかコーヒーに一服盛ってくれよ、氷室」

「七時半だって？　もう時間がねえじゃねえか」

氷室はあわてて引き出しを開けて、睡眠薬をさがしはじめた。こんなこともあろうかと用意した睡眠薬があるはずだ。

「女をそこへ座らせてくれりゃ、あとはまかせておきな」

睡眠薬の瓶を見せて、氷室はニンマリと舌なめずりした。

2

時計の針が七時半をさすのと同時に、店のドアが開いて夏木燿子が姿を見せた。秘書らしく濃紺のスーツに身をつつみ、手には原田に頼まれた書類の入ったバッグを持っている。

知的で整った美貌と、スーツの上からもわかる見事な胸や双臀の曲線美、どこを取りあげても燿子はまぶしいほどの美しさだった。艶やかな黒髪はアップにセットされ、スカートからのびた両脚は濃紺のストッキングにつつまれ、足首は細くハイヒールが似合った。

燿子はカウンター席の原田に気づくと、頭をさげてバッグから書類を出そうとした。

「こんな時間にご苦労だったね、夏木くん。まあ、座りたまえ」

原田は書類の袋を受け取りながら、さり気なく言った。

燿子はツンとすました表情のまま、席につこうとしない。

「これで失礼します。秘書としての仕事は終わりましたわ」

「まあそう言わずに。取引先が来るまで、少しの間付き合ってくれるだけでいいから」

原田は燿子にカクテルを注文した。

燿子は気がすすまないという感じで、原田の隣りに座った。

いつもならサッとスカートの裾をひるがえして帰ってしまうところだが、原田の秘書としての仕事もこれが最後と思う気持ちが、燿子を油断させるのか。実は燿子は先月に辞表を出していて、今日が最後なのである。しつこく誘ってくる原田に嫌気がさして、燿子は転職を決意したのだ。

「夏木くんがいなくなるのは残念だよ。秘書として実に有能で、そのうえ美人で、君ほどの秘書はもういないだろう」

「ありがとうございます」

「転職先はもう決まっているのかね」

「はい」

燿子の言葉は少なく、しかもそっけなくて事務的だ。

この女、原田をかなり嫌ってるな……。シェーカーを振りながら、氷室はそう思った。原田が話しかけないと、燿子はなにも言わない。それに、はやく帰りたいとばかりに、原田の取引先が来ないかと、ドアのほうを何度も見る。

「どうぞ。当店のスペシャルカクテルです」

氷室は睡眠薬を混入したカクテルの入ったタンブラーを燿子の前に置いた。

(いい女だ……さあ、飲めよ。たっぷりと可愛がってやるからよ！)

氷室はさり気なく燿子を見ながら、腹のなかで叫んだ。

原田も腹のなかでニンマリと笑うと、バーボンの水割りの入ったグラスを手にして、眼の前にかかげた。

「これまでご苦労さん。君の前途に乾杯しようじゃないか」

社長にそう言われては、燿子もタンブラーを取らないわけにはいかない。

(飲んでくれよ。今夜がラストチャンスなんだ)

バーボンを飲みながら原田は、タンブラーにつけた燿子の口もとを見つめた。氷室もじっと見ている。

口当たりをよくしてあるので、燿子がアルコールに弱いとしても飲めるはずだ。タンブラーの中身が半分ばかりになったところで、原田と氷室の口もとは思わずニヤッと崩れた。半分も飲めば、薬は充分に効くはずである。

「ところで、夏木くん。ここへ来ることは誰かに話したかね」

「いいえ。内密にという社長のお話でしたので、誰にも……」

「それはよかった。これで思う存分に楽しめるというもんだ、フフフ」

原田は氷室と眼を見合わせて、低い声で笑った。

なにを存分に楽しめるというのか……一抹の不安が燿子に湧きあがった。原田と氷室の低い笑い声に、淫らな響きを感じとったのだ。

「フフフ、夏木くんにはずいぶんとフラれたが、今夜は逃がさないよ。たっぷりと可愛がってやろう」

「な、なんですって」

「こんなふうに可愛がってやろうというんだよ、お嬢さん」

氷室が一枚の写真を取りだし、燿子の前のカウンターに置いた。

全裸の女が縄で縛られ、太腿をいっぱいに開かれておぞましい道具で責められている写真だ。ひろがりきった股間は、前にグロテスクな張型を埋めこまれ、後ろの肛門にはロウソクを突き立てられて、炎をゆらゆらとゆらしていた。

張型をつかんであやつっているのは原田だった。乳房に手をのばしているのは氷室だ。

「あ……」

燿子は思わず声をあげ、あわてて写真から眼をそらした。

「か、帰りますッ……」

席を立とうとした燿子は、思わずフラッとした。瞳もフッとうつろになり、すぐにまた椅子に腰を落とした。

「……変だわ……いったい……」

「フフフ、逃がさないと言ったでしょう、夏木くん。そのピチピチした身体を、今夜はじっくり楽しませてもらいますよ」

燿子は原田を見て唇をわななかせ、けだるげに頭を振った。

「原田と俺と二人で、たっぷり可愛がってやるからな。眼がさめた時には、もう素っ裸になってるぜ」

「いや……」

「いやでも逃げられないよ、夏木くん。さっき飲んだカクテルには睡眠薬が入っていたんだからね、フフフ」

「……ひ、卑劣だわ……こんなことをして……ああ、誰か……」

意識が闇のなかに吸いこまれていく。燿子はどうしようもない。

「フフフ、うまくいったぜ、氷室」

「この店へ連れこめば、もうこっちのものだ。それにしても夏木燿子、いい女だぜ」

原田と氷室は勝ち誇ったようにゲラゲラと笑った。

氷室が店のドアに閉店の看板をさげて鍵をかけると、原田は、グッタリと正体のない燿子を抱きあげた。

ガックリとのけぞらせた燿子ののどは白く、肌理は細かく、濃紺のスーツに鮮やかに際立った。そして原田の手に伝わってくるほのかな体温とピチピチした肉の弾力が、若く見事なまでの女体美を想像させる。それだけで原田は、はやくも欲情のうずきを感じはじめる。

「地下室だ、原田。あそこならいくら泣き叫んでも聞こえねえからよ」

氷室が地下室へと通じる奥のドアを開けた。

原田はニンマリとうなずくと、燿子を横抱きにしたまま地下への階段をおりはじめた。燿子の足からハイヒールがひとつ脱げ落ち、氷室がひろいあげてあとにつづいた。

地下室はウイスキーやビールの瓶がころがって店の倉庫になっているが、奥は四畳半の和室で氷室の仮眠所である。

そのせんべい布団の上に、原田は燿子をころがした。

「フフフ、睡眠薬が切れて眼をさますまで、二時間はかかるからな。その間に素っ裸にしてじっくりと肉づきを見ようじゃねえか」

「酒でも飲みながらな、フフフ。責め具もそろえておかなくちゃよ」

そう言って笑うと、氷室は店に酒を取りに行き、原田は押し入れから縄、張型、浣腸器などを取りだして、畳の上に並べていく。

氷室と原田はまず、はやる気持ちを抑えるようにビールを飲んだ。欲情に熱くなった体に、冷たいビールが心地よい。

「見ての通り、これだけのいい女だ。思いっきり楽しんでから売りとばそうぜ」

「フフフ、すぐに売っちゃもったいねえってもんだ。いい身体しやがって、そそられるぜ」

原田と氷室は燿子を見ているだけで、身内にたぎってくる欲情にゾクッと身ぶるいして、モゾモゾと燿子の身体に手をのばしはじめた。

まず燿子の上体を起こしてスーツの上衣を脱がせ、ブラウスのボタンを引きちぎって剝ぎ取る。スカートのホックをはずし、ジッパーを引きおろして両脚から抜き取った。

下は濃紺のスリップ姿だった。ブラジャーもパンティもストッキングも同色だ。燿子の白い肌がスリップを透かして蒼ずみ、妖しい色気をかもしだした。

「たまらねえな、色っぽい下着をつけやがって、フフフ」

欲情の笑いをこぼして、原田はスリップの裾から手をすべりこませ、まるで皮を剝ぐようにパンティストッキングを脱がせていく。

しだいに露わになっていく燿子の太腿の白さがまぶしい。

燿子の爪先からストッキングを抜き取ると、今度は氷室がスリップの肩紐をはずし、スリップをズリさげて剝ぎ取った。

濃紺のブラジャーとパンティだけの燿子の、透き通るような肌の白さと曲線美に、さすがの二人もゴクリとのどを鳴らした。

「なんていい身体してるんだ。こりゃ予想してたより、ずっとすげえや」

「はやいとこおっぱいとオマ×コを見てやろうじゃねえか。さぞかし……」

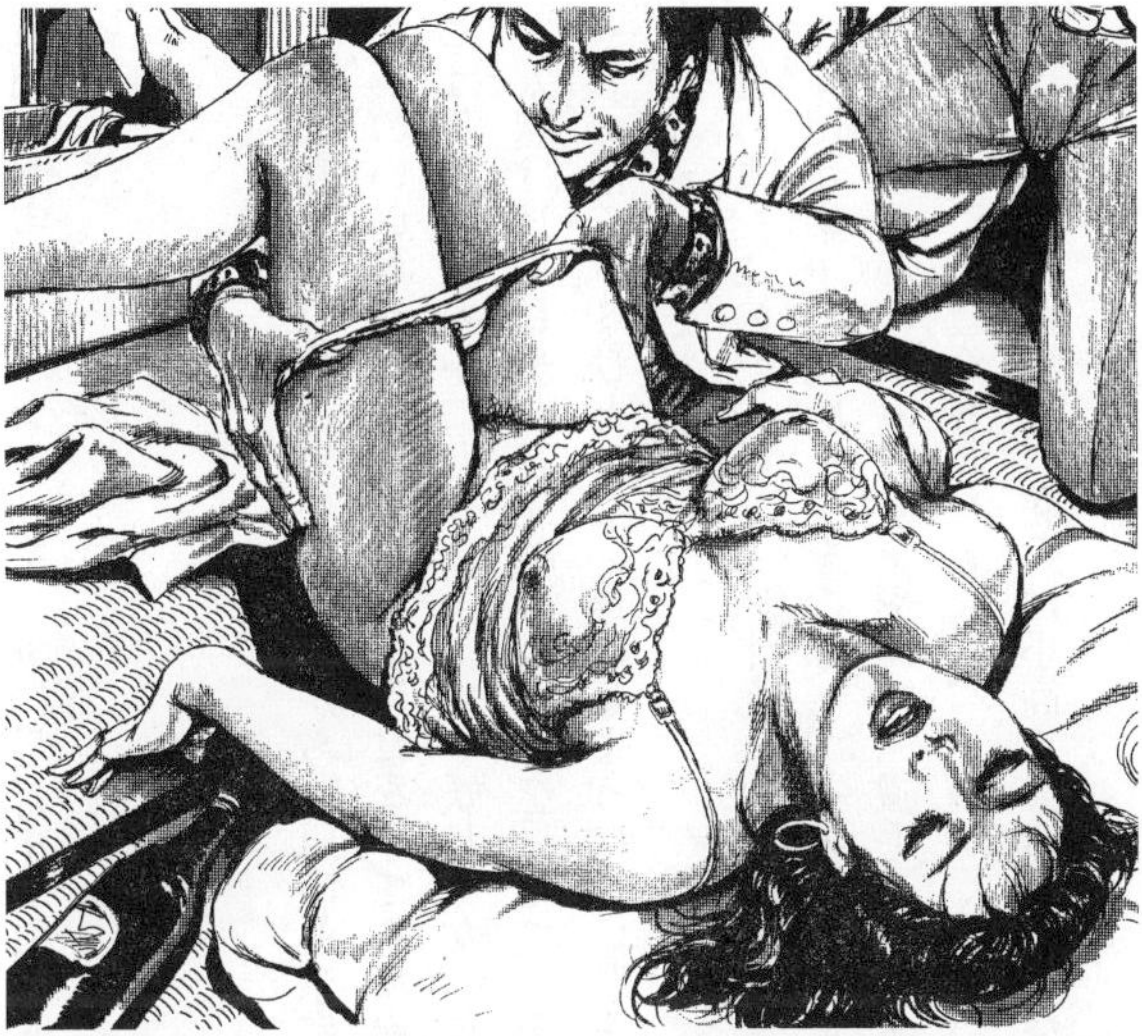

原田と氷室は左右から手をのばして、乱暴にブラジャーをむしり取った。

豊かな乳房のふくらみが、透けるような白い肌と張りを見せて、ブルンとはみでた。乳首も初々しくポッチリと小さい。

原田と氷室の眼は燿子の乳房に吸いつけられた。思わず手まで吸い寄せられそうになるのをこらえて、燿子のパンティに手を持っていった。

パンティを少しズリさげると、燿子のなめらかな下腹がすっかり剝きだしになり、白い肌にひときわ鮮やかに黒いものがのぞいた。

原田と氷室は、パンティを一気に足首まで引きおろした。

3

しばし燿子の全裸に見とれながら、原田と氷室は何度も舌なめずりした。

形のいい豊かな乳房はあおむけになっても型崩れせず見事に張って、太腿の付け根には茂みが艶やかにもつれ合って、妖しく女の色香をたち昇らせる。

太腿はピチピチと官能味の肉づきを見せて、そのくせ腰や足首は細く締まっている。そして白くシミひとつない透けるように白い肌……どこをとっても、むしゃぶりつきたくなる見事さだった。

「見ろよ、このおっぱい。八十七センチはあるんじゃねえか」

原田が燿子の乳房に手をのばし、その形や肉量を確かめるように揉みこめば、氷室のほうは燿子の茂みに手をやって、繊毛を梳きあげる。

「ここだって濃くも薄くもなく、柔らかくていい生えっぷりだぜ」

茂みに隠れた燿子の恥丘は小高く柔らかく、ひっそりと肉の割れ目を切りこませていた。

「う、う……」

燿子は低くうめいて、右に左にと顔をゆらした。眼をさますという気配ではなかったが、意識を失っていても原田と氷室の手の動きを感じるのか。

まるで手を避けるように、燿子は寝がえりを打とうとした。

「オマ×コを見る前に縛っといたほうがよさそうだな。まだ眼をさまさねえとは思うがよ」

「フフフ、思いっきり股をおっぴろげて縛ってやろうじゃねえか」

原田と氷室はあおむけの燿子を、ゴロリとひっくりかえし、うつ伏せにした。

官能味あふれる燿子の双臀がムチッと形よく盛りあがっている。腰が細くくびれているために、ひときわその形のよさと肉づきが際立って、まるで半球をかぶせたような見事さだ。臀丘の谷間は深く切れこんで、秘められた色香を感じさせる。

「こりゃ、なんていい尻してるんだ」

「フフフ、こんな尻を見せつけられちゃ、尻責めもしたくなるってもんだぜ」

原田と氷室は左右から手をのばして、ゆっくりと燿子の双臀を撫でまわした。

それから燿子の両手を背中で重ね合わせると、両手首に縄を巻きつける。その縄尻を燿子の前へまわしてくぐらせ、乳房の上下にあてがって引き絞った。

「うう……」

燿子がまた、意識のないままに低くうめいて寝がえりを打とうとした。

原田と氷室は再び燿子を布団の上で回転させて、あおむけの姿勢にした。

「フフフ、今度は足だ。やっぱり吊りあげておっぴろげたほうがいいだろう」

「尻の穴も責められるしな。よし、そっちの足を頼むぜ、原田」

左右から燿子の足首をつかんだ原田と氷室は、それぞれ足首を縄で縛った。縄尻を天井に走るパイプにかけ、燿子の両脚が天井に向かって大きく開くように吊る。

燿子の両脚はまっすぐ上へVの字に開いて吊られ、開ききった内腿の筋がピクピクひきつる。燿子の腰までが布団から浮きあがって、その間に枕が押しこまれた。

原田と氷室はニヤニヤと覗きこんだ。

燿子の股間は開ききって、秘められた媚肉をあられもなくさらけだしている。それは内腿の筋に引っぱられてほころび、ピンクの肉襞までのぞかせていた。

欲望のおもむくままに二人は、左右からつまむようにしてさらにひろげた。

「綺麗なもんじゃねえか。まるでバージンだぜ」

「こりゃまだあまり男を咥えこんでねえかもしれねえな」

声をうわずらせて、原田と氷室は何度も舌なめずりをした。

初々しい肉の色が男を欲情させる。しっとりとして、それが成熟した肉づきにアンバランスと思えるほどだ。それでいて少し仕込んだら、見事に開花する女の情熱を内に秘めている。

原田と氷室は燿子の媚肉の構造を確かめるため、じっくりと覗きこみ、指先で肉層をまさぐっていく。代わるがわる肉襞を指でなぞり、膣をまさぐり、女芯の包皮を剝きあげて肉芽を露わにする。

もう一方の手は燿子の乳房にのび、タプタプと揉みこんでは乳首をつまんでいびった。さらに、吊りあげられた内腿に唇を這わせる。

「う……うう……」

燿子はうめき声をもらし、盛んに頭を右に左にとゆらしはじめた。

「どうする、眼がさめる前にはめちまうのか、原田」

氷室がうわずった声で聞いた。氷室にしてみれば、すぐにでも肉棒をぶちこみたいところだ。

それは原田も同じだったが、

「意識のない時に犯っても、おもしろくねえ。やっぱり女が泣き叫ばなくちゃよ。それに、あせることはねえぜ」

「そうだったな。そうとなりゃ、眼がさめるまでに、せいぜい女を発情させておくか」

氷室は燿子の女芯にいたぶりを集中した。

女芯の包皮を剝いては肉芽を剝きだし、指先でこすっては包皮をもどし、また剝きあげることをくりかえした。剝きあげるごとに肉芽はヒクヒクとうごめき、充血していく。

原田は指を二本、燿子の膣に埋めこんで肉襞をまさぐり、乳房をタプタプと揉みしだいては乳首を口に含んで舐めまわす。

いくら燿子が眠っていても、成熟した女体はそんないたぶりに平気ではいられなかった。いつしか燿子の乳首と女芯の肉芽は赤くツンととがり、肉襞は原田の指によって収縮と弛緩とをくりかえしはじめた。

しだいに媚肉は熱く潤ってくる。それにつれて燿子の身体がふるえ、モソモソと動きはじめた。

「フフフ、感じだしたな。オマ×コが濡れてきやがった」

「眠ってるというのに敏感な女だぜ。こりゃ犯るのが楽しみだな」

燿子の身悶えがしだいに露わになると、原田と氷室は互いに顔を見合わせてニヤリ

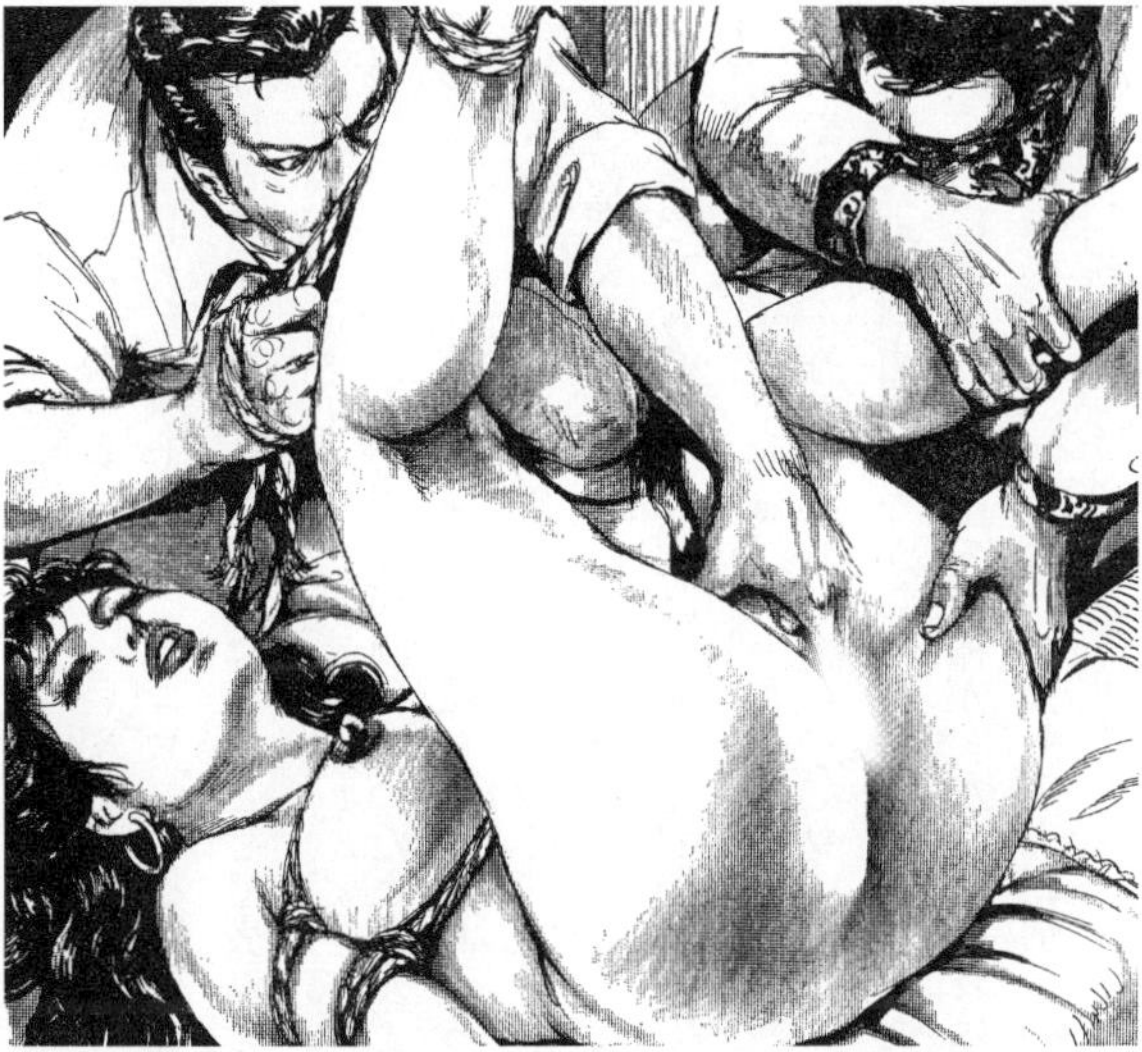

と笑い、服を脱ぎはじめた。

もう、たくましい肉棒は天を突かんばかりに屹立して、欲情の昂りに脈打った。女遊びできたえられた肉棒は、使いこまれていることを物語るように黒光りしている。

「どれ、そろそろ眼をさまさせるか。充分に発情したようだしな」

「色っぽい泣き声も聞きてえぜ、フフフ」

原田と氷室は屹立した肉棒をゆすって、うれしそうに笑いながら左右から燿子の頬にピタピタと打ち当てた。

「う、うむ……」

低くうめいてあえぐような息を

吐き、燿子はフッと眼をさました。瞳はうつろで、すぐには焦点が定まらない。

「気がついたかね、夏木くん、いや、燿子」

原田は燿子を呼びすてにしてニヤニヤと顔を覗きこみ、もう一度肉棒で頬を打った。

原田と氷室に気づいた燿子はハッとして表情を強張らせた。ワナワナと唇をふるわせ、すぐには声も出ない。

脈打っている二本の肉棒が眼に入ったとたん、燿子はつんざくような悲鳴をあげて狂ったように身悶え、縛られた裸身を起きあがらせようとした。

「いやあッ……あ、ああッ、いやあッ……」

いつの間にか全裸にされて縄で縛られていることに、燿子は初めて気がついて、さらに悲鳴を噴きあげた。両脚を大きく開かされて、天井から吊られたあられもない格好が、燿子には信じられない。

「いやあッ……誰か、ああ、誰か来てッ、たすけてくださいッ」

悲鳴に近い声で叫びながら、燿子は泣きだした。

顔を右に伏せれば原田の肉棒が、左に伏せれば氷室の肉棒が、鎌首をもたげた蛇みたいにゆれている。それはからかうように燿子の頬に押しつけられた。

「ひいッ……いやあッ」

「フフフ、ずいぶんと派手に騒ぐじゃねえかよ、燿子」

原田は口調まで会社にいる時とガラリと変わって、まるでヤクザだ。

「な、なんの真似なのッ……ああ、こんなことをして、ただですむと思っているのッ」

「このピチピチの身体を思いっきり楽しませてもらうと言っただろうが、燿子」

「いやッ……しゃ、社長に、このような目にあわされる覚えはないわッ」

「さんざん俺をフッたくせして、その分まで嬲りものにしてやるよ、フフフ」

原田が肉棒を頬に押しつけると、燿子は悲鳴をあげて狂ったように黒髪をゆさぶって逃げようとあばれる。

「ほ、ほどいてッ……ああ、いやッ、誰か、誰かたすけてッ」

原田と氷室はゲラゲラと笑った。

「そうやって悲鳴をあげて抵抗されると、いっそうそそられるぜ」

「フフフ、そうやって泣きながら、この太いのをここへぶちこまれるんだぜ、お嬢さん」

氷室は意地悪く肉棒をゆさぶって見せつけつつ、開ききった燿子の股間を思い知らせるように、指先で秘肉をなぞった。

「あ、いやッ……ひいーッ」

ビクンと裸身をふるわせたかと思うと、燿子は吊りあげられた両脚をうねらせ、腰をよじりたてた。

「フフフ、そんな声を出して腰を振って、感じるのかい、燿子」

「誰が、そんな……ああ、狂ってるわッ、いや、いやあッ」

「眠っている間にもうさんざんいじりまわしたんだぜ、お嬢さん。もう肉がとろけてビンビン感じるはずだぜ」

原田が燿子の乳房を両手でわしづかみにしてタプタプと揉みはじめれば、氷室は燿子の股間に顔を埋めるようにして、唇を媚肉に押しつけた。

「あッ、ひッ、ひいーッ」

燿子は電気にでも触れられたようにのけぞり、腰をはねあげて両脚をゆさぶりたてた。

それを氷室は、腰にまわした手でがっしりと押さえつけ、口いっぱいに媚肉を吸った。

「ひいーッ……い、いやあ……」

「フフフ、オマ×コを舐められるのは、初めてか、燿子」

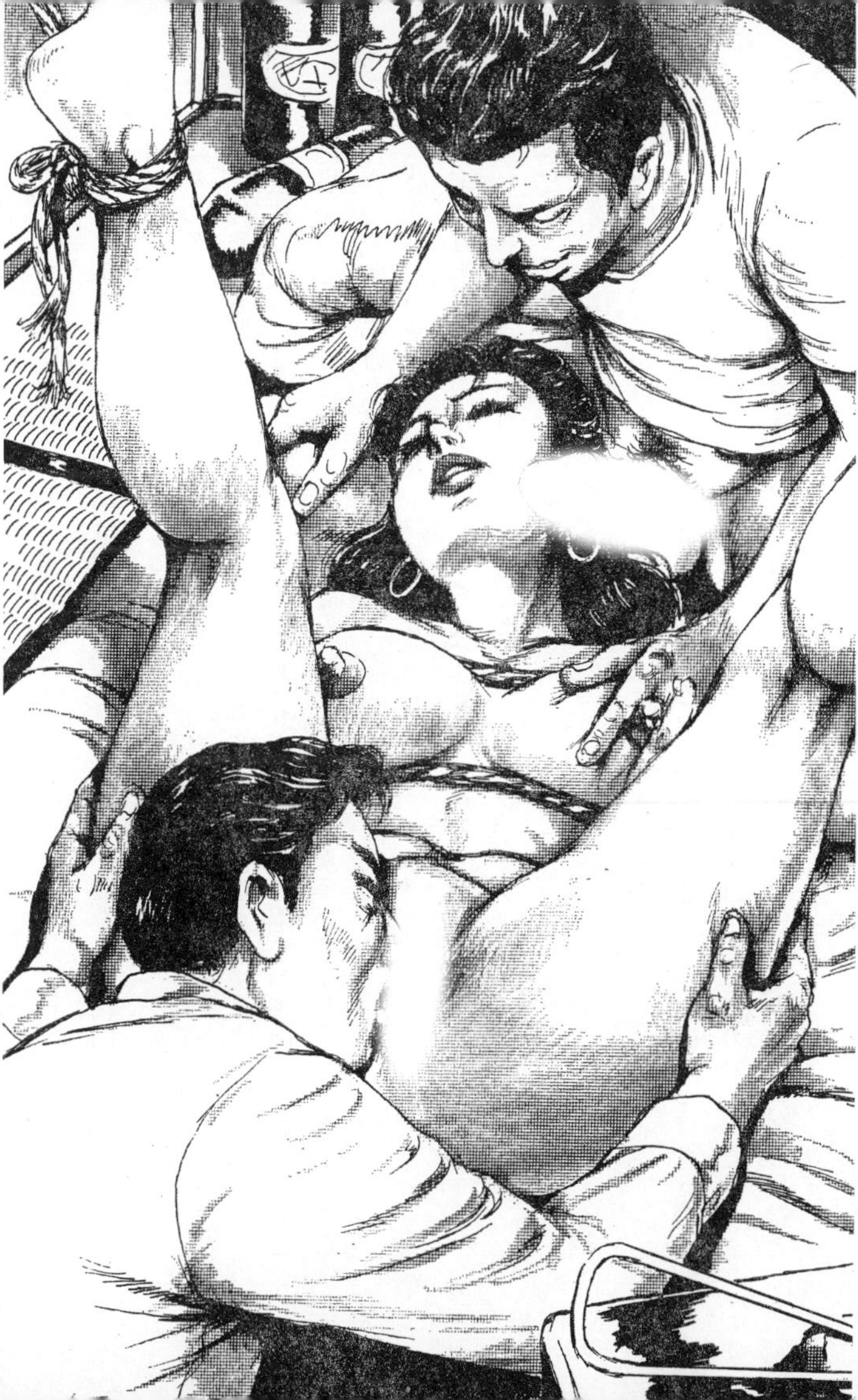

乳房を揉みこみながら原田は言うと、負けじと絞りあげた乳首に口で吸いつき、ガキガキとかむ。

「やめてッ……いや、いやッ、けだものッ」

いくら泣き叫んでも、原田と氷室の口は蛭のように吸いついて離れなかった。

振りたてられる腰に顔をはずませながらも、氷室の口は燿子の媚肉を吸い、舌先で肉層をなぞるように舐めまわしてくる。女芯にも、とがった舌がおそってきて、さらにきつく吸いあげた。

「ひッ……いやあッ……ひッ、ひいッ……」

燿子は氷室と原田の舌にあやつられて泣き、のたうつ肉の人形だ。

「いい声で泣きやがる。まったくたまらねえ女だぜ、フフフ」

「どれ、氷室、代わるか」

氷室と原田は場所変えした。

「たすけて、誰かッ……ああ、ひッ、ひッ、いやあッ……」

燿子はすでに恋人とセックスの体験はある。だが、性器にじかに口をつけさせたことはない。おそろしさとおぞましさ、恥ずかしさに燿子は黒髪を振りたくった。

眠っている間にさんざんいじりまわされた燿子の身体は、男たちのいたぶりにひとたまりもなかった。狂いそうなほどおそろしいのに、原田と氷室の舌の動きに肉がとろけ、身体の奥に熱いものがたぎる。

それが燿子には信じられない思いで、さらにおそろしかった。

ドクッと熱いたぎりが溢れではじめた。それはしゃぶりついている原田にもわかって、さらに強く吸いついて口をグチュグチュと鳴らし、ペロペロと舐めまわし、すする。

「あ、ああッ……やめて……やめてッ……ひッ、ひッ……」

「フフフ、お汁が溢れてきたぜ、燿子。敏感なんだな」

原田が顔をあげて燿子の顔を覗きこみ、ベトベトの口を舌なめずりして言った。

「いやッ」

恥ずかしい反応を指摘され、燿子は首筋まで真っ赤にしてかぶりを振った。

「どれ、原田、俺にもお嬢さんのお汁を吸わせろや、フフフ」

「いくらでも吸い放題だぜ。次から次へと溢れてくるからな」

また原田と氷室は入れ代わった。

「いやあッ……もう、いやッ……ああ、けだものッ、ひッ、ひッ……」

燿子は泣き叫んだ。

だがいくらおぞましいと思っても、一度とろけてうずきだした肉は、もうとめようがなかった。

4

ようやく氷室と原田が顔をあげた時には、燿子は総身を汗にヌラヌラ光らせて、息も絶えだえだった。ハアハアと吐く息が、すすり泣きに入り混じって火のようだ。

燿子の乳首は唾液にベットリと濡れ光り、乳房にはキスマークや歯型がいくつも残っていた。そして開ききった燿子の股間は、どこも唾液や汗や溢れでる蜜にまみれてしとどに濡れそぼち、柔肉の合わせ目は充血して外側へ開き、肉襞や女芯の肉芽をヒクヒクとうごめかせた。

その間もジクジクと溢れでて、肛門にまでしたたり流れてシーツにシミをつくっているほどだ。

「こんなにとろけて、ちょうど食いごろだな、フフフ。うまそうなオマ×コだぜ」

「オマ×コもはやく太いのを咥えこみたくってヒクヒクあえいでやがる」

原田と氷室は顔を寄せ合い、くい入るように覗きこんだ。

「い、いや……いや……」

耀子はもう悲鳴も途切れて、ショックに打ちひしがれたようにすすり泣くばかりだ。ワナワナとふるえる唇をかみしめ、耀子は美しい顔を必死に横に伏せた。

「どうれ、もう少しいじめてやるか。このままレイプするのは簡単だけどな」

「だいぶおとなしくなったから、ここらでまた泣き叫んでもらうとするか」

原田はグロテスクな張型を、氷室はねじりの入ったパーティ用のロウソクを取りあげた。

張型のスイッチを入れると、ジーッという不気味な電動音とともに、張型の頭がうねりはじめた。

「こういうのを使われたことはあるか、耀子。形を見ればオマ×コに使うってのはすぐわかるだろ」

グロテスクな張型を見せつけられて、耀子はビクッと裸身が凍りついた。

「いや……そんなもの、ああ、いやッ……」

耀子はおそろしさに歯がカチカチと鳴りだした。

「こんなのより生身のほうが咥えこみたくなったら、いつでも言うんだぜ、耀子」

「や、やめて……いや、いやです……」

「オマ×コはヒクヒクして、はやく咥えこみたがっているぜ、フフフ」

原田はからかっておいて、張型の淫らな振動を燿子の内腿に押し当てた。

「いやあッ」

燿子ののけぞったのどに悲鳴が噴きあがり、吊りあげられた両脚が激しく波打った。

そんな燿子の悲鳴とあらがいの身悶えを楽しみながら、原田は張型をゆっくりと内腿に這わせ、茂みをこねまわした。

媚肉のひろがりにそって淫らな振動を這わせると、燿子は魂消えんばかりの悲鳴を噴きあげた。

「ひッ……いやあッ……ひいッ」

「いいぞ、燿子。もっと泣くんだ。すぐによがり声に変えてやるからな」

「やめてッ……いや……た、たすけてッ」

淫らな振動が柔肉にジワジワと分け入ってくる。

もう柔肉はとろけて熱くたぎっているのに、張型などという異物を挿入される恐怖感が、引き裂かれるような苦痛さえ感じさせる。

「いや、いやあッ……ああ、やめてッ……ああ、こわい……」

「可愛いことを言うじゃねえか、燿子。オマ×コはうれしそうに咥えていくぜ。ほれ

「……ほれ……」

「いや……う、うむむ……」

燿子はたちまち息がつけなくなった。

ブルブルとふるえる肌は毛孔が開ききって、あぶら汗がドッと噴いた。

張型は柔らかくとろけた肉を押しひろげ、淫らな振動でこねまわし、巻きこむようにしてゆっくりと入ってくる。

「うむ、ううむ……」

気が遠くなるほどおぞましいのに、燿子の身体は心とは裏腹に、受け入れたがってるみたいにうねった。

ズシッと張型の頭が子宮に達し、振動が子宮口を舐めまわした。

「ひッ……あ、あぁッ……」

身体の芯がひきつるように収縮し、燿子は今にも気がいかんばかりにのけぞり、腰をブルブルとふるわせた。

いっぱいに埋めこまれてこねまわされる肉が、ひとりでに快感をむさぼるうごめきを見せはじめる。それに燿子はおそろしさと恥ずかしさ、引き裂かれるような苦痛にも巻きこまれていく。

「ああ……ゆるして……」

「フフフ、もっと気持ちよくしてやるよ。思いっきりいい声で泣くんだぜ、お嬢さん」

自分の出番とばかり氷室はそう言って、手にしたロウソクをかざしてみせた。

「こいつにはいろんな使い方があるんだけどよ。まずはこれからだ」

「ああ、これ以上、なにを……」

ロウソクに火をつけられるのに気づいて、燿子は絶句した。新たな恐怖が燿子をおそった。

氷室はニヤリとうれしそうに笑うと、ロウソクを燿子のあおむけの裸身の上へ持っていく。傾けたロウソクの炎がゆらゆらとゆれて、熱ロウがジリジリとたぎっている。

「いや、そんな……」

燿子の美貌が恐怖にひきつったとたん、熱ロウはポタポタと燿子の腹部に落ちた。

「ひッ、熱いッ」

「そりゃいいや、フフフ、今度はおっぱいだ」

「ひいッ……熱い、熱いッ……ひッ……」

乳房に垂らされる熱ロウに、燿子は泣き叫んだ。

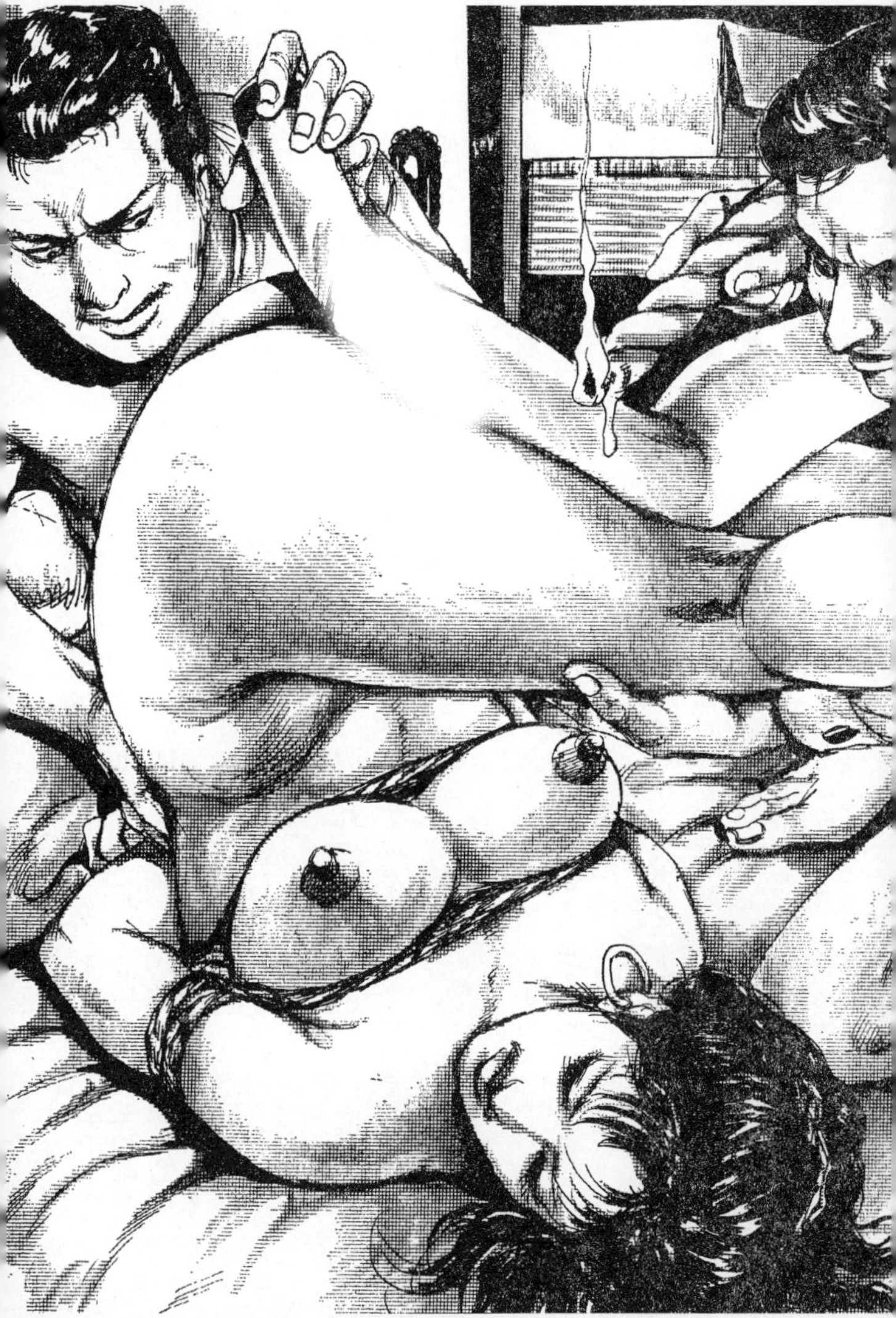

ビクンと燿子の裸身が強張り、媚肉もキュウッと締まって張型をいっそうくい締めることになった。それが張型で貫かれている我が身をつくづく思い知らさせる。淫らな振動が子宮のなかまで響いた。

「フフフ、気持ちいいんだろ、お嬢さん。それでそんなに泣いて腰を振ってるんだろ」

「気をやってもいいんだぞ、燿子。ほれ、フフフ、ほれ」

張型をしっかり咥えこんだ様子をニヤニヤとながめていた原田も、ゆっくりと張型を抽送しはじめた。

「あ……ああ、ううむ……」

燿子は吊りあげられた両脚を激しくうねらせ、腰をガクガクはねあげてのたうった。リズミカルに送りこまれる肉の快感と熱ロウの強烈な熱さと、それらが入り混じって燿子を半狂乱に追いこんでいく。

氷室はゲラゲラと笑いながら、ロウソクを燿子の上でくりかえし傾けた。燿子の腹部に乳房に、そして茂みや媚肉の周辺にまで熱ロウがおそう。

熱ロウは燿子の肌に落ちては白い花をいくつも咲かせた。

「いや、いやあッ……あ、あああ、もう、いやあ……熱いッ、ひッ、ひッ……」

「気持ちいいと正直に言わねえかよ。今にも気がイキそうなんだろうが」

「いや、いやあ……」

おぞましい張型でもてあそばれている身体を、さらに熱ロウで責められるなど燿子には信じられなかった。

この男たちがおそろしい変質者であることをイヤというほど思い知らされた。ただレイプされるだけではない。

「いや……も、もう、いや……ひッ、ひッ、熱いから、いやあ……」

泣き叫べば変質者を喜ばすばかりとわかっても、いくら唇をかみしばっても悲鳴が出てしまう。

原田と氷室はゲラゲラとうれしそうに笑って、張型をあやつりつつ熱ロウを燿子の白い肌に垂らしつづけた。張型が抽送されるたびに蜜がジクジクと溢れ、ヌラヌラと汗に光る肌に熱ロウがジューッと音をたてる。

次の瞬間、不意に張型の抽送がとまった。淫らな振動もピタリとやんだ。そしてロウソクも炎が吹き消された。

「ああ……」

燿子は汗まみれの乳房から下腹へとハアハアと大きく波打たせてあえぎ、うつろな眼を原田と氷室に向けた。

どうして不意にやめたのか、次になにをしようというのか……混濁した意識のなかで不安がふくれあがる。

「……も、もう、やめて……」

「まだはじまったばかりじゃねえか。熱いのがいやってんなら、このロウソクには別の使い方もあるんだぜ」

氷室はニヤニヤと笑いながら、燿子に見せつけるようにねじりの入ったロウソクに、なにやらクリームのようなものを塗りつけた。

原田は張型をまだしっかりと咥えこませたままの媚肉が、蜜を吐きだしつつヒクヒクうごめくさまを、眼を細くして見ていたが、

「フフフ、こっちはクリームは必要ねえようだな。お汁がここまで溢れてきてるしな」

原田は張型が貫いているわずか下、燿子の肛門に眼をずらした。

燿子の肛門はしたたり流れた蜜にまみれて、ヒクッヒクッとすぼまるようなうごめきを見せる。

「こっちの素質も充分ってところかな。こりゃ楽しみだぜ」

ロウソクを手にして、氷室もいっしょに覗きこんだ。

「ああ、なにを……」

燿子が不安にかられている間にも、ロウソクの先端がおぞましい排泄器官に触れてきた。

「いやッ……ああ、いやあッ」

そんなところをいたぶってくるなど、燿子は思ってもみなかった。頭のなかがカアッと灼けて、背筋に悪寒が走った。

「そ、そんなところをッ……いやッ、ああ、そこは、いやあッ」

「フフフ、オマ×コにはもうバイブを咥えこんでるし、入れる穴はここしかねえだろうが、お嬢さんよう」

氷室はロウソクの先端でゆるゆると燿子の肛門を揉みこみはじめた。先細りの先端はわずかに燿子の肛門に沈み、すくみあがった粘膜がヒクヒクとあえいだ。

「いやッ、いやあッ」

「可愛い尻の穴をしやがって、どこまでロウソクが入るか楽しみだぜ」

「ああ、いやッ……あ、ああッ……いや、そんなとこ、いやあッ……」

燿子は嫌悪感と恥ずかしさに胴ぶるいをして泣いた。

だがその泣き声も、あまりに異常な感覚に気力も萎えるのか、しだいに力を失った。

「それじゃ入れるぜ、お嬢さん。尻の穴を締めてると、つらいだけだぜ」

「どんなに拒もうとしても、ねじりの入ったロウソクにかかりゃ、いやでも尻の穴を開かれることになる」

氷室と原田は意地悪く燿子をからかって、ゲラゲラ笑った。

ゆっくりとロウソクが回転して、燿子の肛門にねじりこまれはじめた。

「ひッ……ああッ、ゆるしてッ……ひいッ」

燿子はキリキリと唇をかみしばって頭を振りたてるのだが、それでも耐えられずにひいひいのどを絞り、腰を振りたてる。

ロウソクが回転させられるたびに必死にすぼめた肛門がジワジワと押しひろげられ、柔らかい粘膜がねじりに巻きこまれていく。

「ひッ、ひいッ……裂けちゃうッ……うむ、ううむ……」

「素直に尻の穴を開かねえからだ。フフフ、どんどん入れてやるからな」

氷室はからかいながらも、引き裂いてしまわないようにゆっくりとねじりながらロウソクをすすめた。

「フフフ、尻の穴を責められるのは初めてらしいが、どうだい、燿子」

原田がニヤニヤと燿子の顔を覗きこんだが、燿子の返事はひいッという悲鳴にしかならなかった。

入ってくるロウソクを拒もうと肛門を引き締めれば、ロウソクのねじりをいやでも感じさせられる。媚肉も締まって張型をも感じとることに。かといって肛門をゆるめれば、どこまでもねじりこまれる恐怖におそわれた。

燿子はもう言葉も出せずに、途切れとぎれにうめき、時折り悲鳴をあげるばかりだ。

そのくせ、のたうつ女体はしとどの汗のなかに湯あがりのように上気している。

「もうロウソクは十センチは入ったぜ。尻の穴は二センチちょっとの拡張ってとこだな」

「初めてにしてもたいしたもんだ。A感覚の素質は充分ってとこだな」

氷室と原田はうれしそうに何度も舌なめずりした。

5

燿子の肛門はロウソクをぴっちりと咥えこんで、ヒクヒクとひきつるようにうごめいた。媚肉には張型が深々と埋めこまれている。覗きこむ氷室と原田はその生々しさに思わず息を呑んだ。

「フウー、前も後ろも見事に呑みこみやがった。さすがにいい身体をしているだけのことはあるぜ」

「この分なら、案外はやくサンドイッチで犯れそうだな。楽しみになってきたぜ」

「売りとばすのが惜しいようだぜ。まあ、その分、思いっきり楽しんどかなくちゃよ」

原田と氷室はそんなことを言ったが、燿子にはもう聞こえていない。とてもじっとしていられない燿子は、ブルブルとふるえる腰をうごめかせ、縄をきしませて両脚をうねらせ、右に左にと美貌を振りたくる。

腹の底まで巨大なものでぎっしりと埋めこまれたようで、その底から熱いうずきが湧きあがって、身体じゅうの肉が灼けただれる。

「フフフ、気持ちよさそうな顔しやがって。尻の穴にロウソクを入れられたのが、そんなにいいのか」

「ここらで一度気をやらせてやるか。もうイキたくてしようがないんだろ、燿子」

燿子をからかっておいて、まず氷室がゆっくりとロウソクを抽送しはじめた。ロウソクをねじりこみ、巻きもどしてはまたねじりこむことをくりかえす。

「ああッ……い、いやあッ……」

うめき泣くばかりだった燿子が、活でも入れられたように腰をはねあげ、ひいッとのどを絞った。

あとはブリッジのように浮きあがった腰がうねり舞って、あやつられるままにひいひいと泣き声を放った。

「そこは、いやッ……ひッ、ひッ、ゆるして……いやあ……」

「フフフ、こんなに腰をうねらせて、ゆるしてもねえもんだ。もっと激しくして欲しいんだろ」

「ひッ……ひッ、ひぃーッ……」

しだいに激しくなるロウソクの抽送に、燿子は白眼を剝いてのけぞりっぱなしになった。肛門がこねまわされ、ロウソクのねじりに粘膜が刺激される。燿子は頭のなかまで灼けただれて錯乱状態になった。

肛門がドロドロに灼かれていく。それが汚辱感やおそろしさとともに、身体じゅうの肉にひろがっていく。

「ゆ、ゆるしてッ……」

「尻の穴だけで気をやるかな、フフフ。まったく敏感な燿子だぜ」

「いや、いやッ……ああ、もう、やめてッ」

「やっぱりまだオマ×コも責めてやらなきゃ駄目かな」

原田は燿子の媚肉に埋めこまれた張型に手をのばし、ゆっくりとあやつりはじめた。

「あ、あッ……ああッ、そんなッ……」

吊りあげられた両脚をピンと突っぱらせて、燿子はガクガクとのけぞった。

薄い粘膜をへだてて肛門のロウソクと媚肉の張型がこすれ合った。それは互いに共鳴し合い、前と後ろとでリズムを合わせる。

「ああ、いや……あ、ううむ……」

燿子は汚辱感とおそろしさ、肉の快美がドロドロと入り混じって、わけがわからなくなっていく。

薄い粘膜をへだてて二本の凶器がこすれ合うたびに、バチバチと火花が散って、そこから絶えず火がひろがっていく。

不意にバイブのスイッチが入れられ、張型に淫らな振動とうねりとが加わった。

「あ……死ぬッ……ううむ……」

汗びっしょりの肌に、さらに玉の汗がドッと噴きでて、燿子は声も出せずに息すらまともにできなくなった。

半狂乱のなかに、ひッ、ひッとのどを絞る。汗と涙に洗われた燿子の美貌は、まなじりを吊りあげて時々白眼を剝き、小鼻をピクピクふきひろげて、とりすました美人秘書の感じとは別人だ。

「ひッ、ひいッ……」

「気をやるのか、燿子。はっきりと教えるんだ」

「あ、ああッ……あああ……ひいーッ」

ひときわ生々しい声をあげたかと思うと、燿子の総身がおそろしいばかりに収縮し、吊りあげられた両脚の爪先が、内側へかがめられた。

燿子の肛門がきつく収縮してロウソクをくい締め、痙攣するのが氷室の手に感じとれた。と同時に、媚肉もキリキリと張型をくい締め、絞りたてた。

「うむ……ううむ……」

燿子は何度も絶息するようなうめきを絞りだして、ガクンガクンとのけぞった。その表情は、ほとんど苦悶に近い愉悦に、まるで初産を終えた若妻のような、輝くばかりの美しさだ。

そして、グッタリと燿子の身体が余韻の痙攣のなかに沈んだ。

原田と氷室は張型とロウソクの動きをとめて、フウーと大きく息を吐いた。

「いい気のやりっぷりだ、フフフ、美人で身体もよくて、ここまで感度のいい女もめずらしい」

「まったくだ。ただ、イクのをちゃんと教えなかったのが、ちょいと惜しまれたな」

「なあに、一度気をやればあとは崩れるのもはやいぜ。次からはちゃんと教えるようになるってもんだ」

原田と氷室はまだ余韻の痙攣をヒクヒクと見せる燿子の媚肉と肛門を覗きこみながら、ニヤニヤと笑った。

「一度気をやって肉もすっかりほぐれたところで、本番といくか。どっちが先だ」

「俺の秘書だったんだから、俺が先でいいだろ、氷室」

「その代わりにアヌスは俺だぜ」

けだるい余韻のなかに意識まで吸いこまれる燿子は、そんなおそろしいことが話されているとも知らず、グッタリしている。

原田はうれしそうに舌なめずりをすると、ゆっくりと張型を引き抜いた。肛門のロウソクには手を触れず、深々と埋めこんだままだ。

「フフフ、さんざん俺をフッてくれたが、とうとう俺のものになるんだぜ、燿子」

そう言うと、原田は吊りあげられた燿子の両脚の間に腰を割り入れた。

「あ、ああ……」

　原田がのしかかってくると、燿子はうつろに眼を開いた。

　眼の前でニヤニヤと笑う原田の顔、そして内腿や下腹に凶々しくこすりつけられる灼熱……燿子は一瞬のうちにすべてをさとった。

「い、いやあッ」

　グッタリとした燿子の身体が、恐怖と嫌悪に生きかえったように反りかえった。美しい瞳が恐怖に吊りあがる。

「いやッ、それだけは、いやあッ……」

「フフフ、今度は生身で可愛がってやろうというんだ。俺と氷室とで代わるがわる腰が抜けるまで、突きまくってやるよ、燿子」

「いやですッ……たすけて、誰かッ……ああ、たすけてッ」

　原田みたいな変質者に抱かれるなんて、燿子がもっとも嫌悪していたことだった。それがついに現実に……。

「気どるんじゃねえよ。オマ×コは一度気をやって、とろけきってるのによ。生身が欲しいんだろ、燿子」

「たすけて、誰かッ……ゆるして……」

「俺は何人目の男になるのかな」

燿子が腰をよじって矛先をそらそうとするのを楽しみつつ、原田は先端で媚肉のひろがりを二度三度とこすりあげた。

そして狂おしいまでに悲鳴をあげて悩乱する燿子の美貌を見おろしながら、ゆっくりと肉棒に力をこめた。

「あ……う、うむ……」

燿子はキリキリと唇をかみしばってのけぞり、必死にズリあがって逃れようとする。

だが両脚を吊られ、腰をがっしりと原田につかまれていては、逃れられるはずはない。

灼熱が生きた蛇みたいにジワジワと侵入する。

「う、うむ……けだもの……」

「俺がけだものなら燿子はそのけだものに飼われる牝というわけだ。ほれ、けだものが入っていくのがよくわかるだろ」

「うう……」

言葉をかえす余裕もなく、燿子は両眼を閉じてキリキリと歯をかみしばった。そして原田の肉棒のもっとも張った頭を、柔肉に受け入れさせられた。

ズシッと先端が燿子の子宮口を突きあげた。

「しっかりとつながったぜ。これで燿子は俺とひとつになったんだぜ」

原田はすぐには動こうとせず、じっくりと燿子の肉の感触を楽しんだ。

薄い粘膜をへだてて肛門のロウソクが感じとれる。それがヒクヒクくい締めてくる媚肉の感覚と重なり、原田を恍惚とさせる。まるで相思相愛の男女みたいな妖美な性の味わいである。

「どうだ、美人秘書の味は」

結合部を覗いて、氷室は原田に聞いた。

まるで柔肉に杭でも打ちこまれたように原田のドス黒いのが、燿子の股間に埋まっている。

肉棒はまだ動かず、埋まっているだけなのに、もう媚肉はジクジクと蜜を溢れさせて、ヒクヒクとうごめいていた。

「いい味だ。熱くてとろけるぜ、フフフ。ヒクリとからみついてくるのがたまらねえよ、氷室」

「そんなにいいか、フフフ。締まりはどうだ」

「バージンみてえにきついぜ。これまで遊んだ女たちとは較べものにならねえ。まったくいいオマ×コだ」

原田はうなるように言うと、おもむろに腰を動かしはじめた。

燿子の子宮を押しあげんばかりに、リズミカルに突きあげる。同時に両手で燿子の乳房をわしづかみにして、タプタプと揉みこむ。

「あ、ああ……」

燿子はグラグラと頭をゆらして両脚をうねらせはしても、あらがいの気配はなかった。

それどころか、いやいやと拒絶するのとは裏腹に、燿子の泣き声もどこか艶めいて、突きあげられる柔肉もヒクヒクと肉棒にからみつき、収縮を断続的にくりかえした。

すでに一度絶頂を極めた女体は、抑えに抑えていたものが堰を切った。汗まみれの燿子の身体は、もう全身がボウッとけぶるようなピンクに色づいて、妖しくくねりのたうつ。

「フフフ、色っぽい顔しやがって。レイプされてそんなに感じてるとは、本性は好きなんだな。いくらでも気をやっていいんだぜ」

氷室はもう火と化した燿子の顔を覗きこみ、次に肉棒がリズミカルに突きあげる媚肉を覗きこみながら、下からもぐりこませた手で肛門のロウソクを動かした。

「あ、ひいッ……そこ、い、いやあ……」

抽送されるロウソクと肉棒の二段責めに、燿子は白眼を剝いて悶え狂った。

「ああッ、狂っちゃう……ああ、た、たまらないッ……」

「狂うほど気持ちよくてたまらねえというんだろ、お嬢さん」

「あ、あ……あああ……い、いや、あう……」

燿子は我れを忘れて愉悦の声をあげた。一度声をあげてしまうと、もうとまらない。

たちまち灼けただれるような肉の快美に翻弄されて、燿子は泣き、うめき、そしてよがり声を放った。

燿子の腰のふるえが、ガクガクと露わになった。

「あ、ううッ……もう、もう……ああ、イッちゃう……駄目ッ……」

ドロドロと渦巻く暗い官能に押し流されながら、燿子は狂ったように叫んだ。

6

しとどの汗のなかにグッタリと死んだような燿子を見おろしながら、原田と氷室はビールを飲んだ。

渇いたのどに冷たいビールが心地よくしみわたった。たっぷりと楽しんだ女体を前にして飲むビールの味は格別で、征服感に酔いしれる。

「想像以上の味だったな。これほどいい味したオマ×コは、初めてだぜ」

「これならかなりの値で売れるぜ、フフフ。いつ売りとばす予定だ、原田」

「船が来るのが十日後だからよ。それまでは充分楽しもうじゃねえか」

原田と氷室はニヤニヤと笑って、さらにビールをあおった。

燿子は布団の上に横たわったままだ。気を失っているのか、両脚を吊った縄はもう解かれていたが、太腿は開いたままだ。剝きだしの媚肉は赤く開いて肉層を生々しく見せている。

一度汚れを拭き取られているのだが、まだじっとりと濡れて時折りヒクヒクと痙攣を見せる。

「しっかりしねえか、燿子。このくらいでだらしねえぞ。まだこれからじゃねえか」

「フフフ、これまでのレイプは、ほんのあいさつ代わりなんだぜ」

原田と氷室は燿子の顔のそばにしゃがみこむと、ビールを口に含んで燿子の唇に合わせて口移しに飲ませた。

「うむ……」

燿子はビールを飲まされて、けだるげに眼を開いた。

これまでのことがドッとよみがえって、燿子はああ……と声をあげると、シクシクとすすり泣きはじめた。犯された女が見せる、哀しみと絶望に打ちひしがれたすすり泣きである。

その顔を原田と氷室は左右から覗きこんだ。燿子はハッとして眼をそらしつつ、開いた両脚を閉じ合わせて、後ろ手に縛られたままの裸身をすくめた。

恐怖か屈辱か絶望か、燿子の肩がすすり泣きにふるえる。

「フフフ、いやがってたくせして、たいしたよがりようだったじゃねえか。好きなんだな、燿子」

「何度気をやったか覚えてるのか。しまいには自分から腰を振りやがってよ」

原田と氷室がからかっても、燿子は反発する気力もない。

「……も、もう、ゆるして……」

燿子はあえぐように言った。

さらに身体を縮めようとして、燿子はまだ肛門に埋めこまれたままのロウソクの存在が、にわかに意識された。

「……取って……もう、はずしてください」

「もう充分に楽しんだんで、用なしってことか。ふざけるな。こっちはまだ俺も原田も二発しかやってねえんだ」

氷室は燿子の黒髪をつかんでしごいた。

「俺たちがたった二発で終わるとでも思ってんのか。まだこれからだよ、燿子。時間もたっぷりあるしな」

「そんな……ああ、もう、ゆるして……」

「これだけいい身体をして、弱音を吐くんじゃねえ」

氷室と原田は冷然とあざ笑った。

たいていの女はここまでくると、もうほとんど死んだように口もきかないのだが、燿子は生気がもどるにつれて羞恥や屈辱ももどるようだ。それにつれて、肛門のロウソクが絶えず意識され、燿子を狼狽させる。

ロウソク一本刺されているだけで、官能の残り火がくすぶりつづけて燿子を落ちつかなくした。

「……せめて、取って……は、はずして……」

「なにをはずして欲しいんだ」

「…………」

燿子は唇をかみしめて、弱々しくかぶりを振った。

原田と氷室はゲラゲラと笑った。二人がひと休みしてビールを飲んだのも、燿子をたてつづけに犯して死んだようになったのを責めてもおもしろくないからだ。

燿子に生気を取りもどさせてから犯るほうが、楽しみも大きいというものだ。

「それじゃ、つづきをはじめるか、フフフ。今度は上に乗ってもらうかな」

氷室がニヤニヤと笑って、持ってきた椅子に腰をおろした。若くたくましい肉棒をつかんでしごく。

「聞こえただろ。上に乗ってくるんだ」

「いやッ……ああ、そんなこと、もう、ゆるして……」

「なんのために足の縄をほどいてやったと思ってるんだ、燿子」

原田が布団の上に小さく縮こまった燿子をひっくりかえし、足首をつかんだ。

「あ、ああ、いやあッ……ゆるしてッ」

「ゆるさねえよ。こんないい身体を前に二発や三発でやめられるか」

「いや、いやッ」

足首をつかまれてズルズル引かれ、燿子はたちまち原田の手で抱きあげられた。後ろから抱きあげられて、両膝の裏にあてがわれた手で両脚をすくいあげられ、左右へひろげられる。

「そんなッ……いやあ……」

「自分から氷室の上へ乗らないからだ。この格好なら、すぐにつながれるぜ」

「や、やめてッ」

ちょうど幼児におしっこをさせる格好に抱きあげられたまま、椅子の氷室のところへ運ばれた。

すぐ下に氷室の肉棒がたくましく屹立し、待ちかまえている。そして燿子の股間は媚肉の奥までひろがって、防ぐ術はなかった。

「いや、いやッ……」

「フフフ、もっと開いたほうがいいのかな」

原田はからかって燿子の太腿をほとんど水平にまで開いたり閉じたりと、自在にあやつってみせた。さらに燿子の股間を肉棒に向かっておろし、スッスッと触れさせたりする。

「ああ、やめてッ……もう、いやあ……」

そのたびに燿子は泣き声を大きくして、爪先がむなしく空を蹴った。

「素直に自分から上に乗って、つながってこねえからだぜ、お嬢さん」

氷室は一方の手で燿子の媚肉を押しひろげて、さらに肉襞を剥きだした。そしてもう一方の手で、燿子の肛門に咥えこませたままのロウソクをゆっくりと動かしはじめた。

「あ、いやッ……ゆるして、そこはッ……ひッ、ひッ……」

「やっぱりここを責めてやると、いい声で泣きだすな、フフフ」

「そこは、いやッ……ああ、やめてッ……」

顔をのけぞらせて黒髪を振りたくり、燿子は泣き声をあげた。もう涙も枯れたはずなのに、ひッひッと悲鳴に近い泣き声とあえぎとがこぼれでる。

「尻の穴を責めてると、オマ×コまでヒクヒクしてきたぜ。お汁もまた溢れやがって」

「フフフ。こう感度がいいと、孕むのも時間の問題かもな」

「妊娠させるのはおもしれえ。原田、今夜はどっちが孕ませられるか、種つけ競争といくか」

「いいだろう。どうせそのうちに、どこの誰ともわからねえ子供を生まされることになるんだろうからな」

わざとらしく燿子に聞かせて、氷室と原田はゲラゲラと笑った。

「いやあッ」

犯され、そのあげく妊娠させられてしまうなんてひどすぎる。

「そんな……そんなこと、いやッ……ああ、いやですッ」

燿子は媚肉をひろげられ、肛門のロウソクをいじられているのも忘れて、原田の腕のなかで泣き悶えた。

「に、妊娠なんて、いや……ああ、ひどすぎますッ……」

「それなら氷室には尻の穴に入れてもらうか、燿子。アナルセックスなら妊娠の心配

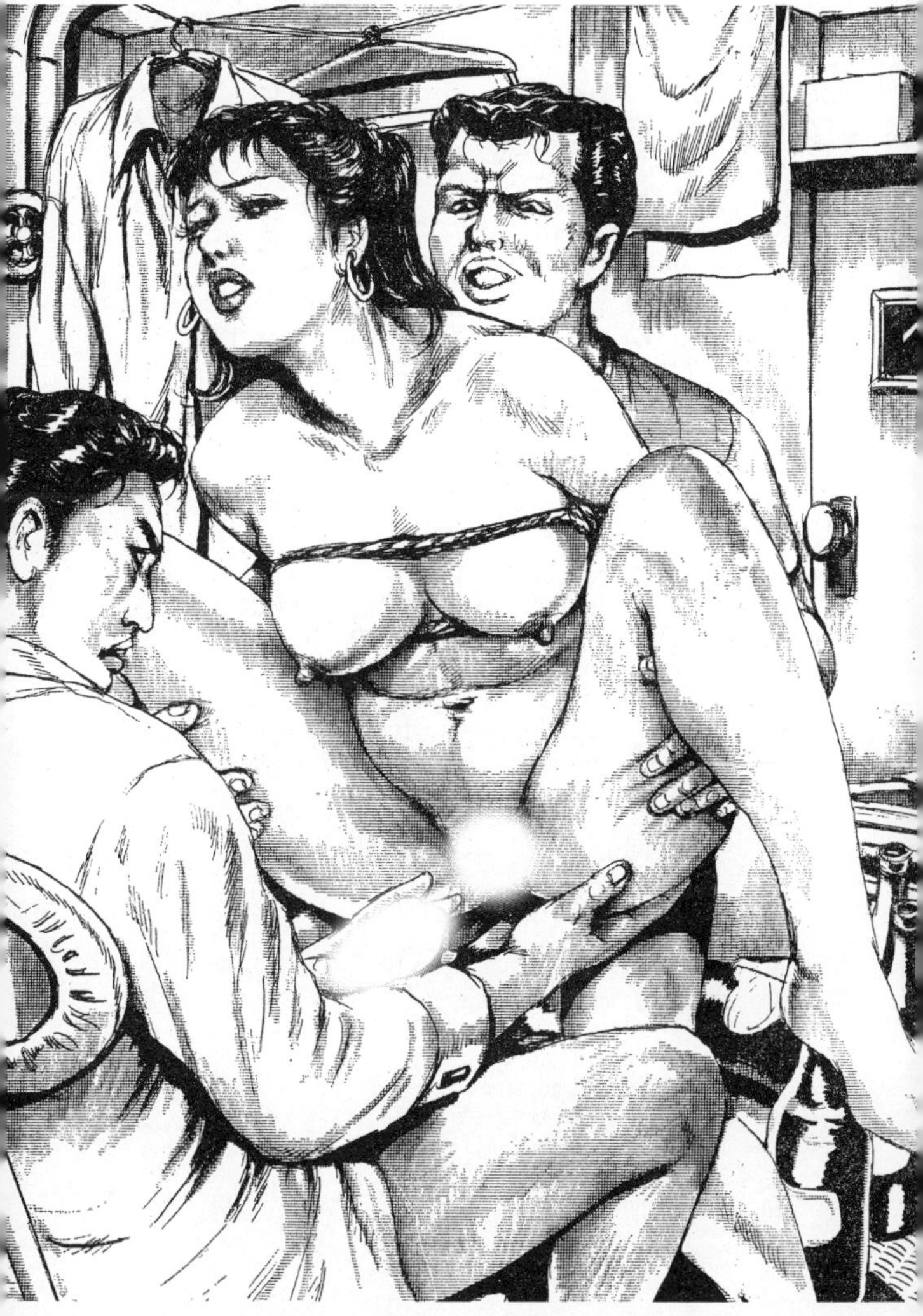

はねえぜ、フフフ」

「いやッ」

信じられない原田の言葉だった。おぞましい排泄器官に肉棒を受け入れ、そこを男女媾合の対象とするなど、燿子は考えるだけでも気も遠くなる。

「アヌスがいやなら妊娠するしかねえな」

燿子の美貌が恐怖にひきつり、かみしめた歯がカチカチ鳴った。

それをあざ笑うように、原田はゆっくりと燿子の身体をおろしはじめた。下では氷室が屹立をつかんで狙いを定め、待ちかまえている。

「ゆるしてッ……いや、いやッ……」

燿子は原田の腕のなかで腰をよじり、爪先をゆすりたて、黒髪を振りたくった。だが逃げられるはずもなく、かえって原田と氷室を喜ばせた。

開ききった媚肉に、氷室の肉棒の頭が触れた。それに向かって燿子の身体がさらにおろされて、肉棒の頭がジワジワと分け入った。

「あッ、たすけてッ……妊娠なんて、いや、いやあッ……」

燿子は顔をのけぞらせたまま、のどを絞った。自分の身体の重みで、腰が肉棒に向かって沈み、ズブズブと受け入れさせられる。

氷室の上へまたがって双臀がペタンとつくと同時に、媚肉を貫いた肉棒は子宮口まで突きあげた。

「う、うむッ……」

激しく突きあげられて、燿子は背筋を弓なりに反らせてキリキリと唇をかんだ。

氷室は両手を燿子の双臀へまわし、さらに引き寄せて結合を深くした。

「上に乗ってつながったんだから、今度は自分から腰を使ってみな、お嬢さん」

「う、うむ……」

「どうした。口もきけねえほど気持ちいいのか。尻を振ってみせろ」

氷室は双臀にまわした両手で、ゆっくりと燿子をゆさぶった。

「う……あ、あ……」

もう燿子は意識さえもうろうとして、頭をグラグラと左右へ振り、かみしめた唇をわななかせる。

妊娠させられるというのに、燿子は身体がうずきだしていく。ひとりでに肉が氷室の肉棒にからみつき、快感をむさぼる動きを見せて、ジクジクと蜜を溢れさせた。

「こ、こんな……ああ、こんなことって……」

「身体は正直だな。孕みたがってやがるぜ、お嬢さん」

「いや、いやッ……ああ、いやよ……」

ふくれあがるものをいくら打ち消そうとしても、かえってふいごにあおられる火のように熱くなるばかりだ。燿子は自分の身体の成りゆきが信じられなかった。

「まだまだ、もっとよくしてやるからな、お嬢さん」

氷室は自分の上の燿子をゆさぶりつつ、一方の手を肛門のロウソクへまわし、ゆっくりと抽送しはじめた。

「あ、あ、たまらないッ……あああ」

燿子はたちまちただれるような官能に翻弄されて、身も世もなげな声で悶えた。

7

燿子をゆさぶりロウソクをあやつりつつ、氷室はニヤニヤと燿子の顔を覗きこんだ。

もう三度目とあって余裕たっぷりだ。

「本当にたまらなくなるのは、これからだぜ、お嬢さん、フフフ」

そう言って氷室は原田を見た。

原田は燿子の後ろにしゃがみこんで、開ききった股間を覗きこんでいる。

燿子の肛門のロウソクがリズミカルに抽送され、そのたびに肛門の粘膜がロウソクのねじれに巻きこまれ、めくりだされるのが見えた。

そして、そのわずか前方にはドス黒い氷室の肉棒を、充血した柔肉がせいいっぱいというように咥えこんでいた。しとどの蜜にまみれ、肉棒に突きあげられるたびにあえぎきしむ。

「いいながめだぜ」

原田は眼を細めて何度も舌なめずりをした。それから氷室を見ると、

「こっちはいつでもオーケイだ、氷室」

「フフフ、それじゃいつでもはじめてくれ」

原田と氷室は互いにニンマリとうなずいた。

このうえ、どんなことをされるのか、肉の快感にうつろな意識の底で、燿子は不安がふくれあがった。

「なにをされると思ってんだ。もっとたまらなくしてやると言っただろ、お嬢さん」

「い、いや……これ以上は……」

「フフフ、このまま気をやらせちゃ、さっきと同じで能がないからよ。今度もちょいと変わった方法で可愛がってやるぜ、燿子」

「………」

思わず後ろを振りかえった燿子のうつろな瞳に、原田がなにか持っているのが見えた。

ガラスの筒だ。針がついていない。燿子はすぐにはわからなかった。

「浣腸してやるよ、燿子」

不気味に光るガラス筒には、すでに液体が充満していた。

(カ、カンチョウって?……まさか……)

それがなにか理解するには、ガラス筒は大きすぎた。ビールの大瓶よりも大きく、目盛りは五百CCまであった。

「どうやら浣腸は初めてのようだぜ。原田、ちゃんと説明してやれよ」

「フフフ、手間のかかる燿子だ。こうやって尻の穴から薬を入れて、ウンチをさせる浣腸だよ。それを今から燿子にしてやろうというんじゃねえか」

原田はほんの少し長大なシリンダーを押して、ピュッと薬液を飛ばした。

一瞬にして燿子の総身が凍りついた。ただれるような快感も忘れ、前も後ろも硬直にキリキリ締まった。

「……いや……いや、そんなこと……」

燿子はやっとの思いで言ったが、声にはならなかった。

「浣腸が初めてとなりゃ、じっくりと時間をかけて入れてやるからな」

「そ、そんなこと、しないで……ああ、ゆるして……」

「アナルセックスのほうがいいってのか」

「そんな……」

燿子はおびえた顔を打ち振った。

「それじゃおっぱじめるか、フフフ」

氷室が抽送していたロウソクをわざとゆっくり巻きもどし、引き抜きにかかった。

その前で原田が浣腸器を手に待ちかまえる。

「いや、いやあッ……そんな変なこと、しないでッ、いやあ……」

燿子は黒髪を振りたくり、乳房を激しくゆらして腰をよじりたてる。

「泣くのはまだはやいぜ、燿子。浣腸されればいやでも泣くことになるんだからよ」

原田がせせら笑えば、

「ロウソクを離すまいとキリキリ締めつけてきやがる。好きだな、お嬢さん。浣腸で腹のなかまで綺麗にしてやるよ」

氷室はあばれる燿子の腰をつかまえつつ、肛門からロウソクを抜き取った。

ロウソクにはわずかに汚れがあった。それを燿子に見せつけて、氷室は意地悪く笑った。

「なんだ、これは。やっぱり浣腸して腹のなかまで綺麗にする必要があるな」

「フフフ、五百CC入れりゃ、すっかり綺麗になるぜ」

原田は浣腸器のノズルで燿子の臀丘を小突いた。

「いやあッ……そんなこと、やめてッ」

ビクンと燿子の腰が硬直し、悲鳴がほとばしる。

そのたびに媚肉も締まって、押し入った氷室の肉棒をクイクイとくい締める。それが氷室にはたまらない快感だ。

ノズルは燿子の肛門の周辺にまで這って、ヒクッ、ヒクッと肛門が収縮し、それに連動して前も締まる。

「いやあッ……たすけて、ああ、そんなこと、ゆるしてッ……」

「フフフ、尻の穴は待ちかねてるぜ。ほれ、こんなにふっくらとゆるんで、ヒクついてるじゃねえか、燿子」

燿子をさんざんおびえさせ、泣かせて悲鳴を絞り取ってから、原田はおもむろに浣腸器のノズルを沈めた。

長時間にわたってロウソクで拡張を強いられた燿子の肛門は、とろけるような柔らかさで、ノズルを受け入れた。

「あ……あぁッ……やめて……」

燿子は歯をかみしばってのけぞった。

「うまそうに咥えたな。とても浣腸は初めてのバージンアヌスとは思えねえぜ」

「そんなにか、原田」

「フフフ、その分だとさぞかしアヌスの味のほうも……」

ニンマリとした原田は、ゆっくりとシリンダーを押した。

注入するのはグリセリンと水との混合液である。それがドクドクと燿子の肛門から流入する。

「あ、ひッ、ひぃッ……」

燿子は悲鳴をあげ、次にはキリキリと唇をかみしめ、のけぞった背筋をワナワナとふるわせた。

ドクドクと流入する薬液の感覚……冷たいのに灼きつくされそうだ。いくら唇をかみしめても歯がガチガチ鳴りだし、ひとりでに腰がふるえた。

「あ……ゆるして……あむ……」

「どうだ、初めての浣腸は、フフフ。オマ×コを氷室に串刺しにされているんで、よけいにいいはずだぜ」

「いや……あ、あむむ……入れないでッ、こんな……」

「いやなわけがねえぜ、燿子。これならどうだ。ほれ……ほれ……」

原田は少量ずつ区切って断続的に、ピュッ、ピュッと注入した。しかもその間じゅう、ノズルで肛門をゆるゆるとこねまわす。

「あ、あ……あぁッ……いや……」

断続的に入ってくる薬液は男の性のほとばしりみたいだ。

「た、たまらねえ……」

うなるように言ったのは、氷室のほうだった。断続的な注入に、そのたびきつい収縮と痙攣をくりかえす媚肉に、さすがの氷室も油断ができなくなった。少しでも手を抜くと、今にもドッとほとばしりそうだ。

「こいつはすげえ。なんて味してやがる……た、たまらねえ」

氷室は燿子の双臀をいっそう深く抱きこみつつ、激しくあやつった。

「あ、あむ……動かさないでッ……ああ、ひッ、ひッ……」

燿子も顔をのけぞりっぱなしにしたまま、ひいひいとのどを絞りたてた。

汗にヌラヌラと光る肌に、いくつもの玉の汗が流れ、ゆさぶられるたびにあたりに飛び散った。

薬液が注入されるおそろしさと射精を思わせる妖しい感覚、それに子宮口を突きあげてくる肉棒の動きが入り混じって、燿子は狂乱状態となった。

「ああ……あむむ……いや、もう、いやッ……ひッ、ひッ……変になっちゃう……」

「まだ浣腸ははじまったばかりだぜ、燿子。最後の一滴まで入れてやるからな」

「駄目、駄目ッ……たまらないッ……」

燿子は泣きわめいた。

それがひときわ激しくなった。腰が前と後ろで肉棒をきつく締めつけつつ、ブルブルとふるえだした。

「なんだ、もう気をやるのか、燿子」

「いや、いやッ……あああ……」

「初めての浣腸で気をやるほど敏感とはな。よしよし、氷室、ここで燿子を一度いかせようじゃねえか」

氷室もしだいに余裕がなくなって、うなずいただけだ。氷室は顔を真っ赤にあぶらぎらせていた。

それでも氷室は、燿子にとどめを刺すように追いあげに入った。原田も、断続的に注入する薬液の量を多くする。

「ひいッ……ひいッ……」

燿子は氷室の上でガクガクとのけぞり、腰を揉んで泣きわめいた。

「あ……ああッ……ううむッ」

氷室の腰をまたいでひろがった燿子の両脚がピンと突っぱり、爪先がよじれるように内側へかがんだ。

「ひいーッ……イクッ」

総身がおそろしいまでに収縮し、燿子は突きあげてくる肉棒とノズルをキリキリくい締め、絞りたてる。

そのきつい収縮に、さすがの氷室も耐える気はなかった。獣のように吠えて最後のひと突きを与えると、白濁の精がドッとほとばしった。

それに合わせて原田も、五十ＣＣほど一気に注入した。

「ひいーッ」

さらに激しくガクンガクンとのけぞりながら、燿子は灼けるような白濁を子宮口に、薬液を直腸に感じとった。

そのまま気を失うように、燿子の身体から力が抜けた。

それでも氷室と原田は燿子を責めるのをやめなかった。

「のびるのはまだはやいぜ。浣腸だって半分も入ってねえんだ。今度は俺が残りの浣腸をしてやるからな、フフフ」

「オマ×コのほうは、氷室に代わって俺のをぶちこんでやるぜ、燿子」

こんなことを言って、氷室と原田は場所を入れ代わった。

「そ、そんな……もう、死んじゃう……たすけて……」

グッタリと余韻の痙攣に沈むこともゆるされずに、燿子はすすり泣くようなあえぎを悲鳴に変えた。

それをあざ笑うかのように原田は膝の上に抱いた燿子をグイグイと下から突きあげ、氷室は長大なシリンダーを断続的に押しはじめる。

「途中で漏らすんじゃねえぜ。少しでも漏らしたら、すぐに俺の生身で尻の穴に栓をするからな」

「漏らしてくれたほうがいいんじゃねえのか、氷室。思いっきりアナルセックスができるんだからよ」

「なるほど。案外アヌスを犯されたくて、わざと漏らすかもしれねえしな」

氷室と原田はゲラゲラと笑った。

第二章　特別監禁室の肛悦特訓

1

燿子はゆり起こされて眼をさました。眼の前に原田と氷室の顔がニヤニヤ笑っている。

「ああ……」

昨夜からの現実がドッとよみがえった。燿子は肩をふるわせてシクシクと泣きだした。

夢ではなかった。次々とおそいかかってきて、灼熱で貫いてくる原田と氷室……。あげくに浣腸までも。

昼か夜かもわからぬ地下室、一糸まとわぬ全裸を後ろ手に縛られ、ひとつ床で左右

現実だ。

「まだまだこれからって時にのびちまいやがって、しようがない燿子だ」

「それも浣腸で派手にひりだすだけ出して、のびちまうんだからよ、フフフ」

原田と氷室は左右から燿子を抱きすくめながら、耳もとでせせら笑った。縄で上下を絞られた乳房をわしづかみにして、タプタプと揉みこむ。

「……いや……」

燿子は弱々しく頭を振りながらすすり泣いた。犯された女が一様に見せる屈服の姿だ。もうあらがいの気力も萎えきった。

「フフフ、気分を出さねえか」

「いや……も、もう、ゆるして……」

「なにがいやだ。きのうは途中でのびちまったくせして。尻がまだだろうが」

氷室の手が燿子のムチッと張った双臀を撫でまわしてきた。臀丘がブルッと強張るのを強引に割りひろげ、その底に秘められた肛門を指先にとらえる。

「ひいッ」

燿子は悲鳴をあげてのけぞった。

昨夜、氷室が肛門を犯そうとしていたことを思いだしたのだ。恐怖がふくれあがって、燿子のうつろな表情が一瞬にひきつり、蒼白になった。

「いやッ……そこは、いやですッ」

「フフフ、きのうは浣腸させてくれてロウソクまで咥えたくせに、そこはいやもねえもんだ。ピクピクしてるぜ」

「ああ、やめて……い、いや……」

双臀をよじりたて燿子は泣き声を高める。

氷室の指から逃れようと腰を動かせば、反対側には原田がいて、肉棒を下腹に押しつけられる。

「やっぱりオマ×コのほうがいいのかい、燿子、フフフ」

原田がからかって燿子の茂みをいじり、指先を媚肉に分け入らせる。

「尻の穴だけじゃもの足りねえってことなんだな。好きな身体しやがって」

「それじゃ両方ともいじってやろうじゃねえか。それなら満足だろ、燿子」

氷室と原田はわざとらしく言って、ゲラゲラと笑った。

「ち、ちがいますッ……やめて……」

燿子が叫んだ時には、原田の指先も前から媚肉に分け入っていた。濡れてはいないが、柔肉は熱くじっとりと指先にねばりつく。

氷室もゆるゆると燿子の肛門を揉みほぐしにかかった。キュウとすぼまる肛門の粘膜が、指先に吸いつく。

「あ、ああ……そんな……」

前から後ろからいじられて、燿子は黒髪を振りたくって泣き声を高めた。腰をよじり、両脚を閉じ合わせようとしても、股間にうごめく指に燿子はガクガクと力が抜けた。

「いやッ……いやッ、ひッ……」

燿子はとてもじっとしていられない。

とくに肛門を揉みこむ指が押し入る気配を見せると、燿子の泣き声がひッ、ひッと悲鳴に近くなった。そして後ろ手縛りの裸身がのけぞる。

昨夜ロウソクで責められた時のおぞましさ、恥ずかしさが、まざまざとよみがえった。一夜あけたことで、かえっておぞましさがふくれあがる。

だが、そんなおぞましさも、原田が肉芽をいじってくるとうつろになる。官能のうずきに肛門のおぞましさが入り混じった。

「ゆるして……ああ……」

燿子の泣き声が微妙に艶めく。

「フフフ、気持ちいいんだろ、燿子。クリトリスがとがってきたぜ」

「気どったところで、身体は正直だ。尻の穴もヒクヒクして、どんどん柔らかくなりやがる」

原田と氷室は一方の手で燿子の乳房を揉みながら、もう一方の手で前と後ろとでリズムを合わせて肉芽と肛門とをいじりつづける。その間も灼熱を燿子の太腿にこすりつけた。

「い、いや……ああ、お尻は、いや……」

燿子は頭を振りたてるのも弱々しくなった。

必死に引きすぼめる肛門を揉みほぐされていく感覚もおそろしいが、女芯をいじられる快美とともに、妖しい炎にあおられる身体が、もっとおそろしい。

いつしか燿子の肛門は揉みほぐされてふっくりとふくらみ、とろけるような柔らかさを見せはじめた。媚肉も充血して、熱くたぎりだす。

「あ、ああ……もう、やめて……ああ、そんな……」

燿子のすすり泣きにあえぎが混じりはじめた。あえぐ乳房から下腹へと、じっとりと汗が光りだす。

そして燿子の身体が匂うようなピンクにくるまれはじめた。肛門はヒクヒクとうごめき、媚肉はジクジクと蜜を湧きださせる。

(こんな……こんなことって……)

燿子は自分の身体の成りゆきが信じられない。氷室と原田の指には催淫クリームが塗られているが、燿子にはわかるはずもなかった。

「フフフ、感じてきやがった。そろそろ尻の穴にぶちこんでやっちゃどうだ、氷室」

「そうするか。尻の穴もこんなにとろけてることだしな、フフフ。いよいよアナルセックスだぜ、お嬢さん」

原田と氷室は燿子に聞かせるように大きな声で言って、ゲラゲラと笑った。

「いやあッ、それだけはッ……ゆるして、お尻はいやあッ」

燿子は美しい顔をひきつらせ、悲鳴をあげた。歯がガチガチ鳴り、身体がふるえだしてとまらない。肛門をセックスの対象にされるなど、燿子には信じられない。

「いや、いやあッ」

「あきらめな、燿子。尻の穴で女にしてもらうんだ」

「そんなこと、狂ってるわッ……いや、いやですッ……ゆるしてッ」

原田と氷室は燿子を抱き起こすと、布団の上にひざまずかせて、後ろ手縛りの上体を前へ押し伏せさせ、双臀を高くもたげさせた。両膝とあごとで身体を支える四つん這いだ。

「いやあッ……た、たすけて……」

いくら逃げようとしても、大の男二人がかりではどうしようもなかった。

2

氷室と原田のたくましさは、充分思い知らされていた。あんな大きいものが肛門に……そう思っただけで、燿子はおそろしさに気が狂いそうだ。

「ああ……こわいッ……」

「フフフ、尻の穴を犯されるのが、そんなにこわいか。そいつはおもしろいぜ」

「た、たすけて……」

「そうやってこわがるところは、本当にバージンアヌスだぜ」

原田と氷室は顔を見合わせてニンマリと笑った。

高く双臀をもたげる四つん這いの姿勢で燿子を押さえつけたまま、双臀を撫でまわしたり臀丘の谷間を割って肛門をいっそう剝きだしたり、さんざんおびえさせておいて、原田は燿子の顔を覗きこんだ。

「氷室のは太いからな。自分からも尻の穴を開くようにしねえと、つらいだけだぜ」

「ああ、いや……お尻なんて、いや、絶対にいやッ……ああ、ゆるして……」

「アナルセックスはそんなにいやか。オマ×コのほうがいいってのかな」

「…………」

燿子はワナワナと唇をふるわせた。美しい顔は恐怖にひきつった。

氷室もニヤニヤと舌なめずりをして、燿子の顔を覗きこんだ。

「どっちにして欲しい。オマ×コか、アヌスか」

「いやですッ……ああ、どっちも、いやッ」

「はっきりしねえと、どっちも犯るぜ」

「そ、そんな……」

燿子は唇をかみしめたまま、弱々しく頭を振った。

「もうゆるして……こ、これで家に帰してください……これ以上は、いやです……」

「フフフ、はっきりしねえようだな。これで尻の穴もオマ×コも犯ることに決まりってことか」

「両方責められねえと、満足できねえとは、好きな燿子だぜ」

氷室と原田はわざとらしく笑って、ピタピタと燿子の双臀をたたいた。

「いや、いやッ……ああ、そんなこと、いやですッ」

肛門を犯されるなど、考えるだけでもおそろしい。

燿子の歯がガチガチ鳴り、身体もブルブルとふるえだした。いやいやと左右へよじられる双臀が、まるで氷室と原田を誘っているようだ。

氷室と原田は顔を見合わせて、ニンマリとした。

(フフフ、この際アヌスだけじゃなくて、サンドイッチにしてやるか)

(そういうことだな、フフフ。それじゃお楽しみの総仕上げといくか)

(俺が先にアヌスでいいな、原田)

高くもたげられた燿子の双臀に、氷室が灼熱をこすりつけた。

「いや、かんにんしてッ……それだけは、いやッ、お尻は、いやあッ……」

よじりたてられて躍る燿子の白い尻を、原田ががっしりと押さえつけ、臀丘の谷間を両手で引きはだけた。

剝きだされた燿子の肛門は、ねっとりと催淫クリームを光らせて、ヒクヒクとあえいでいた。そのわずか下、柔肉もジクジクと蜜をたぎらせている。

「フフフ、尻の穴はとろけてヒクヒクして、はやく太いのを咥えたがってるぜ」

「これならお前の太いのでも、なんとか入るかもな」

　そんなことを言ってからかいながら、氷室は灼熱の先端を燿子の肛門に押しつけていく。

「あ、いやッ……」

　燿子は悲鳴をあげてのけぞり、腰をよじってせりあがろうとした。それを原田の手がゆるさない。引きもどすように原田は燿子の腰を押さえつけた。

　氷室も肉棒の先端で燿子の肛門をこねまわすように嬲った。

「ほれ、尻の穴を犯ってやるから、自分からも開いて咥えこむようにしねえか」

「いや、いやあッ……ゆるしてッ……」

「ゆるさねえよ。ほれ、入れるぞ」

ブルブルとふるえよじれる燿子の双臀がギクッと硬直したかと思うと、のけぞった白いのどに悲鳴が噴きあがった。

「ああッ……」

「い、いやあッ……あ、あ、痛いッ……」

ジワジワと肛門が押しひろげられて、激痛が走った。

燿子は苦痛にひきつった顔をのけぞらせてうめき、キリキリと唇をかみしばった。

次には息もできないように口をパクパク動かし、ひいひいのどを絞った。

「自分から尻の穴をゆるめねえと、つらいだけだぞ、フフフ。ほれ、もう少しだ」

「う、うむ……ひッ、ひッ……」

「ひいッ……裂けちゃうッ……ひッ、ひッ……ううむ……」

燿子はたちまちあぶら汗をドッと噴いて、もう口さえきけず、満足に息すらできなくなった。

ジワジワと入ってくる肉棒に燿子の肛門はいっぱいに引きはだけられ、ミシミシときしむ。そしてゆっくりと肉棒の頭を呑みこもうとしていた。

原田の手で割りひろげられた燿子の臀丘が、ブルブルと痙攣した。

「うむ、ううむッ……」

肉棒の頭がジワジワと入ってくるたびに激痛の火花が散り、燿子は気が遠くなっていく。

「のびるんじゃねえぞ。ほれ、根元まで咥えこむんだ」

氷室はさらにゆっくりと押し入れながら、燿子の黒髪をしごいた。

3

「思ったより楽に入ったじゃねえか」

臀丘を割りひろげたまま、原田はニヤニヤと覗きこんだ。

ぎっしりと埋めこまれた燿子の肛門は、杭を打ちこまれたようだ。いっぱいに拡張された肛門の粘膜は、少し動くだけでもきしむようだ。うっすらと血がにじんでいるのは、どこか裂けたのか。

「う、うう……」

燿子は低くうめくばかりだ。おそろしさと苦痛に、意識さえもうろうとする。

「フフフ、どうだ、氷室」

「たまらねえぜ。クイクイ締めつけてきやがって、くい切られそうだ」

「そんなにか」

「ああ、そのうえ灼けるように熱くて、とろけそうだぜ」

氷室はうなるように言った。すぐには動きだそうとはせず、根元を締めつけてピクピクとひきつるような蠕動を見せる燿子の肛門を、じっくりと味わった。

「フフフ、俺のが尻の穴のなかに入ってるのがわかるだろ。どんな気分だ、お嬢さん」

「う、うむ……」

後ろから氷室に顔を覗きこまれても、燿子は返事をする余裕すらない。氷室の言うことも、まともに聞こえない。

「返事もできねえほど、気持ちいいのか」

氷室はゆっくりと腰を動かしはじめた。

「あ、いや……うむむ、痛い……う、動かないでッ……」

激痛が走って燿子はたちまちもみくちゃにされた。シーツに押しつけた美貌をのけぞらせ、汗に光るのどをピクピクふるわせ、ひいッ、ひいッと絶息するようにのどを絞った。

「たすけてッ……」

「つらいのは初めだけで、すぐによくなるぜ、フフフ」

「うむ、ううむ……ひッ、ひいッ……」

「いい声で泣くじゃねえか。バージンアヌスを犯ってる感じが、よく出てやがる」

氷室は逃がさないように燿子の腰をしっかりとつかまえ、ゆっくりと突きあげつづけた。そのまま原田の手をかりて、燿子の上体を徐々に起こしていく。

「い、いやあッ……」

燿子はさらなる戦慄におそわれた。

上体を起こされて氷室の膝の上に乗せられ、自分の身体の重みでさらに結合が深くなっていく。頭のなかが真っ赤に灼けただれた。

「あ、うう……いやッ……ううむ、こわい、こわいッ……」

「こわいか。バージンアヌスらしく可愛いことを言いやがるぜ」

「う、ううむッ……」

燿子は白眼を剝いてのけぞった。その顔はまなじりをひきつらせて唇をかみしばり、乱れ髪を額や頰にへばりつかせて、一種凄惨な表情だった。

もう燿子の身体は、あぐらを組んだ氷室の膝の上に前向きに乗せられた。燿子の両脚は氷室のあぐらをまたいで開ききり、生々しく媚肉をのぞかせる。

氷室は両手で燿子の乳房をわしづかみにしてタプタプと揉みながら、ぐらつく女体を支えた。

「すごいながめだな、フフフ。オマ×コはパックリで尻の穴は串刺しだ」

原田が前にしゃがみこんで、開ききった燿子の股間をニヤニヤと覗きこんだ。

露わな媚肉は内腿の筋に引かれて肉襞までのぞかせ、しとどの蜜のなかで淫らにあえいでいた。肉芽も赤く充血して、ツンととがっている。

「オマ×コも太いのを咥えこみたがって、ヒクヒクしてるぜ、燿子。こっちも入れて欲しいんだろ」

「そ、そんな……」

燿子はハッとした。

肛門を犯されているだけでも気が狂いそうなのに、これ以上なにをしようというのか。灼けただれた頭では、まともに考えることもできない。ただ、おそろしい予感だけがふくれあがった。

（こ、こっちにも入れるって……ああ、なにを……ああ……もう……）

耀子の唇がワナワナとふるえた。

「フフフ、サンドイッチにしてやるぜ、耀子。オマ×コに入れてやるからな」

「………」

「わからねえのか。俺は尻の穴で、原田はオマ×コに入れるんだ」

原田と氷室はニヤニヤと笑った。

耀子の身体がビクッとふるえるのが、氷室には肛門がきつく締まることでわかった。

「いや……そんなこと、いや……ああッ、いやあッ」

耀子は氷室の上で悲鳴とともにのけぞった。

肛門を犯される身体を、原田に媚肉までも……二人の男に前から後ろから同時に貫かれるなど、耀子には信じられない。

「いや、いやあッ……」

「オマ×コははやく入れて欲しいとヒクヒクしてるぜ。尻の穴だけじゃもの足りなくて、オマ×コにも欲しいとは、欲張りな身体しやがって」

「いやあ……ゆ、ゆるしてッ……」

「よしよし、望み通りにしてやるよ、耀子」

原田は肉棒をつかんで正面から耀子に迫った。耀子の両脚は氷室の膝をまたいで開きキり、股間は奥まで濡れそぼった肉をさらけだしている。

氷室も燿子の上体を後ろへ倒すように抱き、下半身は下腹をせりだすように下から押しあげた。

「やめてッ……そんなこと、いや、いやよッ……ゆるしてッ」

前から迫る肉棒をそらそうと腰をよじれば、肛門にクサビのように打ちこまれたものが激痛を走らせる。

「ひッ、ひいッ……」

燿子は汗まみれの美貌をひきつらせてのどを絞った。どんなにおそろしくても、燿子の身体は肛門に杭を打ちこまれたように逃げられない。

原田の灼熱が茂みから媚肉のひろがりにそってなぞってきた。

「いやあッ……ひいーッ……」

肉棒の先端が柔肉に分け入ってくる。燿子は悲鳴を噴きあげてガクガクとのけぞった。

氷室に肛門を貫かれて、火と化した肉体に前から原田が押し入って、火花が走った。

薄い粘膜をへだてて二本の肉棒が前と後ろでこすれ合った。

「ひッ、ひいッ……たすけて、ううむ……」

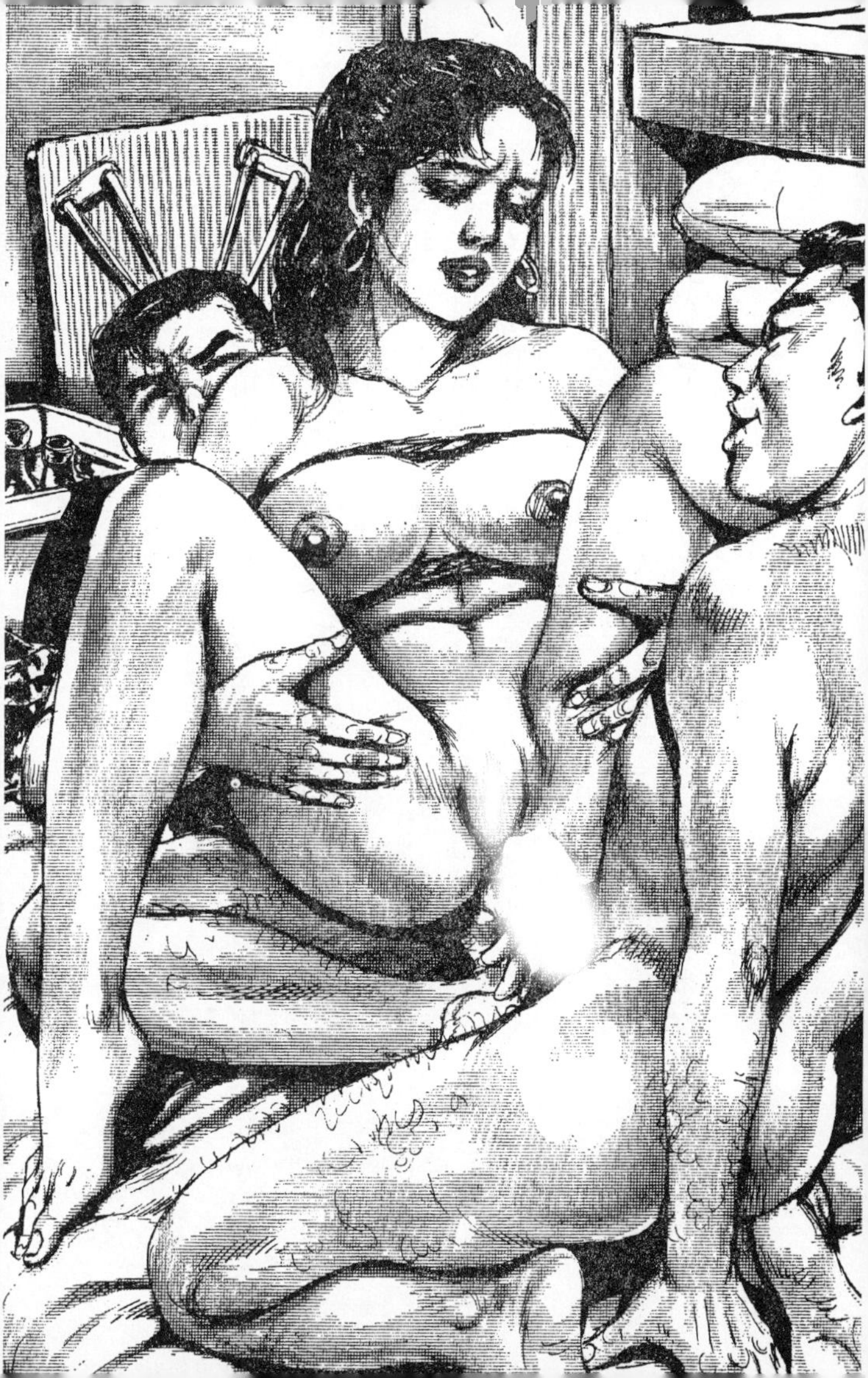

「尻に氷室が入ってるせいか、またいちだんとオマ×コが締まるじゃねえか、フフフ。オマ×コまでバージンにもどったぜ」

「たすけて……死んじゃう……ううむ、ゆるして……」

燿子は氷室と原田の間で裸身を波打たせ、黒髪を振りたてつつ、半狂乱に泣きわめいた。

「フフフ、原田がオマ×コにぶちこんでるんで、尻の穴もすげえ締まりだ」

氷室もせせら笑った。

「ほうれ、すっかり入ったぜ。これでサンドイッチだ、燿子」

「男二人を同時に咥えた気分は、死ぬほど気持ちいいのか」

原田も氷室も肉棒を根元まで深々と埋めこんだまま、ニヤニヤと燿子の顔を覗きこんで言った。

燿子は返事もできない。

そのくせ前も後ろも張り裂けんばかりに呑みこまされた肉は、しとどの蜜にまみれてヒクヒクと弛緩と収縮をくりかえす。まだ動きだす前から、さすがの原田と氷室ものめりこみそうだ。

「う、うむ……」

前も後ろもびっしり埋めこまれて、燿子は二人の男を同時に受け入れる自分の身体が信じられない。

そしておそろしさの底から妖しいうずきが湧きあがって、さらに肉がとろけさせられていく。少しでも原田と氷室が動くと、思わず燿子は身ぶるいが出て、蜜が溢れるのをこらえきれなかった。

「フフフ、感じだしたな。よしよし、思いっきり楽しむんだ」

「何度でも気をやらせてやるからな。牝になりきるんだぜ」

原田と氷室は前と後ろとでリズムを合わせて、ゆっくりと腰を動かし、燿子を突きあげはじめた。

「ひいッ……いや、ああッ、いやあッ……」

「気どるなよ。ずいぶんすべりがよくなってきたぜ。そのうえ、うれしそうにヒクヒクとからみついてきやがる」

「いいんだろ。ほれ、ほれ、思いっきりよがれよ」

「ああ、いやッ……いやあッ……」

燿子の泣き声は急速に力を失って、吐く息がふいごのように熱くなった。

引き裂かれるような苦痛と、肉の快美とがせめぎ合い、からまりもつれ合う。まるで麻薬にでも侵されているように頭はうつろになり、背筋が灼けただれて肉という肉が燃えさかる。

「死ぬ……ああ、ううむ……死んじゃう……」

燿子は前から後ろからあやつられるままに、わけがわからなくなっていく。のけぞった燿子の口から、涎れが溢れた。

「たいした悦びようじゃねえか。サンドイッチがそんなにいいのか」

「さすがにいい身体をしてるだけのことはあるぜ。フフフ、こりゃイキっぱなしになるかもな」

氷室と原田は妖美の感触を楽しみつつ、容赦なく責めた。

「ひッ、ひッ……死ぬッ……あうう、狂っちゃう……」

燿子はあえぎ、うめき、そして時折り耐えられないように泣き叫んだ。

二人の男の間で、燿子の身体は揉みつぶされるようにギシギシと鳴った。薄い粘膜をへだてて二本の肉棒がこすれ合うたびに、身体の芯に火が走って頭のなかがドロドロにただれる。引き裂かれるような感覚さえ、この世ならぬ快美に巻きこまれる。

「あ、あああ、も、もうッ……あぁッ……あううッ……」

燿子の汗まみれの裸身がギシギシきしみ、細かい痙攣を走らせはじめた。いつしか燿子の両脚は原田の腰にからみつき、自分から狂おしく身体をゆさぶりだした。前も後ろも、むさぼるように二本の灼熱をくい締める。

「ひッ、ひぃッ……もう、駄目ッ……」

「イクのか、燿子。やけにはやいじゃねえか。イク時はちゃんと教えるんだぞ」

「あぁッ……あぁッ……ひぃーッ」

爪先をピンとひきつらせて、燿子はガクガクとのけぞった。

「イクッ」

燿子は前も後ろもおそろしいばかりに収縮させ、くい締めた。

さすがの原田と氷室も、そのきつい収縮に耐えられない。獣のように吠え、思いっきり最後のひと突きを与えた。

「ひッ、ひぃーッ」

前も後ろも灼熱の白濁をドッと噴きあげられて、燿子はさらに大きくガクガクとのけぞり、痙攣を激しくした。そのまま意識が痙攣に吸いこまれていく。

「まだこれからだぜ、のびてるひまなんかねえよ」

原田が燿子の頬をはたいた。

「今度は原田が尻の穴で、俺がオマ×コだ。代わるがわるサンドイッチにしてやるぜ」

氷室も後ろからニヤニヤと燿子の顔を覗きこんだ。燿子はグッタリとしてハアハアとあえぐばかりだ。

4

昼なのか夜なのかも、燿子にはわからなかった。地下室へ連れこまれて何日になるのかもわからない。

燿子は大型犬の檻のなかに全裸で入れられ、小さく身を縮こまらせてすすり泣いた。両手は後ろ手に縛られたままで、乳房の上下に縄がくいこんでいた。

(ああ、たすけて、誰か……)

燿子はブルブルとふるえながら、胸の内で叫んだ。

明かりも消されて物音ひとつしない闇のなかにひとりにされ、燿子はおびえ、あらがう気力も萎えきった。

これからどうなるのだろうか……不安と恐怖がふくれあがった。原田も氷室もたっぷり満足しながら、まるで燿子を帰す気配はない。

(こんな……こんなひどいことって……)

燿子はすすり泣きながら、弱々しくかぶりを振った。

闇のなかにひとりじっとしていると、いやでも氷室と原田にサンドイッチにされたことがよみがえってくる。まだ前も後ろも太いもので貫かれているような感覚が残っていた。とくに肛門の拡張感はたまらず、なにか入っているのではと手をのばしたくなるほどだ。

あろうことか肛門を犯され、それも二人の男を同時に受け入れさせられてサンドイッチにされて……もう一生立ち直れないと思う。

そして、そんなあくどいことをされたにもかかわらず、この世ならぬ愉悦に幾度となく絶頂を極めさせられ、狂わされたことが、燿子にはさらに大きなショックだ。

(いっそ、ひと思いに死にたい……)

燿子は泣き声を大きくした。

不意に地下室の明かりがついて、燿子は眼がくらんだ。ドアが開いて、誰かが入ってくる。

「あ……いやッ」

燿子は思わず裸身を強張らせて、いっそう身体を小さくした。

眼がなれてくると、檻の前で原田がニヤニヤと笑っていた。

「ああッ……」

燿子は美しい顔をひきつらせた。

また檻から引きずりだされてもてあそばれるのではという恐怖が、一気にふくれあがった。檻の奥に縮こまって、歯をガチガチ鳴らして裸身をふるわせた。

「フフフ、気分はどうかな、燿子」

原田は檻のなかの燿子を覗きこんで、舌なめずりをした。

燿子は必死に原田から泣き顔をそむけ、すすり泣くだけだ。

「今日、燿子の行方を知らないかと家族と恋人が会社へ聞きに来たぜ、フフフ」

燿子はハッとして原田のほうを見た。

「だから言っといてやったぜ。燿子はもう会社をやめたから知るはずもねえとな。いい男ができて、どこかへしけこんでるんじゃねえかとよ」

「……そ、そんな……」

「フフフ、ただの行方不明じゃ警察もあまり動いてくれねえぜ。それでなくても、燿子はこれまでも男を誘っては会社を無断欠勤することが何度もあったと証言しておいてやったからな。恋人はかなりショックを受けてたぜ」

「……ひどい……」

燿子は黒髪を振りたくって泣き声を大きくした。

原田はゲラゲラと笑った。

「あきらめるんだな、燿子。尻の穴まで犯られて、もう恋人には会えねえだろうが」

「いやッ……ああ、もう家へ帰して……おねがい……」

これまでも燿子は、何度、帰して欲しいと哀願しただろうか。

「も、もう、さんざんおもちゃにしたでしょう……これで帰して……」

「まだまだ、燿子の身体には用があるんだよ。帰ることなんか考えねえで、男を楽しませることだけ考えてりゃいいんだ」

「いや、いやですッ……もう、ゆるして……」

「しようがねえ燿子だぜ」

原田はまたゲラゲラと笑った。

燿子を近いうちに国際女体売買シンジケートに渡すことは決めているが、まだ教えるつもりはない。思う存分に楽しんでからのことだ。

「そんなに帰りてえなら、燿子にチャンスをやろうじゃねえか、フフフ」

原田は檻の前にいくつかの洗面器を置いた。檻の手前から三十センチ、五十センチ、一メートル、一メートル半と四つだ。

「フフフ、いちばん遠くのここまで飛ばせば、すぐに帰してやるぜ。だがよ、次の一メートルまでならオマ×コ、五十センチならアヌス、三十センチはサンドイッチだ」

「………」

燿子はワナワナと唇をふるわせた。なにを言われているのか、すぐにはわからなかった。ただ本能的に恐怖を感じて、身体がいっそうブルブルとふるえた。

「わからねえのか、燿子。小便を飛ばすんだよ」

「そ、そんな……いやッ……し、したくありませんッ」

「したくねえわけがねえ。ずっと便所に行かせてねえんだから、溜まってるはずだぜ」

燿子は弱々しくかぶりを振った。原田の言う通りだ。指摘されたことで、にわかに尿意を意識させられた。

意識すると尿意はいっそう昂る。ブルブルと腰のふるえも大きくなる。

「ああ……」

どこまで恥ずかしくおそろしいことを考えつくのか。

「どうした。しねえなら、二度と家へは帰れねえぜ。それに今日はサンドイッチで責めることになる」

「それは……ああ……ひどい、ひどすぎます……ああ……」

燿子の言葉は泣き声に呑みこまれた。原田の言う通りにしないと、二度と家へは帰れない。これからもずっと原田たちの嬲りものにされるのは耐えられない。

そのうえ、尿意はもう限界に近づきつつあった。

「そんな奥に小さくなってねえで、檻の前まで来るんだ、燿子」

「ああ……」

まるで原田の言葉にあやつられるように、燿子はオズオズと前へ進みでた。すがるように原田を見る眼が、おびえと哀しみをただよわせ、ポロポロと涙をこぼした。

「フフフ、そこにあおむけになって、股をおっぴろげろ。両脚は上へあげて檻につけろ」

「………」

燿子はなにか言いかけたが、唇がワナワナとふるえただけだ。

命じられるままに燿子はあおむけになると、両脚を上へあげてVの字に開き、檻にもたれかけさせた。

原田はすばやく左右の足首を縄で檻に縛りつけた。

「あ、いや……縛らなくても……」

「こうやって縛っといたほうが、思いっきり小便できていいだろ、なあ燿子」

原田はニヤニヤと燿子の顔を覗きこみ、開ききった股間を覗いた。

艶やかにもつれ合った茂みがフルフルとふるえ、その奥に媚肉の割れ目がくっきりと剝きだされた。肛門もはっきりとさらけだされている。

媚肉も肛門もサンドイッチでさんざんもてあそんだのが嘘のような、ひっそりとしたたたずまいだ。

「いいながめだぜ、燿子。尻の穴でも男を知って、初めの時よりグッと熟したようだな。そそられるぜ」

「ああ……そんなに見ないで……」

「しっかり見せてもらうぜ。いちおう小便の出る穴を確かめとかなくちゃよ」

原田は手をのばして、媚肉の割れ目を左右からつまんでくつろげた。ムッと妖しい女の色香がたち昇る。

「あ、いやッ……やめて……ああ、かんにんして……」

秘められた肉に外気とともに原田の視線がしのびこんでくるのがたまらなかった。

原田はニヤニヤと舌なめずりをしながら、媚肉のひろがりにそってゆっくりと指先を這わせた。何度まさぐっても、たまらない柔肉だ。売りとばしてしまうのが惜しい。だが、高値がつくのはまちがいない。

「ここが小便の出る穴か、フフフ」

「ゆるして……ああ、手を離して……」

「あわてるな。じっくり確かめたら、思いっきりさせてやるからよ」

「あ、ああ……いや……」

ゆるゆると揉みこまれて、燿子は泣き声をあげて右に左にと顔を振った。

原田の指先は尿道口だけでなく、肉芽や膣までまさぐっていく。

ピンクの肉襞が指先に妖しくねばりつく。いやがうえにも男の欲情をそそった。

「よし、こうやってオマ×コをひろげててやるから、小便しな。家へ帰りたきゃ、思いっきり飛ばすんだな、フフフ」

媚肉の合わせ目を左右から押し開いたまま、原田は言った。

「そ、そんな……いや、いやですッ」

「いやなら二度と帰れねえだけだぜ。素直に小便を飛ばせば、いちばん先まで届かなくても、また帰るチャンスはやるよ」

「ああ……」

燿子はキリキリと唇をかみしばった。

それでも歯がガチガチ鳴り、身体じゅうがふるえだしてとまらない。

燿子に選択の余地はなかった。いっ時もはやくこの地獄から逃げたい一心で、燿子は両眼を閉じた。

「あ、あああッ……いや、見ないでッ……」

吊りあげられた両脚がよじれ、腰がブルルッとふるえたかと思うと、チョロチョロと流れだした。それはしだいに勢いを増して、清流となってほとばしった。

「フフフ、もっと思いっきり飛ばさねえと、とてもいちばん向こうのまでは届かねえぞ。もっと出さねえか」

「ああッ……ああ……」

「いやあ……」

原田に見られていると思うと、燿子は屈辱と羞恥に身をふるわせて泣いた。

これ以上勢いをつけて排尿することもできず、かといって一度ほとばしったものは押しとどめようもない。

「ずいぶんと溜まってたんだな、燿子。どんどん出てくるじゃねえか。出すだけじゃなくて、遠くまで飛ばすんだよ」

そう言って原田はゲラゲラと笑った。はじけたしぶきがかかるのも、まったく気にならなかった。

指先で押しひろげて覗きながら、肉芽をいじりはじめた。

「ああッ、やめてッ……いやあッ……」

「小便をしながら、ここをいじられるのもいいもんだろ」

「いや、いやッ……」

悲鳴をあげながら燿子の腰がよじれ躍り、清流があたりに飛び散る。敏感な肉芽をいじられて、とてもじっとしてはいられなかった。

「派手にまき散らすじゃねえか、燿子」

「ひどい……いや、いやあッ……」

原田は肉芽をいじることで、わざと燿子に遠くまで飛ばさないようにしているようだ。

しだいに清流は勢いを失って、やがてとまった。

燿子はわあッと声をあげて泣きだした。

「今になって泣いたってサマにならねえぜ。派手にまき散らして床がビチョビチョじゃねえかよ」

原田は意地悪く言ってせせら笑った。

四つ並んだ洗面器は、手前から二つ目までが燿子の清流を受けて波立っていた。三つ目にも濡れたあとがあった。

だが原田は、燿子には見えないのをいいことに、

「だらしねえな。たった三十センチじゃねえか。これでまたサンドイッチにすると決まりだな、フフフ」

燿子は黒髪を振りたくって泣き声を高くし、悲鳴をあげた。

5

原田は燿子を檻から引きだして四つん這いにすると、後ろから燿子の肛門を犯した。もうすぐ国際女体売買のシンジケートに売る大事な商品なので、ほどほどにしなくてはと思っているが、原田はやめられない。燿子の身体を見ていると、淫らな欲情を抑えきれなくなるのだ。

「ゆるして……お尻はいや、もう、もう、いやあ……」

燿子は悲鳴をあげてのけぞった。逃れようと腰をゆするが、それがかえって肉棒が深く侵入するのをたすけた。

原田の腹が燿子の双臀にピタリと密着した。原田は燿子の背中へのしかかるようにして両手で乳房をわしづかみにした。タプタプと揉みこんで、乳首をつまんでしごく。

「あ、ああ……」

燿子はシーツをキリキリとかみしばった。

たちまち、いじられる乳首がツンととがって、肛門を貫かれる感覚がいっそう鋭くなった。

「お尻なんて……ああ、もう、いや、気が変になるゥ……」

「フフフ、一度味を覚えた尻にはたまらねえだろうが」

原田はゆっくりと突きあげはじめた。

耀子はひッ、ひッとのどを絞って、激しくかぶりを振った。たくましいものが肛門で律動する。

あんなにもたくましいのを、こんなにやすやすと受け入れている自分の双臀が、信じられない。肛門から内臓へ、そして双臀全体が火になる。

「ああ……あああ……ゆるして……」

耀子は美貌を真っ赤に上気させてあぶら汗にまみれ、苦悶と快美とを交錯させた。

「あ、あ、もう、おなかが……ああ……ううむ……」

「フフフ、締めたりゆるめたり、すっかり尻を犯られる味を覚えたようだな、耀子」

「いや……もう……もう、死んでしまう……あああ、たまんないッ……」

耀子は白眼を剝いてのどを絞り、キリキリとシーツをかみしばる。

氷室に初めて肛門を犯された時とは、ずいぶん感じがちがう。苦痛のなかにもすでに肉の快美がふくれあがり、肉をとろけさせていく。

「あ、うう……おなかが……うう、あうッ」

「気持ちいいと言ってみな、耀子」

「いや……ゆるして……ああ、もう、死んじゃう……」

「この前もそう言いながら何度も気をやったじゃないか」

原田も今回は余裕をもって責めたてた。深く浅く、強く弱く、円を描くようにと変化をつけ、燿子の肛門の妖美な感触をじっくりと味わう。

そこへ氷室がおりてきた。今夜も客は少なく、はやく店を閉めたようだ。

「なんだ、原田。もう楽しんでるのか」

氷室はあきれたように言って、ニヤニヤと結合部を覗きこんだ。

燿子の肛門がたくましい肉棒をいっぱいに咥えこまされ、ヒクヒクあえいでいた。肉棒が動くたびに、肛門の粘膜がめくりだされ、めくりこまれる。もう燿子の肛門がたくましいものになじんでいるのが、よくわかった。

「アヌスか、フフフ」

「小便を漏らしたんで、仕置きしてるところだぜ」

「そういうことか」

檻の前の洗面器を見てすべてを察した氷室は、ニヤニヤと笑って服を脱ぎはじめた。

裸になると、縄を手にして、四つん這いの燿子の片足首をつかみ、縄を巻きつけて縛った。

「ああ、な、なにを……」

と言う間もなく、燿子の片方の足首は天井のパイプにかけられた縄で、ズルズルと吊りあげられた。

燿子の身体は、原田に肛門を貫かれたまま横向きに倒れた。

「ゆ、ゆるしてッ……」

サンドイッチにされるのだとわかって、燿子は泣き声を高くした。戦慄が背筋を走り、胴ぶるいがとまらなくなった。

絶望が燿子をおそった。いくら逃れようとしても、片脚は天井からまっすぐ吊られ、腰は肛門を深く貫いた肉の杭で固定されている。

「フフフ、やっぱり尻の穴を犯られてオマ×コをとろけさせてやがる。ビチョビチョじゃねえかよ」

氷室は燿子の媚肉のひろがりをなぞって、指先にねっとりと糸を引くものを見せた。

「い、いやッ……」

「もうサンドイッチがくせになったのか。それでこんなにオマ×コを濡らしてるのか」

「ちがいます……ああ、二人いっしょなんて、ゆるして……」

燿子はおそろしさに顔がひきつり、声がふるえた。

だがそれも、氷室が前からまとわりついてきて、灼熱で媚肉を貫かれるまでであった。

「あ、ああッ……ひいーッ……」

薄い粘膜をへだてて二本の肉棒が前と後ろとでこすれ合う。燿子はなにもわからなくなった。

身体じゅうの肉が灼熱の炎にくるまれ、燿子は灼けただれるような錯乱に追いこまれていった。

「死ぬ、死んじゃうッ……あああ、い、いいッ……」

原田と氷室は燿子をサンドイッチにしてリズミカルに責めたてながら、ゲラゲラと笑った。

「たいした悦びようじゃねえか。さすがに覚えがはやいな」

「一度味を覚えると、今度は底なしか。フフフ、まったく好きな女だぜ」

前から後ろからリズムを合わせて深く突きあげるたびに、片脚を吊りあげた縄がギシギシときしんだ。

「ところで、原田。そろそろ次の獲物を手に入れることを考えたほうがいいんじゃねえか」

「心配するなって、氷室。ちゃんと計画はたててあるって、フフフ」

「ならいいんだが、注文は三人だろ。納期まで一週間かそこらしかねえんだぞ」

「燿子にばかりかまってもいられねえか」

燿子の前と後ろとで原田と氷室はそんなことを言った。

だが、ただれるような肉の快美に半狂乱の燿子には、男たちの話も聞こえない。

「あうう、あうッ……たまらないッ、あああ……ひッ、ひッ、いいッ……」

まるで電気でも流されたように、燿子の身体はガクガクとのけぞり、吊りあげられた片脚がうねった。狂おしく黒髪を振りたくり、燿子はひいひいのどを絞っては白眼を剝いた。

「もう、もう……死ぬッ、あああ……い、イッちゃうッ……」

「好きだな。もうイクのか、燿子」

原田がからかううちにも、ガクガクとのけぞる燿子の身体に痙攣が走りだした。

「イクッ……ひッ、ひいッ、イキますッ」

前も後ろもおそろしいまでに収縮し、くい締めて絞り、それを押し寄せる波のようにくりかえした。

初めての時とちがって今度は余裕のある原田と氷室は、きつい収縮に耐えながらさらに燿子を責めつづけた。

「いやあ……本当に狂っちゃうゥッ……」

絶頂感がおさまるひまもなく、燿子はつづけざまに追いあげられて気をやる。

「ひッ、ひいッ……また、イッちゃうゥッ」

まなじりをひきつらせ、唇をキリキリかみしばり、あぶら汗にまみれた燿子の美貌。満足に息すらできず、肉だけがブルブルと痙攣した。

それでも原田と氷室は、燿子を責めるのをやめない。

「氷室、二人目は、明日、行動開始といこうぜ。獲物は深町万由子という女子大二年生だ」

燿子を突きあげつつ、原田がいきなりそんなことを言った。

「俺はいつでもいいぜ、フフフ。女子大生か。悪くねえ」

氷室はニヤニヤと笑って舌なめずりをした。

「これがまたいい女なんだ。燿子といい勝負だぜ、氷室」

「お前の女を見る眼は確かだからな。そんないい女、どこで見つけた」

「あっちこっち物色してまわったんだ、フフフ。知ってる女がみんな行方不明になっちゃ、すぐ疑われるからな」

「さすがに抜け目がねえな。明日が楽しみだぜ」

原田と氷室がそんなことを言う間にも、燿子はたてつづけに気をやって、連続する絶頂感にもうフラフラだ。

まるで湯でもかけたように汗びっしょりになって、ブルブルとふるえる肌にいくつも玉の汗がすべり落ちた。ほとんど苦悶に近い表情は、それだけ燿子の快感が大きいからだろう。半開きになってあえぐ口の端からは、涎れが溢れた。

「ああ……もう、もうッ……あうう……」

燿子の言葉は激しいあえぎに呑みこまれた。そして汗まみれの双臀がブルルッと痙攣して、ガクガクと腰がはねあがる。のけぞった燿子ののどから、ひいッと絶息するような悲鳴があがった。

「激しいな、またイッたぜ。フフフ、この調子じゃ本当に狂うかもな」

「そりゃマズイぜ。発狂しちゃ商品として使いものにならねえぞ」

「なあに、これだけいい身体をしてるんだ。そんなに簡単に狂いやしねえよ、フフフ」

「そりゃそうだ。これくらいで狂ってちゃ、売ったあとも使いものにならねえわな」

原田と氷室はそんなことを言って、燿子を責めるのをやめようとはしなかった。燿子がビクン、ビクンと身体をふるわせるだけで死んだようにグッタリとしてしまうと、いったん突きあげるのをやめて、

「どうした、燿子。これくらいでのびててどうするんだ」

「自分ばかり気をやって楽しんで、俺たちはまだ発射してねえんだぞ。男を楽しませるようにしねえか」

原田と氷室は燿子の頰をはたき、黒髪をつかんでしごく。

「う……うむ……もう、ゆるして……」

燿子はうつろに眼を開いた。その眼をもたげる力さえない。重く低いうめき声をあげ、ハアハアと絶えだえにあえぐ。まるで初産の女である。

「だらしねえぞ、燿子。気分を出して自分から腰を使わねえか」

「……し、死んじゃう……もう、もう……ああ、少し休ませて……」

「甘ったれるな。俺たち二人を射精させねえ限り、終わらねえんだ」

原田と氷室はニヤリと笑うと、不意にひと突きふた突きと燿子を激しく突きあげた。

「あ……ひッ、ひいーッ……」

燿子は悲鳴をあげてガクンとのけぞった。総身をしとどの汗のなかに揉み絞って、

激しく痙攣させた。

前も後ろもキリキリと収縮して、また燿子が昇りつめたのが原田と氷室にわかった。

そのきつい締まりを楽しみながら、原田と氷室はまたゆっくりと腰を動かしはじめた。リズムを合わせて前と後ろで突きあげ、薄い粘膜をへだてて二本の肉棒をこすり合わせる。

「自分ばかりイクんじゃねえよ。男をイカせるように、少しは努力しねえか」

「そうでねえと、身がもたねえぜ、燿子。シンジケートに買われたら、こんなもんじゃねえだろうからな」

そう言っても、今度こそ死んでしまったようになった燿子は、それでもビクン、ビクンと腰をふるわせ、たてつづけに絶頂を迎える。

6

翌日の夕方、原田と氷室は女子大の正門前で待ち合わせた。氷室が時間通りに行くと、原田はもう車で待っていた。

「はやいな、原田」

「少しはやめに来て正解だったぜ。もう授業が終わったらしく、女はいつもよりはやく出てきた」

「どこにいるんだ、女子大生は」

「あわてるなって。居場所はちゃんと押さえてるんだからよ」

原田は車をおりると、氷室を連れて正門近くのシャレた喫茶店に入った。

店は女子大生たちの溜まり場になっているらしく、あっちこっちに三、四人のグループがいた。そのなかに一人、ひときわ美しい女子大生が——。

知的で美しく、育ちのよさを感じさせる。黒く艶やかな髪、黒色のワンピースの上からも充分に想像できるピチピチとした肉体。スカートからのびた太腿はムチムチとして黒のストッキングにくるまれている。

それが、原田が狙う深町万由子であることは、氷室もひと目でわかった。

「フフフ、どうだ、氷室」

ちょうど万由子を横から見ることができる位置に座って、原田は低い声で言った。

「いい女だ。思ってたよりもずっといいぜ。確かに燿子といい勝負だ」

「あれなら俺たちも充分楽しめるし、いい値で売れるだろ、氷室」

「フフフ、あの太腿、そそられるぜ」

氷室と原田は万由子のほうを見ながら、ニヤニヤと笑った。

「あのバスト、八十七センチというとこかな、フフフ。ヒップはと……」

「ヒップは八十八センチってとこだな。ありゃもう男を知ってると見たぜ」

「俺もそう思う。もっとも経験は浅いだろうがな」

はやくも万由子の品定めをはじめた。

自分が狙われているとは知らず、万由子は話に夢中になっている。万由子が時々笑うと胸のふくらみがゆれ、スカートが少しズレあがって官能美あふれる太腿がいっそう露わになった。

万由子は何度か長く艶やかな黒髪に手をやって指で梳くようなしぐさをするが、それが原田と氷室の欲情をいっそうそそった。

「それじゃもう一度、今日の段取りを確認しておこうぜ。失敗はゆるされねえからな」

原田はポケットから地図を取りだして、テーブルの上に置いた。

「ここが女の家で、ここが駅だ。女はいつもこの道を通って帰るんだが、ここでお前が……」

原田は低い声でボソボソと話しはじめた。

打ち合わせも終わり、一時間ほどになろうとしているのに、万由子はいっこうに席を立つ気配はない。

いつの間にか窓の外はすっかり夜のトバリにおおわれた。

ようやく万由子が席を立った。三人ほどのクラスメートといっしょに駅へ向かう。

「俺は車で先まわりするから、お前はあとをつけてうまくやってくれよ」

「まかせとけって、原田」

氷室はニヤリと笑うと、万由子のあとを追った。

駅に入ると、ちょうど帰宅ラッシュですごい混雑だった。運よく万由子はクラスメートとは乗る電車がちがう。別れてひとり急行のホームに並んだ。氷室はすぐ後ろにピタリとついた。

(フフフ、ただあとをつけるんじゃおもしろくねえ。ちょうどラッシュだ、楽しまなくちゃな)

氷室は腹のなかでニヤリと笑った。眼で品定めをするだけでなく、手でも品定めしたい。

満員の急行電車が入ってきた。おりる人もほとんどなく、ホームの列がドアめがけて殺到する。

氷室はすばやく万由子の後ろに密着し、腰を抱くようにして電車のなかへ押しこんだ。後ろからギュウギュウと押してくるのをいいことに、すばやく万由子の太腿を撫でまわした。スカートなので、手をもぐりこませるのは簡単だ。

万由子がハッとした時には、氷室の手はスカートのなかで双臀に届いていた。あわてて逃れようとしても、身動きすることも手を振り払うこともできない。

(ほう、こりゃいい尻してやがる。プリンプリンだな)

氷室はゆっくりと撫でまわした。

パンティとストッキングの上からではあるが、指先がはじけるような見事な肉づきだ。臀丘の谷間も深く切れこんで、形よく吊りあがっている。

それが氷室の手を感じてキュッと引き締まるのがわかった。

「あァッ……」

万由子は思わず声をあげたが、ギュウギュウ押されて雑音にかき消された。そこで苦しげな声があがる。

電車が動きだすと、氷室はその振動に合わせて万由子の双臀を撫でまわした。臀丘全体を撫でまわし、指をくいこませるように肉をつかみ、さらに下からすくいあげるようにしてゆさぶった。思わず氷室の手が汗ばんでくるほどの見事な肉づきと形だ。

万由子は何事もないように平静を装って、窓に流れていく夜の景色を見ている。だが、万由子の耳は真っ赤で、時々唇をかみしめるのが氷室にわかった。外を見る眼も伏し眼がちになった。

(恥ずかしくて声も出せねえのか、フフフ、それとも気どってんのか。どっちにしろ、こっちにとっては都合いいけどよ)

万由子がじっとしているのをいいことに、氷室はゆっくりと双臀を撫でまわしつつ、もう一方の手を前へまわした。なめらかな下腹部を撫でまわし、茂みのあたりに指先を這わせる。

「あ……」

ほとんど聞きとれない小さな声をあげて、万由子はブルッとふるえた。

一瞬腰をよじって逃れる動きを見せたが、身動きすらできず、万由子はじっとされるがままだ。氷室のあまりの大胆さに圧倒され、すっかり狼狽している。

前も後ろもスカートのなかに手を入れられて、万由子はもう声を出すタイミングを失った。耳だけでなく、知的で美しい顔までが上気して赤くなり、小鼻がピクピクふるえた。その美貌もうつ向きがちになった。

（フフフ、ウブな女子大生だぜ。恥ずかしくて生きた心地もねえというところか。今にも泣きだしそうじゃねえか）

これならパンティのなかまで手を入れられるかもしれないと思ったが、氷室は欲望を抑えた。あとでいくらでも触り、覗き、楽しむことができるのに、ここで危険をおかすことはない。

（それにしてもいい身体してやがる）

氷室はゆっくりと茂みのあたりをまさぐり、臀丘の谷間をなぞった。

ストッキングとパンティの下にどんな媚肉と肛門を隠しているのか、万由子を裸に剝いて身体を開く時のことを想像して、氷室はゾクゾクと胴ぶるいがきた。

万由子の太腿が必死に閉じ合わされている。臀丘の谷間もキュウと固く閉じ合わされ、下腹がブルッとふるえるのを、氷室は指先に感じとった。

（もうすぐ素っ裸にして、たっぷりと可愛がってやるからな）

氷室は舌なめずりをしながら、わざとらしく万由子の顔を覗きこんだ。

真っ赤に上気した万由子の顔は、唇をワナワナふるわせて額や鼻にうっすらと汗が光った。今にも泣きだしそうな眼が、のぞいてくる氷室に気づいて、おびえるように視線をそらした。

氷室は万由子の反応を見つつ、茂みをまさぐる指を股間へもぐりこませ、媚肉の割れ目のあたりをなぞった。ストッキングとパンティの上からでも、しっとりと濡れているのがわかる。

双臀を撫でまわす指は、肛門のあたりをゆっくりと揉みこんでやる。

「あ……」

ビクッと腰がふるえ、万由子ははじけるように顔をあげた。今にも噴きあがりそうな声を、キリキリと唇をかみしめてこらえた。

だが、あげた顔もすぐにまたうなだれてしまう。あとは教科書や化粧品の入ったヴィトンのバッグを強く抱きしめ、じっと耐えるばかりだ。

(たまらねえな)

欲望を抑えきれなくなって、氷室がストッキングとパンティをズリおろそうとした時、電車は駅にとまってドッと人が吐きだされた。

万由子は逃げるようにかけ足で駅の階段をおりていく。

改札口を出て、駅前の商店街のはずれまで走って、ようやく万由子は立ちどまった。後ろを振りかえったので、あわてて氷室は物陰に隠れた。

誰もつけてくる者が見えないので安心したのか、万由子は歩きはじめた。商店街を抜けて静かな住宅街へ入った。街灯はあるものの商店街と較べて薄暗く、人通りはほとんどない。

氷室は電柱などの陰に隠れながら、しだいに万由子との距離をつめていった。歩くたびに左右へゆれる万由子の双臀が、スカートからはち切れんばかりで、氷室の眼を吸い寄せた。黒のストッキングにつつまれた太腿も、妖しい曲線を街灯に浮きあがらせてゾクゾクさせられる。

やがて小さな公園が見えてきた。公園の横には車がとまっていて、運転席に原田の姿があった。

(フフフ、打ち合わせ通りだな。どれ、行動開始といくか)

氷室は一度てのひらの汗をぬぐうと、ニヤリと笑った。あたりに人影のないことを確かめて氷室は一気に万由子の背後に迫った。背中に人の気配を感じた万由子が振りかえろうとした時には、氷室の手は万由子の腰に巻きついた。悲鳴をあげようとする口がもう一方の手で押さえられた。

「おとなしくしねえか。騒ぐと殺すぜ」

低くドスのきいた声で耳もとで言うと、そのままズルズルと公園のなかへ引きずりこむ。

「う、うむ……」

　万由子はふさがれた口の奥でうめくばかり。おそろしさに抵抗することもできない。男が電車の痴漢であることが、いっそう万由子を恐怖させた。

「死にたくなけりゃ、いい子にしてろ」

　氷室は万由子を公園の茂みのなかへ連れこんで、大きなイチョウの木を背に立たせた。すばやくスカートのなかへ手をもぐりこませた。

「ああ、いやッ……誰かッ、たすけ……」

　悲鳴をあげる万由子の頬に、氷

室の平手打ちが一度二度と飛んだ。

ああ、と万由子はのけぞり、それであらがいは終わりだった。平手打ちのショックに、万由子はもう半分気を失ったようになった。育ちのいい女ほど暴力には弱い。

グッタリとイチョウの木にもたれかかってしまった万由子をニヤニヤと見ながら、氷室はスカートのなかへ手をすべりこませた。パンティストッキングとパンティのゴムに手をかけ、ひとまとめにして引きずりおろした。

「……ゆるして……」

かすれるような声をあげ、万由子は両手で顔をおおってシクシクとすすり泣きだした。ストッキングとパンティが両脚から抜き取られた。それを鼻に持っていってクンクンと匂いをかぐと、氷室はポケットにしまった。

黒いストッキングにくるまれた万由子の太腿は素脚になって、公園の明かりにまぶしいばかりに白かった。

氷室はさらにワンピースの前を胸もとからはだけると、フロントホックのブラジャーを荒々しくむしり取った。

ブルンと形のいい処女っぽい乳房が、白くボウッと浮かびあがった。

「いや……」

万由子ははじけるように両手で乳房を隠し、その場にうずくまってしまう。おそろしさに悲鳴をあげることもできず、すすり泣きながらブルブルふるえるばかりだ。

「それだけ楽しめば充分だろう、氷室。つづきは帰ってからゆっくりとな」

茂みのなかから顔をのぞかせた原田が、ニヤニヤと笑いながら言った。このままでは、氷室はここで万由子をレイプしかねなかった。

ようやく我れにかえった氷室はフウーッと大きく息を吐くとニンマリとうなずいた。

7

燿子は檻のなかで、後ろ手に縛られた裸身を小さく縮こまらせた。もう涙も枯れ果てた。

いつまでこんなところに監禁されているのだろうか。これからどうされるのか。闇のなかにひとり放置されると、いっそう不安と恐怖がふくれあがった。

(たすけてッ、誰かッ……もう、もう、こんなこと、いやあッ)

何度も燿子は闇に向かって泣き叫ぶ。家畜以下に扱われ、死にたいほどみじめだ。

今度はいつ原田と氷室が現われ、また凌辱の限りをつくされるのか……どんな小さな音でも燿子はビクッとおびえた。

（ああ……こんなことがつづいたら、狂ってしまう……たすけて、もうおもちゃにされるのは、耐えられない……）

燿子は唇をかみしめて、弱々しくかぶりを振った。

そろそろ原田と氷室が現われるのでは……そう思っている間にも、地下室の照明がついて、ドアが重くにぶい音を響かせた。

「ああ……」

燿子は思わず裸身を強張らせて、美しい顔をひきつらせた。

原田が、つづいて氷室が卑しく笑いながら入ってきた。氷室はなにか肩にかついでいた。明かりに白く光る。

全裸の女体だ。両手は前で縛られて、氷室の肩にかつがれてすすり泣いている。

「フフフ、燿子。仲間を連れてきてやったぜ。深町万由子という女子大生だ」

「見ての通りピチピチといい身体してるから、燿子もがんばらねえと負けるぜ」

氷室と原田は、万由子を肩からおろすと、両手を縛った縄を天井の鎖にひっかけた。

万由子の身体を、両手を頭上へあげて身体が一直線にのびきるように、爪先立ちに吊った。

「いや……たすけて……」

万由子はおびえて泣き声をひきつらせ、爪先立ちの裸身をよじった。

「……こんなところへ連れてきて、なにをするの……こわい……」

「男と女がすることは決まってるだろうが。まして万由子は素っ裸なんだぜ」

「いやッ……」

万由子は黒髪を振りたくった。

檻のなかで燿子も右に左にと頭を振った。万由子を見ていて、自分が初めてこの地下室へ連れこまれた時のことを思いだしたのだ。泣きながら身を揉む万由子の姿に、その時の自分の姿がダブった。

原田と氷室はパンツ一枚になると、ビールを飲みながらゆっくりと万由子のまわりをまわった。

「いい身体してやがる。さすがに女子大生だな。どこもピチピチはじけるようだぜ」

「フフフ、おっぱいも尻もバージンみてえだな。綺麗な形してるぜ」

舐めるように万由子の身体をながめながら、舌なめずりする。

乳房は思ったより豊かで、ツンと小さい乳首はまだ初々しい色をとどめていた。腹部はなめらかで腰は細くくびれ、太腿はピチピチと肉がはじけんばかりで、官能味にあふれていた。

そして形よく張った万由子の双臀は、爪先立ちのためにいっそう吊りあがってキュッと引き締まっている。臀丘の切れこみも深く、敏感そうで、しゃぶりつきたくなるほどの見事さだ。

「いや、見ないで……たすけてくださいッ」

痛いまでに男たちの視線を感じて、万由子の肌が総毛立つようにブルブルとふるえ、よじれた。

「見ちゃ、いや……」

「フフフ、見るだけじゃないぜ。こんな身体を見せつけられちゃ、触らねえ手はねえってもんだ」

「いや、いやッ」

万由子は乳房や双臀にのびてくる手に、泣き声を高くして総身をよじった。

原田と氷室は万由子の乳房を揉み、双臀を撫でまわし、下腹から太腿へと手を這わせていく。股間はわざと避けて、万由子の肌の感触や肉づき、形などを確かめていく。

「フフフ、万由子はもう男を知ってるのか」

「いや、いやです……手をどけてッ……」

「ちゃんと答えねえと、股をおっぴろげて調べるぞ」

「いやあ……」

「答えたくないというわけか。しようがねえ、氷室、股をひろげてオマ×コを調べよう」

「ひいーッ」

万由子は悲鳴をあげてのけぞった。

原田と氷室は見合わせた顔をニヤリと崩した。

「万由子の股をひろげるから、原田、そっちの足を頼むぜ」

「よしきた。オマ×コがパックリ開くように思いっきりおっぴろげてやるぜ」

わざとらしく言って、左右から万由子の足首をつかんだ。ひいッと万由子はまた悲鳴をあげた。

「もう一度だけ聞くぜ。男を知っているのか、この身体は」

「……ああ、し、知ってます……」

両脚を割られる恐怖が、万由子に言わせた。

「初体験はいつだ、万由子」

「……そんな……言えない……」

「じゃあ、股を開くぞ」

「いやあッ……ろ、六カ月前です……」

万由子は泣きながら答えた。

どうしてこんなところへ裸で連れこまれ、恥ずかしいことを聞かれるのか、万由子にはまるで見当がつかない。原田も氷室もこれまで会ったこともない男なのだ。

「相手は誰だ」

「……ボーイフレンドです……ああ、もうゆるしてください……」

「この六カ月間、そのボーイフレンドとは何回やったんだ」

万由子は激しくかぶりを振った。

「言えない……ゆるして……」

万由子の足首をつかんだ手が、意地悪く左右へ開く気配を見せた。

「いやあッ……あ、ああ、六回です……」

言い終わると号泣が万由子ののどをかきむしった。

原田と氷室はゲラゲラと笑った。

「なんだ、たった六回かよ。月一回のペースってわけか。フフフ、もったいねえぜ、これだけの身体してよ」

「たった六回じゃ、まだ女の悦びも本当には知っちゃいねえな。バージンみてえなもんだぜ、フフフ」

笑いながら原田と氷室はあらためて万由子の身体をじっくりとながめた。バージンを犯すような快感がこみあげてきて、思わず胴ぶるいした。

「尻のほうの経験はあるのか」

氷室が聞いても、万由子はなにを言われたのかわからず、泣きじゃくるばかり。それが答えでもあった。

「万由子のセックス経験もわかったところで、股をおっぴろげるか」

原田の言葉に万由子はハッとして、号泣も途切れた。次の瞬間、万由子ののどに絶叫がほとばしった。

「そんな……いやあッ」

必死に力をこめた足首が、ジワジワと左右へ割り開かれていく。

いくら開かれまいとあらがっても、大の男二人にかかってはどうしようもなかった。

両足首が、つづいて膝が割れて太腿が離れていく。

「いや、いやあッ……たすけてッ」

万由子は悲鳴をあげて黒髪を振りたくり、必死に押しつけすり合わせる太腿が、あらがいに波打った。

「思いっきりおっぴろげてやるからな、万由子。ほれ、ほれ」

「言ったことに嘘がないか、オマ×コを見て調べてやるぜ、フフフ」

原田と氷室は万由子をからかってゲラゲラと笑った。

ジワジワと太腿が開くにつれて、内腿に外気と男たちの視線がしのびこんでくる。それが万由子に、開かれていく自分の身体をいっそう実感させた。

「たすけてッ……」

ガクンと万由子の太腿が開ききって、内腿の筋がピクピクとひきつった。

原田と氷室はニヤニヤと覗きつつ、万由子の足首を床の鎖につないで固定した。もう万由子の開ききった股間は、閉じる術がなかった。

艶やかな茂みが万由子の下腹でフルフルとふるえる。燿子に較べて少し薄くて、そこから股間へ割れ目が肉彩も妖しく切れこんでいた。万由子の告白した通り、男にあまり使われていないことは、原田と氷室の眼にもすぐわかった。色といい形といい処女と変わらない。

「いや、いやッ……み、見ないでッ……」

万由子は泣きながら腰をガクガクとゆさぶりたてた。

原田と氷室が今、どこを見ているか痛いまでにわかった。股間がカアッと火になった。

「ああ、見てはいや……いやですッ……」

「なるほど、たった六回しかしてないだけあって、綺麗なオマ×コじゃねえかよ」

「いや、いや……ゆるして……」

「セックスは六回でもオナニーぐらいはしてるんだろ、万由子」

原田と氷室は左右から手をのばして、媚肉の合わせ目を押し開いた。剝きだされた肉層はしっとりとして、初々しいまでの肉の色だ。

その頂点は肉芽が包皮におおわれていた。肉芽を剝きあげると、綺麗な色を見せて小さくツンとのぞいた。

「いや……ああ、いや……」

そんなところまで剝きだされるおそろしさと恥ずかしさに、万由子は頭を振りたてて泣きじゃくった。

「こりゃ仕込みがいがあるな、フフフ」

「女の悦びを教えこんでから、燿子と味較べをするのも一興だぜ」

そんなことを言いながら、原田と氷室は万由子の肉襞をまさぐり、肉芽を剝きあげてはもどし、また剝きあげるということをくりかえした。

(いや……ああ……)

檻のなかの燿子はもう見ていられなかった。あまりに数日前の自分と似ているし、泣きじゃくる万由子がみじめであった。

「どうした、つまんなくて見れねえか、燿子。自分が責められねえからすねてんのか」

「心配しなくても、燿子もあとでたっぷりと責めてやるよ。今はこっちを見てな」

万由子の媚肉をいじりつつ、原田と氷室は燿子のほうを見てあざ笑った。

原田と氷室はすぐに万由子を犯す気配はなく、万由子の媚肉と乳房を執拗にいじりまわしていく。じっくりと万由子を愛撫して、女の官能に火をつけようというのだ。

そして、それを燿子に見せつけようとしている。

「や、やめて」

思わず叫んだのは燿子のほうだった。

「どうしたってんだ、燿子。まるで自分が責められてるような声を出してよ」

「…………」

「それとも燿子が代わりに責められてえってのか、フフフ」

氷室と原田はあざ笑って、万由子への愛撫をやめようとしない。

「……いや……ああ、いや……たすけて……」

泣きじゃくっていた万由子は、まだ燿子の存在に気づく余裕すらない。いつしか泣き声はすすり泣きに変わって、頭を弱々しく振りながらうわごとのように言うばかりだ。

「フフフ、経験は少ねえくせに、身体は敏感なんだな、万由子。おっぱいの先がもう硬くとがってきやがった」

氷室が乳首を指先でピンとはじくと、万由子はひいッと泣いた。

「オマ×コも熱くなって濡れはじめたぜ。クリちゃんもこんなに充血して、ピクピクしはじめやがった」

「どれどれ、フフフ。なるほど、本当に敏感なんだな」

「もっと気分よくしてやるからな。俺たちの太いのをオマ×コに咥えこみたくてしょうがなくなるまでよ」

気も遠くなるほどおそろしく恥ずかしいのに、万由子は自分の身体の成りゆきが信じられない。その前に、自分の身体が恥ずかしい反応を見せはじめていることさえ、自覚がなかった。

「お汁が出てきたぜ、万由子」

原田が指先で肉芽をはじくと、万由子はひいッとのどを絞ってのけぞった。

「や、やめてッ……いや、もう、いやッ……」

「なにがいやだ、もっとだろうが。女の悦びを教えてやろうというのによ」

「いや……いや……」

万由子は黒髪を振りたくった。

原田はさらに二度三度と肉芽をはじいて万由子に悲鳴をあげさせてから、

「氷室、燿子を引っぱりだせよ。俺たちに責められるのがどんなに気持ちいいか、万由子に見せてやるんだ」

「そいつはいいや。燿子がよがり狂えば、万由子にもうつるかもな」

うなずいた氷室は、燿子の入れられている檻の鍵を開けた。

「聞いてただろ、燿子。出番だぜ」

「そ、そんな……」

「さっさと出てこねえか。思いっきり悦んでみせて、万由子に手本を見せるんだ」

たくましい肉棒をゆすってみせて、氷室はうれしそうに言った。

第三章　双頭の張型に悶え狂う女体

1

氷室は燿子を檻から引きだすと、万由子の前に一メートルほどの間隔で向き合わせ、天井から爪先立ちに吊った。

「いや……ああ、いや……」

燿子は身を揉んで黒髪を振りたくる。両手をまっすぐ天井に向けて吊った縄が、ギシギシと鳴った。

「ああ……」

万由子もようやく燿子の存在に気づいた。だが、後ろから抱きついて両手で乳房を揉み、灼熱を双臀に押しつけてくる原田に、万由子は燿子を気にする余裕もない。

万由子の両脚は左右へ大きく割り開かれて足首を縛られ、どんないたぶりも避けられなかった。さらけだされた媚肉は、万由子がおびえ泣くのとは裏腹に、執拗な愛撫にじっとりと濡れて、肉芽まで剝きだしていた。

そこにも原田の手がのびて、つまむようにしごく。

「ひッ、ひッ……ゆるしてッ……ああ、いや、もう、いやあ……」

万由子は悲鳴をあげてのけぞり、泣きじゃくった。

「オーバーに騒ぐんじゃねえよ。気持ちよくしてやろうってのによ」

原田は万由子の耳たぶを軽くかみながらささやいた。

「フフフ、どんなに気持ちいいか、今から燿子が見本になってくれるぜ」

氷室も万由子に向かって言いながら、取りだした縄を燿子の右膝に巻きつけていく。

その縄尻を天井のパイプにひっかけ、引き絞った。

「ああッ、そんな……いやあッ」

今度は燿子の口から悲鳴が噴きあがった。それをあざ笑うように燿子の右膝が吊りあがって、ぴったりと閉じ合わせた太腿が割れひろがっていく。吊られて折れ曲がった膝は、腹部に接するくらいに引きあげられた。

燿子は片脚で身体のバランスをとりながら泣き声を放った。

「いや、いやですッ……こんな格好、ゆるしてッ」

「なに言ってやがる。牝の手本を見せるには、このくらい股をおっぴろげておかなくちゃよ」

氷室は開ききった燿子の股間を覗きこんで、ゲラゲラと笑った。

媚肉の割れ目が妖しく剝きだされ、それは内腿の筋に引っぱられていびつにほぐれ、ねっとりと光るピンクの肉襞をのぞかせた。

それを氷室は指でさらに押しひろげて、妖美な肉の構造をすっかり剝きだした。

「原田、そっちのオマ×コもひろげてみせなよ。フフフ、見較べようじゃねえか」

「そいつはおもしれえ、フフフ」

万由子の肉芽をいじっていた原田も、指で媚肉の合わせ目をつまむように左右へくつろげた。

「いやあッ……」

万由子の泣き声が高くなった。

「こりゃすげえ。オマ×コをこんなにビチョビチョにして、いやもねえもんだぜ」

「クリちゃんまでそんなに赤くとがらせて、ヒクヒクさせて、フフフ」

原田と氷室は万由子の媚肉を覗きこんでせせら笑い、舌なめずりした。

剝きだされた万由子の媚肉からはジクジクと蜜が溢れ、たぎり、妖しい女の色香がムッとただよう。清純な万由子の美貌にアンバランスなのが、妙に生々しさを感じさせる。

「フフフ、燿子のほうはどうかな」

原田と氷室はニヤニヤと燿子の媚肉と見較べた。

燿子の媚肉は、たてつづけの凌辱のせいか、やや色は濃いめで柔肉も熟しているように思えた。ねっとりと光る肉襞がヒクヒクとうごめく。

「ああ、ゆるして……」

燿子はすすり泣く声をあげて、右に左にと頭を振った。

「フフフ、どっちもいいオマ×コをしてやがるぜ。こりゃ味較べも楽しみだな」

「見ろよ、この色といい形といい、フフフ。こうやって見較べるとセックス経験の差が、ちょっぴり出てるってとこかな」

「どっちにしろそそられるぜ」

氷室と原田はじっくりと燿子と万由子の媚肉を見較べた。

それぞれ包皮を剝いて肉芽を剝きだして較べることもする。

「いやあッ……」

「や、やめて……あぁッ……」

万由子と燿子は悲鳴をあげて、ガクガクと腰をよじりたてた。

「これくらいでいやがってどうする。おもしろくなるのはこれからだぜ」

「フフフ、今にどっちがいい声で泣くか、よがり声も較べてやるからな」

原田と氷室は剝きあげた肉芽を指先ではじいて、燿子と万由子にいっそう悲鳴をあげさせて、ゲラゲラと笑った。

燿子と万由子の赤く充血してツンととがった肉芽が、ヒクヒクとふるえた。

その燿子の肉芽を絞りあげるようにつまむと、氷室はもう一方の手で釣り糸を取りあげた。一メートルほどの長さで、両端に小さな輪がつくられている。

その一方の輪を燿子の肉芽にはめこみ、付け根をキュウッと絞った。

「な、なにを……あぁッ、ひぃーッ」

燿子の言葉は途中から悲鳴に変わり、ガクガクと片脚吊りの裸身がのけぞった。

「やめてッ、そんなひどい……ひッ、ひぃッ」

「フフフ、もううれし泣きか、燿子。いい声で泣きやがるぜ、ほれ、ほれ……いくらでも泣きな」

「ひッ、ひッ……いやあ、ひぃーッ……」

燿子は今にも気がいかんばかりにのどを絞り、顔をのけぞらせたまま黒髪を振りたくった。腰がよじれ、乳房がブルブルとふるえて躍る。

「フフフ、万由子も燿子に負けないように、いい声で泣かせてやるぜ」

原田は舌なめずりをして言うと、釣り糸のもう一方の端をつかんだ。

「ああ、いやあッ……ゆるしてッ」

なにをされるのか知った万由子は悲鳴をあげて、美しい顔をひきつらせた。燿子にされたことが、いやでも眼に入った。

だが万由子は、原田の手で肉芽をつまみあげられていては、腰をよじってあらがうこともできない。たちまち燿子と同じように、肉芽を釣り糸の輪で絞りあげられてしまう。

「ひいッ、ひいーッ」

縄をギシギシ鳴らせて、万由子は激しくのけぞった。釣り糸は、向かい合った燿子と万由子の肉芽をつないでピンと一直線に張った。

「ああ、いやあ……」

「そ、そんなッ……」

万由子と燿子の身悶えがとまり、裸身が強張った。どちらかが動けば、釣り糸がピンと張っているために、いやでも相手の肉芽をも責めることになる。

「フフフ、こうすりゃどっちを責めても、二人そろって泣くことになる」

「もっと一心同体にしてやるからな、フフフ」

原田と氷室はニヤニヤ笑うと、それぞれ新たな釣り糸を取りだした。やはり釣り糸の両端には、小さな輪がつくられてあった。

それを燿子の右の乳首と万由子の左の乳首というように、向かい合う燿子と万由子の乳首をそれぞれ二本の糸でつないでいく。

たちまち二本の糸は乳首を絞ってピンと張る。燿子と万由子はますます身動きできなくなった。

「いや、こんなの、いやです……ああ、かんにんしてッ……」

燿子は弱々しく黒髪を振って、泣きながら哀願した。

万由子のほうはおびえきって泣きじゃくるばかりだ。ブルブルと裸身がふるえ、ピンと張った三本の糸もふるえた。氷室と原田はすぐには燿子にも万由子にも手を出さず、ビールを飲みながらニヤニヤとながめた。

「フフフ、まだなにもしねえのに、おっぱいの先もクリトリスも、ますます大きくなってきやがる。二人とも好きだな」

「これでどっちかを責めてやればどうなるか。フフフ、気をやるのもいっしょかな」

意地悪くからかって、氷室と原田は何度も二人の開ききった股間を覗きこんだ。そして眼を細めて笑い、涎れを垂らさんばかりに舌なめずりする。

「それじゃお楽しみをはじめるか、フフフ」

「思いっきりよがり狂って、万由子に、俺たちに責められるのがどんなにいいか、じっくり見せるんだぜ、燿子」

燿子も万由子も悲鳴をあげて泣き顔をひきつらせ、いっそう裸身を強張らせた。

「ゆるしてッ……そんなこと……」

燿子は哀願の言葉も途切れ、歯がガチガチと鳴ってとまらなくなった。

見知らぬ女性とはいえ、その前で氷室と原田にもてあそばれ、浅ましい姿を見られるなど信じられない。

「やめて……ああ、いや、そんなことは、ゆるして……」

「牝一号としての成果を見せるんだよ。いくら気どったって、俺たちに責められるよさをこの身体が覚えてるはずだぜ、燿子」

氷室はあざ笑って燿子の後ろへまわると、首筋に唇を這わせながら両手を乳房へまわして、ゆっくりと揉みはじめた。

「あ、ああッ、やめて……いや……」

燿子は狼狽の声をあげた。

乳房がタプタプと揉みこまれると、いやでもピンと張った糸が乳首を刺激し、感覚が鋭くなった。

「ああ、ああ……」

万由子も泣き声を大きくして、黒髪を振りたくった。燿子の乳房が揉みこまれれば、乳首をつながれた糸で万由子もさいなまれる。そして万由子がいやいやと身悶えれば、それがまた燿子をいっそうさいなむことになる。

「フフフ、燿子のおっぱいを揉んでやれば、万由子も泣きだす。牝同士、仲のいいことじゃねえか」

「ほれ、お互いにもっと責め合わねえかよ」

原田はいきなり万由子の双臀をピシッと鋭く平手で打った。

「ああッ……」

ブルッと万由子の双臀がふるえてよじれたとたん、ピンと張った糸が万由子と燿子の肉芽をいっそう引っぱることになった。

「ひいッ……」

「あ、そんなッ、ひッ、ひいッ……」

万由子と燿子は悲鳴をあげてのけぞり、それがさらに互いを責めることになって、いっそう悲鳴をあげた。

氷室と原田はゲラゲラと笑った。

「いい声で泣きやがるぜ。こりゃたまらねえな」

「その調子でもっと気分出すんだぜ」

氷室が燿子の乳房を揉みつづければ、原田も一定の間をとって万由子の双臀をピシッとはたく。

「あ、ああッ……ゆるしてッ」

「いやあッ……」

燿子と万由子は三本の釣り糸と男たちの手に翻弄されて、ひいひいのどを絞って泣きじゃくり、悩乱のなかに悶え狂った。悶えればいっそう自らを責めることになるとわかっていても、とてもじっとしていられない。

「ああ……」

まず燿子が悲鳴と泣き声を、すすり泣くようなあえぎに変えた。ガクガクと狂わんばかりの身悶えも、小さなふるえとからみつくようなうねりに変わった。

もう燿子の裸身は噴きだす汗にじっとりと濡れ光って、匂うようなピンクにくるまれはじめた。剝きだされた媚肉も充血してヒクヒクとうごめき、蜜をたぎらせている。そして釣り糸に絞られ、引っぱられる肉芽と乳首は、いっそう硬くとがって今にも血を噴かんばかりだ。

「フフフ、さすが牝一号だな。感じてオマ×コをとろけさせはじめたぜ」

万由子の双臀をはたく原田が燿子の反応に気づいて、わざとらしく大きな声で言った。

「ああ……あああ……」

燿子はからかわれても反発する気力もなく、頭をグラグラとゆらすばかりだ。

（ああ、こんなことって……）

燃えあがる火を必死に抑えようとしても、燿子はもうどうしようもない。釣り糸がピンと張ってゆれるたびに、身体の芯に火が走った。

それは万由子も同じだ。

だが万由子は、それを感じる余裕もなく、おそろしさに生きた心地もない。

「い、いや……ああ……いや……」

「どうした、万由子。ほれ、しっかりと燿子を見てねえか。負けねえようにもっと気分出すんだよ」

原田は万由子の黒髪をつかんで燿子を見せつけつつ、ゆるゆると双臀を撫でまわしてはピタピタとたたいた。

ブルブルとふるえる万由子の双臀が、釣り糸で燿子にあやつられるようにうねるのが、原田にはたまらない。すぐにでも犯したい衝動をグッとこらえた。

氷室のほうは燿子の後ろからまとわりついて、乳房を揉みながらもう一方の手で開ききった媚肉をいじりまわしはじめた。

しとどに濡れた柔肉が熱くたぎって、氷室の指までとろけそうだ。

「ああ……ああ、いや……あああ……」

「こんなにオマ×コをとろけさせておいて、なにがいやだ、フフフ。太いのが欲しいんだろう、燿子」

「ああ、あうう……いや……ゆるして……」

燿子はいやいやと頭を振ったが、拒むというのではない。

媚肉はいっそう熱くヒクヒクとうごめき、溢れでた蜜が燿子の内腿をツーとしたたった。

2

いくら感じまいと必死にこらえても、燿子はどうしようもなかった。氷室の指と釣り糸とになす術もなく反応させせられていく自分の身体が情けない。

(ああ、見られているというのに……どうしてこんな身体に……だ、駄目よ……)

そう思う気持ちさえ、ふくれあがる官能の火に呑みこまれていく。

氷室の指が二本、膣へ入って肉襞をまさぐると、肉芽の糸のことも忘れて思わず腰をゆすりたくなった。

「あうッ、あああ……ひぃッ……」

我れを忘れて腰をゆすり、燿子は糸に絞られた肉芽にズキンと走る衝撃に、ひぃッとのどを絞った。

「ひッ、ひッ、いやあ……」

同時に万由子も悲鳴をあげてのけぞった。

「フフフ、いいぞ、万由子。燿子に合わせて気分を出すんだ」

原田が万由子の顔を覗きこんでせせら笑った。もう原田は万由子の身体に手を出さず、ニヤニヤとながめるだけだ。

「いやでも三本の糸が万由子を気持ちよくしてくれるからな、フフフ。ほれ、燿子がされることをよく見てるんだ」

原田がそう言う間にも、燿子はあられもない声をあげて、また腰をうねらせて乳房をゆすりたてた。

「あうッ……ひッ、ひッ、あうう……」

「いやあ……ひいッ……」

燿子と万由子の口から悲鳴があがる。だがそれも、あらがいというのではなく、どこか艶めいた響きがあった。

「どうだ、太いのを入れて欲しいか、燿子」

氷室が燿子の耳もとでささやいて、後ろから肉棒の先端を媚肉のひろがりにそって這わせた。

「ああッ……い、いや……」

燿子の悲鳴がうわずり、吊りあげられた片脚をよじって腰をひねりたてた。そんなことをすればいっそう釣り糸に肉芽や乳首をさいなまれるとわかっていても、燿子は思わず矛先をそらそうともがかずにはいられない。

ひいひいと万由子が泣くが、それを気にする余裕もない。

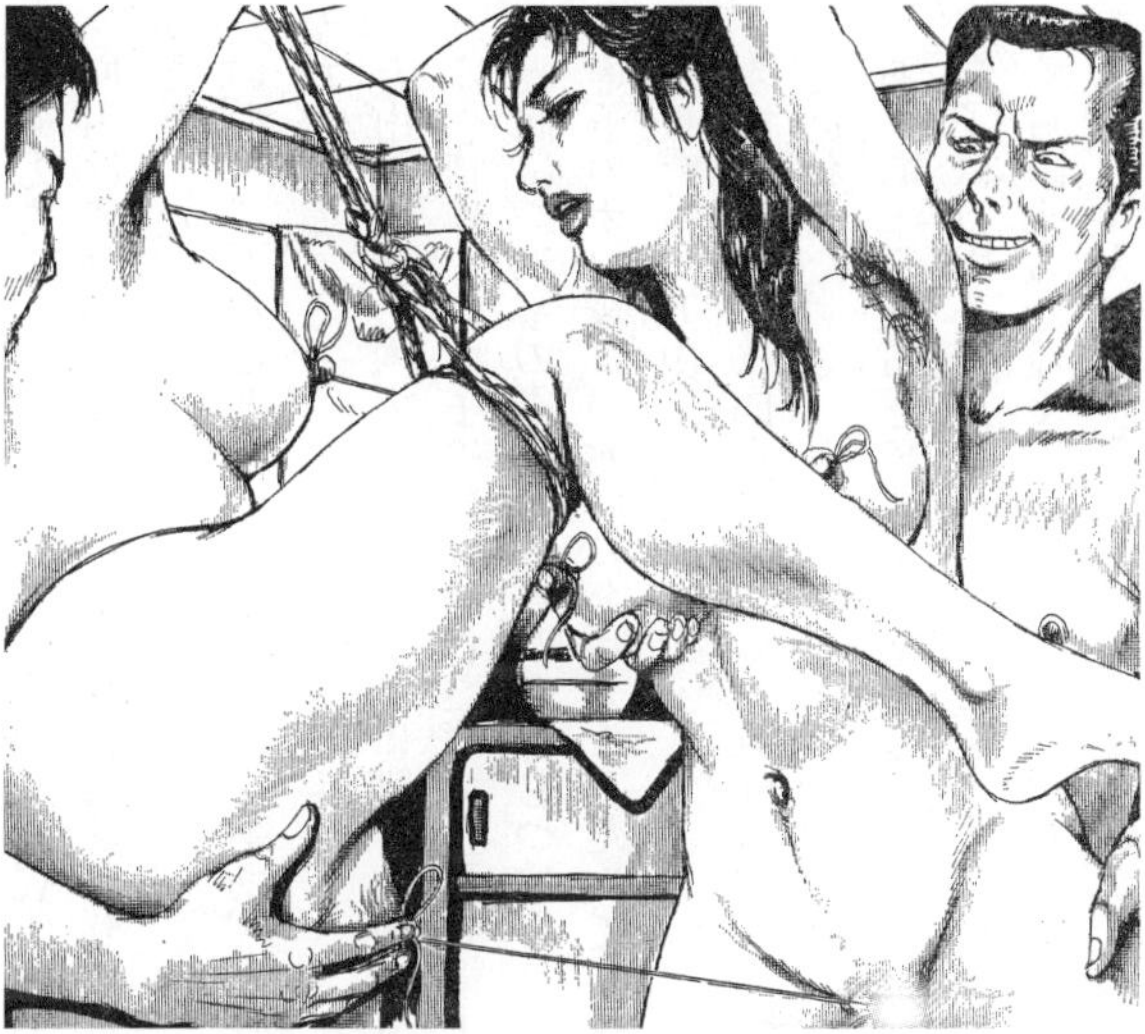

「いよいよ燿子が太いのを咥えこむようだぜ。しっかり見るんだ。万由子もあとで同じようにされるんだからよ」

　万由子の黒髪をつかんでしっかりと燿子を見せつけながら、原田はせせら笑った。

「い、いや……見たくない……ああ……」

　万由子はいっそう泣き声を露わにした。

「見てるよりも、万由子も太いのを入れられたいってのかな、フフフ」

「いやあッ……」

「だったら見てろ。眼をつぶった

りそらしたら、すぐに万由子のオマ×コにもぶちこむぞ」

原田は自分の肉棒を万由子の双臀にこすりつけていっそう悲鳴をあげさせ、ゲラゲラと笑った。

（いや、こんなこと、もう、いや……ああ、どうして、こんな目にあわされるの。誰かたすけてッ……）

万由子は胸の内で狂おしいまでに叫びながらも、ただ泣きじゃくるばかりだ。犯される恐怖に、万由子は泣き濡れた瞳で正面の燿子を見た。片脚吊りにされて開ききった股間に、氷室の肉棒が後ろから押しつけられ、今にも媚肉を貫きそうだ。

「燿子のオマ×コが太いのを咥えこみたくて、涎れを垂らしてヒクヒクしているのがわかるだろ、万由子」

氷室も万由子に向かって言い、見せつけて肉棒の先端を何度も媚肉のひろがりにそって這わせた。

「あ、あ……ゆるして、あああ……」

燿子は万由子に見られていると思うと、いっそう羞恥と屈辱とにおおわれた。だがいくら耐えられなくても、燿子にはどうしようもない。

「それじゃ入れるから、燿子のオマ×コがどんなふうに咥えていくか、よく見てるんだぜ、万由子。フフフ」

氷室はわざと大きな声で言うと、ジワジワと燿子の媚肉に分け入らせはじめた。

「いやッ……ああ、あ……ゆるして……」

「なにがいやだ。できるだけ深く入れてやるから、しっかり咥えるんだぜ」

「あ、ああ……う、うむ……」

燿子は吊られた片脚をキリキリよじり、唇をかみしばってガクガクとのけぞった。燿子の腰が内腿が、ブルブルと痙攣する。

柔肉を押しひろげて入ってくるたくましい灼熱、そして燿子が裸身を揉みしぼることで乳首と肉芽をいっそう引っぱる釣り糸……。

「ううむッ……ひッ、ひッ、あああ……」

総身に生汗をドッと噴いて、燿子は乳房を腹部をひッひッとあえがせ、黒髪を振りたくった。

万由子の乳首と肉芽もきつく引っぱられた。

「ああッ……ひいーッ……」

「フフフ、まるで万由子がぶちこまれるような声出しやがって。燿子のよがりがうつったのかな」

からかう原田の眼に、ドス黒い肉棒に燿子の柔肉がひしゃげるように巻きこまれるのが、はっきり見えた。

万由子の眼にも見えているはずだ。

「いや……いやあ……」

「燿子はうれしそうに咥えこんでるだろ。ヒクヒクとからみついてくるんだぜ」

氷室はわざと何度もゆっくりと出し入れをして、そのたびに少しずつ深く入れた。

燿子はもう、氷室が万由子に説明して聞かせているのもわからないようだ。

「ひいーッ……」

肉棒の先端がズンと子宮口を突きあげ、燿子はのどを絞って白眼を剝いた。

「フフフ、どうだ、深くつながっただろうが。ヒクヒクくい締めてきやがる」

氷室はうれしそうに言った。後ろからニヤニヤと燿子の顔を覗きこみ、次には正面の万由子の顔を覗いて、すぐには動きだそうとしない。

原田も万由子の黒髪をつかんで燿子のほうを見せたまま、

「太いのを入れられて、燿子は気持ちよさそうな顔をしてるだろ。今にひいひいとよがり狂うから、よく見てるんだ」

「いや……いや……」

「見ていれば万由子も、すぐに入れて欲しくなるぜ、フフフ」

原田はネチネチと万由子の耳もとでささやきつづけた。それをニヤニヤと聞きながら、氷室はゆっくりと腰を動かして燿子を突きあげはじめた。片手を燿子の下腹へまわして抱きこみ、もう一方の手は乳房をいじる。

「あ、あああッ……ゆるしてッ」

深く突きあげられて、燿子はキリキリと唇をかみしばった。片脚吊りのために、肉棒の動きがこれまでになく内臓の奥までビンビンと響く。

ゆさぶられる燿子の動きが、三本の釣り糸を通して万由子にまで伝わり、また万由子が悲鳴をあげはじめた。

「いや……ひいッ、ひッ……」

まるで万由子までが肉棒に突きあげられているようだ。

「フフフ、二人そろって泣かれると、たまらねえな」

「そんな声で泣かれると、そそられるぜ。そろそろ万由子も入れてやるか」

「待てよ、原田。ここは一度燿子に気をやらせてからだ」

「万由子のオマ×コも、もうメロメロだぜ。はやいとこ燿子をイカせてくれよな、氷室」

ニンマリとうなずいた氷室は、燿子を突きあげるペースをはやめた。

「ああ、たまらないッ……」

たちまち燿子はめくるめく官能に翻弄された。身悶えることで乳首と肉芽に走る釣り糸の衝撃さえ、気が遠くなるような愉悦に変わっていく。

「フフフ、そんなにいいのか、燿子。すっかり身体が俺たちを覚えこみやがって」

氷室はリズミカルに突きあげながら、後ろから燿子の唇を求めた。

燿子はもうあらがおうともせず、後ろを振りかえるようにして氷室の唇を迎えた。すぐに舌をからめ取られてきつく吸われ、唾液を流しこまれた。

唾液を呑まされながら、燿子はさらに頭のなかがしびれて肉がとろけた。もうわけがわからなくなっている。

「見ろよ、万由子。あんなにいやがってたのに、ぶちこまれたら気持ちよくてしようがないって、うっとりしてるだろうが」

原田が万由子にささやき、ニヤニヤと笑って舌なめずりした。

「万由子のほうはどうかな」

聞いても返事はなく、万由子はもう半分気が遠くなったようにすすり泣き、時々小さく悲鳴をあげてうめくばかりだ。

万由子の身体はもう肉がとろけているにもかかわらず、それを自覚することができないまでに、羞恥とおそろしさとにおおわれている。

「ああ、あうう……あうッ……」

ようやく氷室に口を離された燿子は、堰を切ったようによがり狂った。

なにもかも忘れたように、万由子に見られていることさえ忘れ、官能の絶頂へ向けて追いあげられていく。

「ああッ……ああ、もうッ……」

「もう気をやりそうなのか、燿子」

ガクガクとうなずくうちにも、燿子の裸身に痙攣が走りはじめた。

「ああッ……ああッ、もう、駄目ッ……」

燿子はひときわ高い声をあげ、ググッと背筋を反らせた。吊りあげられた片脚の爪先が内側へかがまった。

そして腰を二度三度とガクガク突き動かし、氷室の肉棒をキリキリとくい締めて、さらに痙攣を激しくした。

「イクーッ」

腹の底を絞りたてつつ、燿子は総身をおそろしいばかりに収縮させた。

「ひいッ……」

万由子までが悲鳴をあげてのけぞった。

「燿子が気をやったのがわかるだろ。見ろよ、この激しさ」

なおも痙攣を走らせる燿子の裸身を万由子に見せつけて、氷室はじっくりときつい収縮を味わった。油断すると今にもドッと果ててしまいそうだ。そして燿子の身体からガックリと力が抜けた。あとは汗まみれの乳房から下腹にかけて、ハアハアとあえぎ、波打たせるばかりだ。

「……………」

万由子は燿子が犯されて絶頂を極めるのを見せられ、声もなくすすり泣く。ようやく釣り糸での乳首と肉芽へのさいなみもとまったとはいえ、生きた心地もない。

「これでわかっただろ。俺たちに犯られれば万由子もああなる、フフフ」

そう言いながら、不意に原田が万由子の後ろからまとわりついた。両手を腰にまわして抱きこみ、後ろから肉棒を万由子の媚肉に分け入らせようとする。

万由子はハッと腰を強張らせた。

「いや……ああ、いやあッ……」

悲鳴をあげてのけぞる。

「燿子と同じように気持ちよくしてやろうというんじゃねえか。おとなしくしねえか」

「いや、いやですッ……たすけて、誰かッ」

「フフフ、今度は燿子に負けねえように、万由子も気をやるんだぜ」

原田は万由子が悲鳴をあげるのを楽しみながら、肉棒の先端に力を加えた。

「ひいーッ……たすけてッ」

処女のような声を張りあげて、万由子はガクガクと腰をよじりたてた。

釣り糸が引かれ、グッタリとしてあえぐ燿子が今度はうめいた。だが燿子は眼を開く気配はない。

万由子がひとり泣き叫ぶ。

「いや、いやあッ……う、うむむ……」

ジワジワと入ってくる肉棒に、万由子は呻吟する。

3

原田はできるだけ深く貫くと、万由子の黒髪をつかんでしごいた。

「しっかりしねえか。せっかく深く入れてやったのによ」

「……ゆるして……」

万由子は意識さえもうろうとして、低くうめいた。

そのくせ万由子の柔肉は熱くたぎって肉棒にからみつき、ジクジクととめどなく蜜を溢れさせている。

「さあ、たっぷりと楽しませてやるぜ、万由子。何度でも気をやらせてやるからな」

「う、うむ……いや……ううむ……」

原田がゆっくりと動きだすと、万由子はブルブルと裸身をふるわせてうめいた。

子宮口が突きあげられ、肉棒で串刺しにされている自分の身体を、いやでも思い知らされる。そして肉芽と乳首を絞った糸が、いっそうピンと張ってはゆるみ、また張るということをくりかえした。

「あ、ああ……ゆるして……」

万由子はまた気が遠くなって、黒髪を振りたくった。ニヤニヤとながめていた氷室が、またゆっくりと腰を動かして燿子を責めはじめた。

「あ、そんな……も、もう、ゆるして……ああ、いや……」

燿子はうつろに眼を開いて、哀願の声をあげた。まだ絶頂の余韻も引かぬうちに、グッタリとした身体をさらに責めたてられる。

「やめて……ああ、休ませて……」

「フフフ、今度は万由子といっしょに楽しむんだ。先輩としてリードしてやるつもりでよ。自分ばかり気をやるんじゃねえぞ」

「そんな……ああ、変になっちゃう……」

はや身も心もゆだねきったようなすすり泣きをもらして、燿子は再びめくるめく官能の渦に呑みこまれていく。

「原田、万由子の味のほうはどうだ」

燿子を責めたてつつ氷室は聞いた。

「フフフ、思った通りいい味してるぜ。本当のバージンみてえにきつく締まりやがる」

「そいつは楽しみだな、フフフ。商品として充分使えるってわけだ」

「燿子といい勝負だぜ。仕込めばまだよくなる」

「今夜は代わるがわるたっぷりと仕込んでやろうじゃねえか」

氷室と原田はそんなことを話し合っても、肉棒と釣り糸とに責め嬲られる燿子と万由子には聞こえていない。

氷室と原田は責めるリズムを合わせた。燿子と万由子を同時に突きあげ、一瞬乳首や肉芽をつないだ釣り糸がゆるんだかと思うと、次には切れそうにピンと張る。

「あ、ああッ……」

「ひぃッ……」

燿子と万由子はそのたびに悲鳴をあげてのけぞった。それをくりかえされるうちに悲鳴はうわずり、あえぎが入り混じった。

「ああ……あああ、あうッ……」

燿子の裸身にまた痙攣が走りはじめた。たてつづけに昇りつめる。

「まだだ。いくら好きでも自分ばかりいってどうする。万由子をリードしろと言ったはずだぜ」

氷室は不意にピタリと動きをとめてしまう。

「ああ、いや……そんな……」

動きを求めて燿子の腰がうねった。もう我が身の浅ましさをかえりみる余裕はなかった。

「どうだ、燿子のあの好きものぶりは。自分から腰を振ってやがる」

万由子の耳もとでささやきながら、原田のほうは突きあげるのをやめようとはしない。

「ああ、もう、ゆるして……いやあ……」

万由子はすすり泣きつづける。

胃を押しあげんばかりに深く突きあげてくるものがおそろしい。にもかかわらず快美のうずきがジワジワとふくれあがるのが、さらにおそろしかった。

そして眼の前で狂ったように悶える燿子を見せつけられていることが、それに拍車をかけた。燿子の媚肉をまるで杭のように打ち抜くグロテスクな氷室の肉棒、それは鏡で我が身を見るようだ。

「燿子のほうはもう気をやりそうなんだぞ。万由子もがんばらねえか」

原田は万由子の乳房をタプタプと揉みこみ、もう一方の手で釣り糸に絞られた肉芽をいじりつつ、さらに突きあげるテンポをはやく、大きくした。

「ひいッ……ゆるしてッ……あ、ああッ……」

「その調子だ、万由子。もっと気分出して気をやるんだ。ほれ……ほれ……」

「ああッ……ああッ、駄目になっちゃう……」

万由子の声がうわずって、汗まみれの裸身がブルブルふるえはじめた。おそろしいと思う気持ちもうつろになり、わけがわからなくなっていく。

「ああ……あうう……ゆるして……」

「フフフ、やっとその気になってきたな、万由子。気持ちいいんだろ」

原田は、身も心も屈服したように露わな反応を見せる万由子をニヤニヤとながめつつ、容赦なく責めた。

氷室のほうは、燿子を追いたてたてはあと一歩というところで動きをとめ、引きもどしてはまた追いたてるということをくりかえした。

「うう……狂っちゃう……ああ、もう……もう、イカせて……」

燿子は我れを忘れて口にした。さっきからじらされつづけ、地獄の苦しみだ。

「万由子をリードしろと言っただろ。自分ばかり楽しもうとして、どうする」

「そんな……本当に、狂っちゃう……」

「フフフ、万由子と気を合わせて狂うならいいぜ、燿子」

氷室はあざ笑った。

万由子はもうすっかり官能の波に翻弄されて弱りきったように、すすり泣きながらグラグラと頭をゆらしている。時々いいッと唇をかみしばったと思うと、次にはうめき声をあげ、さらにハアッハアッと荒いあえぎを噴きこぼした。

「いや……ああ、うむ……ああッ」

ひときわ激しく万由子はのけぞった。腰がよじれ原田の肉棒を締めつけつつ、ブルブルとふるえた。

「気をやるのか、万由子」

「いや、いやッ」

「フフフ、それ、もう少しだ」

原田はいちだんと責めを強め、とどめを刺すかのようにグイグイとえぐった。

「よし、燿子もイクんだ。先輩なんだから、万由子に合わせてやれよ」

氷室も燿子を猛然と追いあげにかかった。

「ひいい……」

燿子の腰が愉悦を露わにして大きくよじれ、のけぞった汗まみれののどに悲鳴が噴きあがった。

「いや、いやあッ……あああ……」

万由子がガクガクのけぞる。

まるで燿子と万由子は双頭の張型でつながれているようだ。先にイッたのは、やはり燿子だった。

「う、うむ……イクッ」

ようやく満たされる悦びに、絶頂をむさぼるように総身を揉み絞って痙攣させ、ひいッ、ひいッとのどを絞る。

それに巻きこまれ、万由子も絶頂へ追いあげられた。

「う、ううむッ……いやあッ」

うめきを絞りだしつつ、ガクガクと腰をゆすって、万由子は肉棒をくい締めた。

氷室も原田もこらえる気はなかった。思いっきり最後のひと突きを与えると、白濁の精を一気に放った。

「ひいッ」

「ひッ……ううむ……」

万由子と燿子は悲鳴をあげてもう一度ガクンと大きくのけぞった。おびただしいまでの白濁を子宮口に灼けるように感じとって、二人とも白眼を剝いてガクガクと痙攣した。

しとどの汗のなかに燿子と万由子の身体はガックリと沈み、しばらくの間、肩をひいひいとあえがせるばかり。

「フフフ、とうとう万由子もイキやがった。派手なイキっぷりだぜ」

「仕込みがいがあるな、フフフ。燿子はますます好きになるしよ」

原田と氷室は満足げに言ってビールをグッとあおった。汗まみれののどに、冷たいビールが心地よくしみわたった。

ニヤニヤと覗きこんだ万由子の顔は汗に濡れて、ほつれ髪を額や頬にへばりつかせている。固く眼を閉じてハアハアとあえぐ顔は、まるで初産をすませたようだ。

万由子は、原田と氷室がニヤニヤと顔を覗きこんでくるのも気づかなかった。燿子のほうも両眼を閉じたままハアハアとあえぎ、まだ恍惚の表情を残していた。

そんな万由子と燿子を見ているうちに、原田と氷室ははやくも回復して、ムクムクと肉棒がたくましさを取りもどした。

「フフフ、今度は交代するか」

氷室と原田は互いに顔を見合わせて、ニンマリと笑った。

今度は氷室が万由子の後ろへ、原田が燿子の後ろへまわった。まず原田が燿子の腰をつかんで引き寄せ、一気に肉棒を媚肉に押し入れた。

「ああッ……」

ビクンと燿子の腰がふるえ、うなだれた顔がハッとあがった。

「……そ、そんな……」

「まだこれからだぜ。燿子の仲間も加わったことだし、夜は長い」

「ああ……」

弱々しく頭を振っただけで、燿子はもうなにも言わなかった。いくら哀願しても聞いてくれる男たちではない。

ズンと子宮口まで埋めこまれて、燿子はううむッとうめいた。

氷室は万由子の後ろからまとわりついて、肉棒の頭を媚肉に這わせながらすぐには入れようとしない。

「しっかりしろ。若いくせにたった一度気をやったくらいで、だらしねえぞ」

ピタピタと万由子の頬をたたいて、氷室はせせら笑った。

「ああ……」

弱々しく頭を振ると、万由子はすすり泣きだした。開いた眼がうつろだ。

「まだまだこれからなんだよ。この俺はまだ万由子を味わってねえしな」

ほれ、入れるぜ……氷室はわざと教えて、ジワジワと貫きはじめた。

「う、うむ……いや……もう、ゆるして……」

ブルブルとふるえて、万由子は泣き声を高くした。本能的に逃れようと腰をよじって身を揉む。

「俺たちは一発や二発で終わるほどヤワじゃねえ。六発は犯らしてもらう」

「……ゆるして……死んじゃう……」

万由子は泣き声を大きくした。

もう底までびっしり埋めこまれて、腰をよじることもできなかった。泣きながら弱々しく頭を振るのが哀れで、かえって嗜虐の欲情をそそった。

「フフフ、こっちの燿子はもううっとりしてるぜ」

原田があざ笑って燿子の黒髪をつかみ、ハアハアとあえぐ燿子の顔を万由子に見せた。

「二、三日もすりゃ、万由子もああなるぜ。牝二号になるんだ」

氷室もあざ笑って言った。

「それじゃあまた、可愛がってやるか」

「今度はどっちが先にいくかな、フフフ。原田、勝負するか」

「そいつはおもしれえ、フフフ」

原田と氷室はうれしそうに笑うと、またリズムを合わせて燿子と万由子を突きあげはじめた。

4

万由子が眼をさましたのは布団のなかだ。まだ全裸のまま縄で後ろ手に縛られ、原田に抱かれていた。

原田の手が万由子の乳房をいじり、茂みを指で梳いている。万由子はハッと裸身を強張らせた。

「眼がさめたのか、万由子」

ニヤニヤと原田の顔が笑っていた。

「フフフ、ゆうべは途中でのびちまいやがって。もっとも何回気をやったのか、覚えてるのか」

「……いや……」

「まったく純情そうなふりをしてあきれたぜ。最後には離したくないってふうにチ×ポをくい締めて、よがり狂ってよ、フフフ」

「ああ……」

万由子は身をふるわせてシクシクと泣きだした。

隣りでは燿子がやはり後ろ手縛りの裸身を氷室に抱きすくめられて、ハアハアとあえいでいた。なにをされているのか、布団がかけられて見えないが、想像はついた。

原田はニヤニヤと笑って、万由子の顔を隣りの燿子のほうへ向けた。

「フフフ、燿子はもう気分を出してるようだぜ、万由子」

原田がそう言う間にも、燿子の顔がのけぞって、布団のなかで燿子の身体がブルブルとふるえた。

「ゆ、ゆるして……ああ……」

燿子はあえぐように言って、弱々しく頭を振った。いかにもつらそうな燿子の表情が、万由子を狼狽させる。

「燿子は気分を出してりゃいいんだ。せっかくだから、万由子にも見せてやろう」

氷室は掛け布団を剝いで燿子の裸身をさらした。

燿子は氷室に後ろから抱きつかれていた。氷室の手は乳房にも股間にものびていず、燿子の双臀のあたりでモゾモゾ動いていた。剝きだしの肉棒も燿子の双臀にこすりつけられている。

「ああ、あ……もう、いや……そこは、ゆるして……」

燿子はたまらないといわんばかりに、ブルブルと双臀をふるわせ、両脚をうねらせた。

「フフフ、燿子はなにをされているかわかるかな、万由子」

「いや、言わないでッ」

原田の言葉をさえぎるように、燿子は叫んでいた。たちまち燿子の美貌が、首筋まで真っ赤になった。

「フフフ、燿子は尻の穴を責められているんだぜ」

「ああッ」

燿子は真っ赤になった美貌を振りたてた。

「わかるだろ、万由子。尻の穴、肛門だぜ」

「…………」

万由子は絶句して、あわてて燿子から眼をそらした。おぞましい排泄器官を嬲りの対象にされるなんて……。

「見せてやれよ、氷室」

原田は万由子の黒髪をつかんで燿子を見せながら、氷室に言った。

氷室はニンマリとうなずいた。

燿子の腹部へ手をまわしていっそうしっかりと抱きこむと、氷室はそのまま燿子を抱きあげ上体を起こす。布団の上にあぐらをかき、その上に燿子を前向きに乗せた。

燿子の両脚は氷室の膝をまたいで、ほとんど水平に近いまでに開き、内腿の筋をピクピク浮かびあがらせた。

「いや、こんな格好……ああ、見ないで、いやよ……」

泣き声をあげてグラグラゆれる燿子の上体を、氷室は乳房をわしづかみにして支えた。

「ほれ、燿子の股の間をよく覗いてみろ。見えるだろうが」

原田は万由子の黒髪をつかんでのぞかせた。

燿子の股間が開ききって、媚肉の割れ目が内腿の筋に引っぱられてほころび、肉襞までのぞかせているのが万由子の眼にもわかった。

だが次の瞬間、万由子の表情が凍りついた。グロテスクな氷室の肉棒がうごめいているのが見えたが、すぐには状況が理解できなかった。それが燿子の肛門に入っているとわかった時、万由子は悲鳴をあげて顔をそむけ、逃げようともがいた。

「そ、そんなッ……ひいッ、ひいッ……いやあッ……」

「しっかり見てるんだ。万由子にも尻責めというのを教えてやるんだからよ」

「いやッ……そんなこと、いや……ああ、絶対にいやですッ……」

「フフフ、女はよ、尻の穴でも悦べるようになって、ちゃんとした牝になるんだ」

原田はニヤニヤと笑って、万由子の双臀を撫でまわした。

ヒッ、ヒッと万由子がおびえた声をあげて、ガクガク腰をゆすった。

それにかまわず原田は万由子の臀丘を割って、その奥の肛門をさぐり当てた。

「ひぃッ……いやあッ……そんなとこ、いやですッ」

「フフフ、可愛い尻の穴だ。指先に吸いついてくるぜ」

「やめてッ……ひッ、ひッ」

指先で肛門をゆるゆると揉みこまれて、万由子は総毛立った。そんなところなど、これまで誰ひとりとして触れさせたことはない。

「やめてッ……さ、触らないでッ」

「そんなに騒ぐところを見ると、よほど尻の穴が敏感なのか」

「ちがうッ……いや、そこは、いやですッ」

「燿子も初めはそう言って騒いでいたが、今じゃああの悦びようだ」

万由子の肛門をゆるゆると揉みこみながら、原田はせせら笑った。

氷室は燿子の腰をつかんで、リズミカルにゆさぶっている。

「ああ、あああ……」

燿子は頭をグラグラとゆらし、もう全身びっしょりの汗にして乳房から下腹を激しく波打たせた。

「あうう……いいッ……た、たまんないッ」

そばで万由子が泣き叫んでいるのも聞こえないのか、白い歯を剝いて燿子は悦びの声をあげる。剝きだされている媚肉はいっそうとろけて蜜を溢れさせ、グラグラゆれる美貌は愉悦の昂りにほとんど苦悶の表情に近かった。

「いつまで騒いでるんだ、万由子。尻の穴を犯られるのはこんなに気持ちいいもんなんだぜ」

氷室は燿子を翻弄しつつ、万由子に見せつけてせせら笑った。

「あ、ああ……」

万由子の泣き声が急速に力を失っていく。排泄器官をいじられるおぞましさと、耀子が肛門を犯されるのを見せられる異常さに、万由子の気力が萎える。

ぴっちりと閉じた万由子の肛門は、しだいにほぐれ、もうふっくらと水分を含んだ真綿のような柔らかさを見せはじめた。

「フフフ、やっぱり尻の穴も敏感だな」

「どうだ、万由子はバージンアヌスか」

「まちがいねえ。オマ×コに負けず、いい尻の穴してるぜ」

原田と氷室はそんなことを言って、ニヤニヤとした。もうすっかりほぐれた万由子の肛門に、原田はゆっくりと指を入れていく。

「フフフ、尻の穴を犯られるのは、こんな感じなんだぜ、万由子。もっとも本番の時はずっと太いけどよ」

えもいえぬしっとりとした感覚が原田の指を締めつけてくる。しかもヒクヒクとおののいている。

「あ、あ……いや、指を取ってッ……」

「もう指の付け根まで入ったぜ、万由子。クイクイ締めつけてくるじゃねえか」

「いや、いや……ああ、やめて……」

万由子は唇をかんで激しくかぶりを振った。

これまで経験したことのないおぞましさに、万由子のかみしめた歯がガチガチと鳴り、身体のふるえがとまらなくなった。背筋に悪寒が走る。

原田はゆっくりと指を回転させ、何度か抽送した。

「どうだ、万由子。こういう感じもまんざらじゃねえだろう」

「いや……ああ、いやッ……」

万由子は生きた心地もなかった。

そんな万由子とは逆に、燿子はくるめく顔をさらして狂おしく身悶えている。

「ああッ……ああ、も、もう……」

「なんだ、もう気をやるというのか、燿子」

「ああ……ちがう……」

燿子は左右に頭を振った。

「ああ……前、前にもして……」

「尻の穴だけじゃ気をやれねえというのか」

ガクガクと燿子はうなずいた。

「すっかり欲張りになって、しようがねえ燿子だぜ、フフフ」

「望み通り、前も責めてやろうじゃねえか」

氷室と原田はわざとらしく言って笑った。

燿子の肛門を貫いたまま、氷室は燿子の腰を両手でつかんで、あぐらをかいた姿からゆっくりと立ちあがった。

原田も肛門を深く縫った指で万由子を吊りあげるようにして立ちあがらせた。そして、後ろ手に縛った縄を、天井から垂れさがった鎖にひっかけ、万由子の裸身をピンとまっすぐに吊った。

「あ、ああ……」

万由子はこれからなにをされるかということよりも、肛門を縫ってうごめく原田の指に気もそぞろだった。

「フフフ、牝同士仲よくさせてやるぜ」

原田が肛門の指で万由子の腰を前へせりだすようにして待ちかまえれば、

「今度こそ牝の先輩として万由子をリードしてやれよ、燿子」

氷室が燿子の肛門でつながったまま、ゆっくりと万由子の正面に燿子の正面を押しつけていく。

「ああ、あ……ゆるして……」

「いや……い、いや……」

昨夜釣り糸でつながれた時のことがよみがえるのか、燿子と万由子は泣き声をあげた。

燿子と万由子の乳房が、そして腹部が強引に密着させられた。そして乳首と乳首が、肉芽と肉芽がこすり合わされる。

「ああッ」

「い、いやあ……」

燿子と万由子は泣き声も露わに腰をよじりたてた。それが肛門の肉棒と指とをいっそう感じさせられることになって、悲鳴をあげてのけぞった。

「フフフ、まるでレズビアンだな」

「いっそつながらせてやれよ。燿子はオマ×コに欲しがってたしな」

「そうしてやるか」

氷室と原田はニンマリとうなずき合った。

しゃがみこんで万由子の肛門をいじっていた原田が、モゾモゾと張型を取りだした。

普通の張型ではない。グロテスクな張型が二本、底でつながったような双頭だ。

その一方を燿子の媚肉にあてがい、もう一方を万由子の媚肉にあてがった。

「そ、そんな……そんなもの、使わないでッ……ああ、や、やめてッ……」

耀子が戦慄の声をあげれば、張型など見たこともない万由子は、その使い方を知って恐怖に悲鳴を噴きあげた。

「いやあッ……ひッ、ひッ、たすけてッ、いや、いやあ……」

必死に腰をよじって矛先をそらそうとするのだが、耀子の腰は肉棒で、万由子の腰は指で、肛門に杭を打ちこまれたようにつなぎとめられている。

「ああッ、あ……」

「ひいッ……」

ジワジワと双頭の張型が燿子と万由子の媚肉に分け入って沈んでくる。燿子と万由子は悲鳴をあげてのけぞり、腰を揉み絞るようにブルブルとふるわせた。

それが双頭の張型を伝って、燿子と万由子に互いに感じとれた。

「ほれ、しっかりつながらねえか」

「オマ×コにも入れてもらって、本当はうれしいくせしてよ」

原田と氷室は万由子と燿子の腰を、後ろからグイグイと押しつけていく。そのたびに双頭の張型は、どっちも深く入った。

そして原田と氷室はできるだけ深くつながらせた。もう燿子と万由子はのけぞらせた顔を火にして、ハアハアとあえぐばかりだった。まともに声も出ず、息すらできないようだ。

5

原田と氷室はリズムに合わせて万由子と燿子の身体を前後にゆさぶった。それをコントロールするのは万由子の肛門を縫った指と、燿子の肛門を貫いた肉棒だ。

「ああッ……こんな……変になっちゃう……」

「いや……ううッ、いやあ……ああ……」

燿子と万由子は黒髪を振りたくって、泣き声をあげる。

ゆさぶられるたびに張型と肉棒が、張型と指とが薄い粘膜をへだてて前と後ろとでこすれ合った。それが燿子と万由子とをいっそう混乱させ、肉を狂わせた。

「あ、あああ……狂ってしまう……」

「狂うほど気持ちいいのか」

「いや……ああ、いや……ゆるして……」

「どっちが先に気をやりそうなんだ。燿子か、万由子か。それともいっしょか」

聞かれても燿子も万由子も返事をする余裕すらなかった。

まるで二つの肉体がひとつになってドロドロにとろけるように、汗にヌラヌラと光る乳房や腹部がこすれ合い、ブルブルと痙攣し合った。

そしてここでも先に絶頂へ昇りつめたのは、肛門を氷室に犯されている燿子だった。

「イッちゃうッ……ああ、イクッ……」

キリキリと総身を収縮させて、燿子はガクガクとのけぞった。あとは絶頂感が持続するかのように、ブルブルと何度も痙攣をくりかえした。

それがうつったかのように、万由子も昇りつめたようだ。

「う、ううむ……」

万由子がイッたのは、キリキリと原田の指をくい締めてくる肛門の収縮からも、はっきりとわかった。

「さすがにゆうべよりも、気をやるのがはやいな、フフフ」

「二人ともいい身体してるだけあって、覚えがはやいのさ。この分なら、出荷する時には燿子も万由子も立派な牝になってるぜ」

ようやく動きをとめて、原田と氷室はゲラゲラと笑った。

それも聞こえず、燿子と万由子はグッタリとしてハアハアあえぎ、双頭の張型を咥えた腰を余韻をむさぼるようにうごめかせ、ふるわせ合っていた。

「第二ラウンドは、万由子には浣腸をしてやるか」

「それなら燿子にも付き合わせよう」

原田と氷室はさっそく浣腸の準備をはじめた。原田が容量五百ＣＣの注射型のガラス製浣腸器を二本取りだし、グリセリン原液を吸いあげれば、氷室は双頭の張型で燿子と万由子をつながらせたまま、二人の裸身をひとつに縛っていく。ハアハアと汗まみれであえぐ燿子と万由子は、まだなにをされるのかもわかっていないようだ。

後ろ手に縛られている燿子と万由子は、その縄尻を同じ天井の鎖から吊られ、両脚

は大きく開かれて燿子の左足首と万由子の右足首というようにひとつに縛られた。

「フフフ、牝同士なかなか相性がいいようじゃねえか。まだまだ、何回でも気をやらせてやるからな」

「ただし、今度はちょいとやり方を変えてやるぜ、フフフ」

原田と氷室はそれぞれグリセリン原液を充満した浣腸器を手にして、万由子と燿子の後ろにしゃがみこんだ。汗にヌラヌラと光る臀丘を割って、肛門を剝きだしにする。

万由子の肛門は可憐なまでにふっくらとして、まだヒクヒクとうごめいていた。それに較べて氷室に犯されていた燿子の肛門は、赤くただれたように生々しく口を開き、トロリと注ぎこまれた白濁をしたたらせている。

ほとんど同時に嘴管のノズルが縫った。

「あ、あああッ」

「ああ……」

なにをされようとしているのかを知って燿子は悲鳴をあげたが、万由子はわからずに指とはちがう硬質な感覚におののくばかりだ。

「やめて……それはいや、ゆるして……おねがい」

浣腸の恥ずかしさつらさを知っているだけに燿子は声をふるわせて哀願する。そん

な燿子に万由子もただならぬ気配を感じるのか、

「ああ、なにをするの。もう、ひどいことをしないで……なにを、する気なの」

万由子の声までが、おびえてふるえた。

「フフフ、牝は気分を出して、イクことだけ考えてりゃいいんだよ」

「なにをしようと牝の所有者の勝手だぜ。牝がとやかく言う権利なんてねえんだよ」

原田と氷室はゲラゲラと笑った。

すぐには注入しようとはせず、ノズルで燿子と万由子の肛門をえぐり、こねまわし、腰全体をゆさぶる。

「ああ、ああ……いや……」

「いや……あ、ああ、やめて……」

燿子と万由子は泣きながら、ひとつに縛られた身をふるわせ、よじりたてた。ノズルの動きが肛門にたまらず、身をよじるたびに女の最奥でうごめく双頭の張型がたまらなかった。さっき昇りつめた余韻がおさまらぬうちに、また官能の残り火がくすぶりだすようだ。

「ほれ、気分を出せ。自分たちで腰をゆすって責め合うんだ」

「そうすりゃ、たっぷりと尻の穴に射精してやるからよ、フフフ」

しつこくノズルでいたぶって女体をゆさぶりながら、原田と氷室はじっくりと楽しんでいる。

「ああ、あ……」

燿子と万由子が泣いて悶えるたびに互いの乳房がこすれ合い、太腿がからみ合うように腰がうごめいて双頭の張型がこすれる。はやくも燿子と万由子は、再びジクジクと蜜を溢れさせるようだった。

「ああ……いやあ……」

「ぼちぼち入れてやるか、フフフ」

「遠慮なく気をやっていいんだぜ」

同時にシリンダーが押されはじめ、ドクドクと薬液が流入した。

「あ……あああッ……いや……」

ビクンと燿子の腰がふるえ、ひいッとのどを絞る。今にも気がいかんばかりだ。万由子のほうはドクドクと入ってくるおぞましい感覚に悲鳴をあげて、ガクガクとのけぞった。

「なにをしてるのッ……ああ、ひッ、ひッ……いやあッ……」

「フフフ、どうだ、万由子。こんなふうに浣腸される気分は」

「そんな……そんなこと、いや、いやあッ」

万由子はおそろしさとショックとに、息もつまった。浣腸などということをされるとは、考えてもみなかった。

万由子は頭のなかが暗くなって、歯がガチガチと鳴りだした。

だがその奥底で、薬液を注入される得体の知れぬ感覚と、双頭の張型が生む快感とがドロドロと入り混じって、いっそう万由子を混乱させる。

燿子はもはや、ただれるような肉の快美に巻きこまれている。

原田と氷室は百CCほども注入したところで、今度は二十CCずつ区切って断続的に注入しはじめた。ピュッ、ピュッとほとばしる、グリセリン原液の射精だ。

「ああッ……た、たまんないッ」

「ひッ……ああッ、ひぃーッ」

燿子と万由子の裸身がせりあがるように痙攣した。キリキリと歯をかみしばり、のけぞらせた白いのどを汗のなかにヒクヒクふるわせ、注入される感覚に声を絞る。

我れを忘れてガクガク腰をゆすり、それがさらに燿子と万由子を叫ばせた。

「ああッ……ああッ、イクッ」

汗まみれの燿子の身体が躍った。

ようだ」

「さすがに燿子だな。もう気をやりやがったぜ、フフフ」

「万由子のほうは少し調教しなくちゃな。それでもこんなに反応して、素質は充分の

氷室と原田はシリンダーを断続的に押しつづけた。

「ああ、また……ひッ、ひッ、いやあ」

「ひッ……ああ、もう、いや……」

燿子はたてつづけに昇りつめたようだったが、万由子は懊悩と快美とを交錯させている。

「あと残り百CC、一気に呑ませるか」

「燿子はともかく、浣腸が初めての万由子はそうはもたねえだろうからな」

「なんたってグリセリンは原液だ、フフフ」

そう言うと、氷室と原田は同時にシリンダーを押した。一気に底まで押しきった。

ひいッ……燿子と万由子は白眼を剝いてガクガクとのけぞり、ひとつにされた裸身を揉み絞った。

ようやくノズルを引き抜くと、燿子と万由子はもうあぶら汗のなかにグッタリと崩れ、息も絶えだえだった。双頭の張型を咥えた媚肉が、しとどの蜜をたぎらせてヒク

ヒクと痙攣を見せている。

原田と氷室はすばやく便器をそれぞれ足もとに置くと、意地悪く臀丘に手をやって前後にゆさぶりはじめた。原田が万由子を前へ押しだせば、次には氷室が燿子を押しもどす。

「あ、あ、そんなッ……動かさないで」

「いや……ああ……いや……」

燿子と万由子は狼狽の声をあげた。だが万由子のほうは声もかすれ、今にも気も遠くなりそうだった。

ゆさぶられながら、双頭の張型に女の官能がふくれあがる。同時にゴロゴロと腹部が鳴って、荒々しい便意もふくれあがった。肉の快美と便意の苦痛とがせめぎ合いながら、しだいに便意の苦痛にすべてが呑みこまれていくようだった。

あぶら汗にヌラヌラと光る裸身にさらに玉の汗が噴きだして、ブルブルとふるえる肌を幾筋も流れ落ちた。

「あ、あ……いやッ、おトイレに……行かせてッ……」

やはり先に音をあげたのは万由子のほうだった。まだ清純さを残す万由子の美貌はあぶら汗と涙にまみれ、切迫してひきつっている。いくら哀願してもむだなことを思い知らされている燿子は、グッと耐えてなにも言わなかった。泣き叫べば、いっそう耐えられなくなることを知っているのだ。

「おねがいッ、おトイレにッ……あ、ああッ、もう、もうッ……」

万由子は泣きながら腰を振りたてた。まるでゆさぶる原田と氷室に自ら応えているようだった。

「駄目……ああ、駄目よッ……」

ひとつにつながれていては、いやでも燿子も巻きこまれる。

「フフフ、二人そろって泣きだしやがった。あと何分もつかな」

「燿子、先輩のくせにだらしねえぞ。浣腸が初めての万由子といっしょになって音をあげるとはよ」

原田と氷室はからかいながら、便器を取って燿子と万由子の爆発にそなえた。

燿子も万由子も、必死にすぼめた肛門はヒクヒクとふるえ、今にも内から盛りあがりそうになってはキュッと締まることをくりかえしていた。

「ああ、おトイレに……」

万由子はもう口をきくのも苦しいようだ。

「まだそんなことを言っているのか、万由子。ひりだしてみせるんだよ」

「フフフ、牝にトイレなんか必要ねえ。どこでも出せるようにならなくちゃな」

原田と氷室がそう言ううちにも、万由子は苦悶のうめき声をもらし、ひいッとのどを鳴らした。

「いやあッ……見ないでッ」

ブルッ、ブルルッと万由子の双臀が痙攣し、肛門が内からふくらんだと思うと、限界を越えた便意がドッとほとばしった。

「ああ……もう、駄目ッ……」

あとを追うように燿子もブルブルと痙攣を見せて、ショボショボと漏らしはじめる。一度堰を切ったものはとめようもなく、あとからあとからひりだしてくる。号泣が万由子と燿子ののどをかきむしった。

「さすがに二人いっしょだとすげえな」

「綺麗な顔をして派手に出しやがる。あきれたお嬢さんたちだぜ」

くい入るように覗きつつ、原田と氷室はゲラゲラと笑った。

6

すっかり絞りきられた燿子と万由子は、号泣も途切れてシクシクとすすり泣くばかりだった。ティッシュで汚れを拭き清められ、潤滑クリームを塗りこまれてもされるがままだ。

とろけるような柔らかさで氷室と原田の指を受け入れ、直腸にまで潤滑クリームを塗られていく。

そして燿子と万由子の媚肉には双頭の張型が埋めこまれたままだった。

「フフフ、腹のなかまで綺麗になったところで、お楽しみの再開といくか」

「今度は俺が万由子で、原田は燿子でいいな」

「かまわねえぜ」

氷室が万由子の後ろへ、原田が燿子の後ろへまわった。

原田がムチッと張った燿子の双臀をピシッとはたいた。

「先に気をやったほうは、あとでサンドイッチだからな」

「しっかりしろ、万由子。これくらいでショックを受けてちゃ、これから先どうするんだ。まだ、こんなのは軽いほうなんだぜ」

氷室も、グッタリしてすすり泣くばかりの万由子の双臀をピシッと張った。

「まずは燿子から入れるか。アヌスでも万由子より先輩だしな」

原田が燿子の腰をつかんで、ムチッと張った双臀を抱きこむ。

灼熱の肉棒を燿子の肛門に押し当て、ジワッと貫きにかかった。

「あ……ああ、いや……あああ……」

燿子のあらがいはほとんどなかった。とろけた肛門の粘膜は、潤滑クリームのたすけもあって驚くほどスムーズに受け入れていく。

「あ、ああ……」

泣き声をうわずらせて、燿子はグラグラと頭をゆらした。蒼白だった美貌にたちまち血の色がよみがえって、首筋まで赤くなる。

「熱くてクイクイ締めつけてきやがる。いい尻だ、フフフ」

「あ……あうう……たまらない……」

「オマ×コに張型を入れられて万由子とつながっているんで、よけいたまらねえだろう」

原田は深く根元まで埋めこんで、下腹が燿子の臀丘に密着した。

「フフフ、燿子がつながったところで、次は万由子だな」

氷室は万由子の双臀を肉棒でピタピタとたたいて舌なめずりした。なにをされるのか、万由子にもわかっている。

「いやあッ」

万由子は悲鳴をあげると、生きかえったようにあばれだした。

肛門を犯される……あんな太いものが排泄器官に……。そう考えただけで、万由子は総身が凍りつくような恐怖におそわれた。指でさえ気が狂いだしそうだったのだ。

「いや、いやあッ……そんなこと、いやあ」

「フフフ、あきらめな、万由子。俺たちの牝になった以上はよ」

「ああ、こわいッ……た、たすけてッ」

「あばれると痛いだけだぜ。自分から尻の穴を開くようにするんだ」

氷室はよじれる万由子の腰をがっしりとつかんで、後ろからまとわりついた。肉棒の先端を肛門に押し当てただけで、万由子は今にも死なんばかりに悲鳴をあげて、黒髪を振りたくった。

「こわいッ……」

万由子は燿子にすがろうとするように、いっそう身体を密着させる。

すでに肛門を貫かれている燿子は、哀しげに顔をそむけた。

（いくら抵抗してもむだなのよ……かえってみじめでつらくなるだけ……）

胸の内で叫びながらも、燿子には万由子に向かって言う気力はなかった。初めて肛門を犯された時の自分が、今の万由子の姿にダブった。

「さあ、尻の穴でも俺たちのものになるんだ。万由子、入れるぞ」

氷室は肉棒の先端にジワッと力を入れた。

「ああ、ゆるしてッ……い、痛いッ」

「そうやって痛がるところは、本当にバージンアヌスだな、フフフ」

「ああッ……ああ、こわい……」

万由子のまなじりは吊りあがって、おびえた表情がひきつった。引き裂かれるような苦痛と、そんなところに肉棒を受け入れさせられるおそろしさとに、万由子は気が遠くなる。

肛門がジワジワと押しひろげられて、粘膜がひきつった。それは限界まで拡張されながら、潤滑クリームの働きでジワジワと肉棒の頭を呑みこんでいく。

「う、うむ……たすけて……」

「もう少しだ、力を抜かねえかよ」

「ひッ、ひッ……裂けちゃう……」

万由子は眼の前が暗くなった。その闇に激痛の火花が散った。

ようやく肉棒の頭が入ったかと思うと、今度は粘膜をへだてて双頭の張型と前と後ろとでこすれ合う。それがバチバチとさらに火花を散らせた。

「ひッ、ひいーッ」

万由子は白眼を剝いた。

そんな騒ぎに巻きこまれまいと、燿子はキリキリと歯をかみしばった。さもないと、燿子もわあッと泣きだしてしまいそうだ。

「フウーッ、思ったよりはスムーズに入ったな。やっぱりバージンアヌスじゃ、燿子みたいにはいかねえな」

「フフフ、それじゃリズムを合わせておっぱじめるか、氷室」

「もう少し待てよ。万由子の尻の穴がなじんでからだ。大事な商品を傷つけたくはないからな」

氷室も原田もそれぞれじっくりと妖美の感触を味わって、すぐには動きださない。

燿子は唇をかみしめたまま、時々耐えられないよう黒髪を振る。ただ貫かれてじっとしているのは耐えられない。

(し、してッ……)

そんな叫びがのどまで出かかった。

それでも、身動きすらできないさまに縫いつけられた肛門は、しだいに肉棒になじんでとろめかされる。

少しずつすべりがよくなるのが、氷室にわかった。氷室が少し動くと、万由子は低くうめいた。

「だいぶなじんできたな、フフフ。それにしてもよく締まる」

「う、うむ……」

「どれ、はじめるか、原田」

氷室はゆっくりと腰を動かしはじめる。ブルルッと万由子の腰がふるえたと思うと、なかば気を失っているのに吐く息がふいごにあおられる火のようになった。

原田もニヤニヤと笑って、ゆっくりと燿子の肛門を突きあげはじめた。

「先に気をやったほうは、サンドイッチだからな、フフフ」

原田はもう一度念を押した。

深く浅く、のの字を描くようにと肛門をえぐってくる肉棒と、その動きにあやつられるような双頭の張型と……。それが薄い粘膜をへだてて直腸と膣でこすれ合い、共鳴し合う。

「あ、うう……たまんないッ……あう、あああ……狂っちゃう……」

耀子はあやつられるままに泣き、あえぎ、よがり狂った。

しばしじっと入れられたままの状態でいただけに、身体はじらされていたように肉の欲求をドッと露わにする。背筋は灼けただれ、身体の芯は麻薬にでも侵されているようだ。

万由子のほうはゆさぶられ突きあげられて、ただおそろしさにひいひい泣くばかりだ。そのくせ身体は、得体の知れない妖しい感覚と苦痛とを入り混じらせ、突きあげられるごとに肉をとろかせる。

「ああ、いや、いや……やめて……」

万由子の言葉は泣き声とうめきとに呑みこまれた。

自分の身体がどうなっているのかさえわからない。万由子はもう声も出せずに息すら満足にできない。

「う、うむ……」

「どうした、万由子。気持ちよすぎて口もきけねえのか」

氷室が万由子をからかえば、原田も耀子の耳もとでからかう。

「ほれ、気をやるんだ、耀子。サンドイッチにされたいんだろ」

「ああ……ああ、燿子、変になっちゃう……」

「変になっていいんだ。これからのことを考えると、色情狂になったほうが楽だぜ」

「あう、うう、あああ……いいッ……」

燿子は瞳もうつろに、口の端からは涎れさえ溢れはじめた。

そして、燿子は本当に狂ったように自分から身体をゆさぶりだした。

「いい……あうッ、あうッ」

「さすがに牝一号、それだけ反応するようになりゃ、もう立派な商品だぜ。いつでも売れるな」

原田の言葉も、もう燿子には聞こえていない。

燿子ほどではないが、万由子の身悶えもしだいに露わになってきた。前から後ろから責めたてられて、身体じゅうの肉がドロドロになっていく。

「ああ、駄目、駄目になっちゃう……」

万由子は苦痛と愉悦とがからまりもつれ合って、眼がくるめき、暗くなってはまたくるめいた。

もう万由子の意志に関係なく、身体の肉がビンビンと反応する。

「フフフ、初めてにしちゃ、たいした反応じゃねえか。そんなにいいのか、万由子」

「ああ……あああ、ゆるして……」

「気をやるんだ、万由子。ほれ、燿子より先にイッてみろ」

氷室は容赦なく責めたてた。

狂ったようによがり狂う燿子の動きも、双頭の張型を通じて万由子を責めてくる。

氷室と原田の間で、つながった燿子と万由子は揉みつぶされるようだ。

そして燿子と万由子の身体は、ドロドロとひとつに溶け合う。

「ああッ、ああッ、もうッ……」

燿子がそう叫んだと思うと、汗まみれの裸身に激しく痙攣を走らせた。

「…………」

声にならない声を絞りだし、燿子は総身をキリキリ収縮させて前も後ろもくい締めた。

ガクガクと肉の衝撃が万由子にも伝わった。

それに巻きこまれたかのように、万由子も燿子のあとを追った。

「……ああ、イク、イクッ」

ガクンガクンとのけぞって、万由子は白眼を剝いて悶絶した。

それでも氷室と原田は燿子と万由子を責めるのをやめない。

「万由子まで気をやりやがったぜ。こりゃ牝二号の誕生かな」

「万由子は思ったより上達がはやいな。というより、根が好きなんだな」

氷室と原田はゲラゲラと笑った。

たてつづけに責められて耀子は泣き声をあげたが、万由子はグッタリと気を失っている。それをかまわず責めたてた。

「ああ、待って、少し休ませてッ」

耀子の声は悲鳴に近い。

「おねがい、休ませて……耀子、こわれちゃうわ……」

氷室も原田もゲラゲラ笑うだけだ。

耀子と万由子を売る日も近い。それまでにできるだけ楽しんでおこう。それに、三人目の獲物を狩らなければならない。

「ゆるしてッ……いや、いやあ……」

泣いて身を揉む耀子だったが、その声も、突きあげられるごとに弱まり、やがてまた身も心もゆだねきったようなすすり泣きへと変わった。

耀子は愉悦の表情をさらして、めくるめく恍惚によがり狂いだした。

「い、いいッ、あああ、あうッ……」

また自ら腰を使いだす。

それにゆり起こされるように万由子も意識がもどり、ひいひい泣きだした。その顔は、牝二号の誕生を思わせる妖しい色に輝いた。

「ああ、あうぅッ」

「い、い……あああ……」

万由子と燿子の身体はまたドロドロになって、ひとつに溶け合った。

第四章　緊縛と浣虐の二段責め

1

三人目の獲物は人妻の佐藤夏子だ。

高校時代にさんざん夏子を追いまわした原田と氷室だったが、それからもう十年になる。夏子も今では結婚して人妻だ。三歳の子供までいるという。

「夏子も人妻か、フフフ、さぞかし色っぽくなっただろうな」

「あれから十年だからよ。さがしだすのに苦労したぜ。もっともそれだけのことはあるとびきりの上玉だったけどな」

「そいつは楽しみだぜ。思いっきり責めてやろうじゃねえか」

車のなかで原田と氷室は顔を見合わせて、ニヤニヤと笑った。

後ろのシートには、夏子を責めるための道具がびっしりつまったカバンが置いてある。その道具を使うことを考えると、原田と氷室ははやくも胴ぶるいがした。

夏子への思いがいまだに熱くたぎっているからだけではなかった。夏子が人妻であるということが、妙に原田と氷室の欲情をゾクゾクと昂らせる。

「フフフ、いきなりアナルセックスといくか。人妻のレイプはアヌスからのほうがおもしれえからな」

「それならサンドイッチのほうがおもしれえんじゃねえのか」

「待て待て、やっぱり初めは浣腸といこうぜ、フフフ」

「そいつはいい。いきなり浣腸して、サンドイッチか、フフフ」

そんなことを話しながら、原田と氷室はニヤニヤと何度も舌なめずりをした。

車で一時間近くも走った。静かな住宅街へ入って、夏子の家の近くに車をとめたのは午前十時ごろ。

いかにも幸福いっぱいのマイホームを思わせる白い壁の二階建て、門の表札には佐藤和彦、夏子、真美と親子三人の名があった。

「いい家に住んでるじゃねえか。フフフ、人妻を犯るって感じが出てきたぜ」

「まずは家のなかを覗いて、夏子とガキだけか確かめなくちゃよ」

氷室と原田はあたりに人の姿がないのを確かめてから、門から庭のほうへしのびこんだ。

庭は芝が植えられ、手入れのよい花壇がつくられ、小さなブランコがあった。

氷室と原田はそっと窓越しに家のなかを覗きこんだ。台所にもダイニングルームにも応接間にも夏子の姿はなかった。居間の畳の上で、三歳になる子供の真美がひとりおもちゃで遊んでいた。

そして二階からは掃除機のモーター音が聞こえてくる。夏子が掃除をしているようだ。

氷室と原田は顔を見合わせてうなずき、応接間の窓からなかへしのびこんだ。

氷室はすばやく居間へ向かうと、ひとり遊んでいた子供に背後から近づき、クロロホルムのしみこんだガーゼを口に押し当てた。子供はすぐにガクッと深い眠りに落ちた。

責め具のつまったバッグを手に、原田も入ってくる。

「フフフ、これで子供に騒がれる心配もなく、じっくり楽しめるってもんだ」

「子供を人質にとりゃ、夏子も逃げたりしねえだろうよ」

原田がバッグから縄の束を取りだせば、氷室はその縄で絞首刑のような輪をつくり、グッタリと横たわった子供の首にかけて、その縄尻を鴨居にまわした。

その間に、原田は長大なガラス製浣腸器とグリセリンの薬用瓶を取りだして、夏子への浣腸の準備をはじめる。

二階からは掃除機のモーター音が聞こえてきており、その音で夏子はまったく気づいていないようだ。

長大な注射型のガラス製浣腸器が五百ＣＣのグリセリン原液をたっぷり吸って準備ができあがると、部屋の隅に縄の束や張型などといっしょに並べた。子供は縄でつながれた小犬みたいに、畳の上に横たわっている。

「それじゃ夏子をここへ連れてくるか」

「夜に亭主がもどってくる前に、お楽しみをすませとかなくちゃな、フフフ。時間にして八時間くらいってとこか」

「それだけありゃ、思いっきり夏子を責めれるってもんだ、フフフ」

氷室と原田は足音をしのばせて、ゆっくりと二階への階段をあがった。

階段からそっと二階を覗くと、掃除機をかける女の後ろ姿が見えた。

細く締まった足首とまぶしいばかりに白いふくらはぎ、双臀がムチッと張ってタイトスカートがはち切れそうだ。そしてくびれた腰とブラウスの上からもわかる豊かな胸のふくらみ、肩のあたりで艶やかにカールした黒髪。

氷室と原田は舐めるように下から上へと視線を這わせた。

十年ぶりに見る夏子だ。そこには成熟した人妻の匂うような色香があふれ、チラッと見えた顔は、圧倒されるような美しさだった。

(なるほど、こいつはすげえ。あんな色っぽく育ってたとはな)

(見ろよ、あの身体つき、フフフ。責めがいのある肉づきしてるだろう)

氷室と原田は眼で言葉を交わし合った。思わず涎れが垂れそうになって舌なめずりする。

あのタイトスカートの下にどんな尻肉が隠されているのか。排泄器官までさらされて浣腸されて、あの美しい人妻の夏子がどんな声を出して泣くか……。そう思うだけで、もう氷室と原田は嗜虐の欲情の昂りを抑えきれない。

氷室と原田は、ムチッと張った夏子の双臀に吸い寄せられるように近づくと、手をのばして尻肉をわしづかみにした。

「ひいッ」

不意をつかれて夏子は悲鳴をあげた。あわてて氷室と原田の手を払いのけ、壁を背にして二人をにらむ。

「な、なんですか、あなたたちは」

夏子の声がふるえた。

氷室と原田はニヤニヤと笑って舌なめずりをした。

「フフフ、俺たちを忘れたのか。学校じゃ、よく今みたいに尻を触ってやったじゃねえか」

「そうやって怒るところも変わらねえな。もっともあの時よりグッと色っぽくなってるけどな、フフフ」

氷室と原田の言葉に夏子の顔色が変わった。二人が高校時代に自分を追いまわした氷室と原田であることがわかったのだ。夏子にとっては、虫酸も走るほどいやな二人だ。

「…………」

夏子はすぐには言葉が出なかった。ワナワナと唇がふるえる。

「帰ってください。ひとの家に勝手にあがりこむなんて、失礼ですわよ」

声のふるえをこらえて夏子は言った。それでも唇がわななき、美しい顔がひきつるのが氷室と原田にもわかった。

「帰るわけにはいかねえな。夏子のそのムチムチした身体に用があるんでよ」

「十年分、たっぷり楽しませてもらうぜ。人妻となったその色っぽい身体をよ、夏子。いや、奥さんと呼んだほうがいいか」

氷室と原田はニヤニヤと笑いながら、一歩、夏子との距離をつめた。

夏子は反射的に壁を背に横へずれた。二人の狙いが自分の身体にあることがわかって、夏子は恐怖がふくれあがった。

「バ、バカなこと言わないでッ。そんなことを本気で……」

「本気だぜ、フフフ、下には奥さんをたっぷりと可愛がってやるしたくもできてる」

「そ、そんな……そんなことをして、タダですむと思ってるんですか」

「フフフ、もう奥さんは逃げられやしねえんだよ」

氷室はポケットからナイフを取りだしてかざしてみせた。

ひッと息を呑んだ夏子は、恐怖に萎えそうな力を振り絞って二人をにらんだ。

「帰ってッ……変な真似をしたら、大きな声を出しますよ」

「可愛い子供がどうなってもいいのか、奥さんよう」

夏子はハッとした。

「真美ちゃんッ」

我が身に迫る危険も忘れて、夏子は下の居間の子供のところへ行こうとした。

だが、夏子の前には氷室が立ちふさがってたちまち腕をつかまれてしまう。

「ジタバタするなよ、奥さん。子供が可愛けりゃよ」

氷室は夏子の細腰に手をまわして抱き寄せ、首筋にナイフの刃を押し当てた。

「あぁッ……」

恐怖に夏子のあらがいが力を失った。

そのまま夏子は歩まされて、階段をおろされていく。おそろしさに足もとがもつれがちになり、膝がガクガクするのをどうしようもなかった。

氷室と原田に、高校の時とは較べものにならない獣の匂いを、夏子の身体は本能的に感じとる。

(いやッ……ああ、たすけて、誰かっ……いやよ、こんな男に……)

胸の内で狂おしいまでに叫びながら、夏子は唇をわななかせるばかりで言葉にはならない。ただ時々、気力を振り絞るように身悶えるだけだ。

居間へ連れこまれた夏子は、畳の上にグッタリとしている我が子に気がついた。

「ああッ、真美ちゃんッ」

子供のところへかけ寄ろうとしても、夏子の腰は氷室にがっしりとつかまれている。

「離してッ……真美に、子供になにをしたのッ……ああ、真美ちゃんッ」

「心配すんな。ちょいと薬で眠らせてあるだけだ。だが、奥さんが俺たちの言うことをきかないと、こうなるぜ、フフフ」

原田は鴨居にかけた子供の首輪の縄尻を少し引いてみせた。

グッタリと意識なく横たわった子供の頭が持ちあがり、縛り首のように吊りあがる。

「ひッ、やめてッ……なんということをッ、やめて、やめてくださいッ」

夏子は悲鳴をあげて、氷室の腕のなかでもがいた。

原田は笑いながら縄を引いたりゆるめたりした。

「いやあッ……真美ちゃんッ。やめて、やめてくださいッ……子供に手を出さないでッ」

「やめて欲しけりゃ、はやいとこストリップをはじめて素っ裸になりな」

子供のところへ行こうとする夏子の身悶えを腕のなかで楽しみながら、氷室はあざ笑った。

「子供が吊るされるも吊るされねえも、奥さんの態度しだいってわけだ、フフフ」

「そんな……」

「はやく素っ裸にならねえと、本当に子供の首が締まっちまうぜ」

原田はさらに縄をグイグイと引いた。

「ああッ、やめてッ」

夏子は悲鳴をあげると、我れを忘れてブラウスのボタンをはずしはじめた。子供のことでせいいっぱいで、我が身をかえりみる余裕はない。

「フフフ、やっぱり母親だな。そうこなくちゃよ。どんどん脱ぎな」

「手を休めたら、今度はもっと子供の首を吊りあげるからな」

氷室は夏子の腰から手を離し、原田も縄をゆるめた。それでも夏子が子供のところへかけ寄ろうとしたら、すぐにつかまえられる位置に氷室は立ち、原田も子供を吊りあげられるように縄をピンと張っている。

「真美ちゃん……」

夏子は我が子を必死の眼で見ながら、ブラウスを脱ぐと、タイトスカートのホックをはずしてジッパーを引きさげた。

爪先からスカートを抜き取ると、下は白いスリップだった。剝きだしの肩は透けるように白く、スリップの下にブラジャーとパンティがボウッとけぶった。パンティストッキングははいていない。

「スリップも脱げよ、奥さん。グズグズするなよ」

氷室の声がはやくもうわずった。

「どうした、奥さん。また子供の首を吊られてえのか」

「やめてッ」

原田が縄を引こうとすると、夏子はあわててスリップの肩紐をはずし、身体からすべり落とした。夏子の足もとにスリップが輪を描いた。

いかにも人妻らしい官能味あふれる夏子の肉体をおおうのは、もう高級な下着のブラジャーとパンティだけだ。それだけでも氷室と原田は眼を吸い寄せられた。

「素っ裸だッ」

すぐにでも飛びかかってしゃぶりつきたくなる衝動を抑えて、氷室は声を荒らげた。

「生まれたままの姿になって、俺たちの嬲りものにされるんだ。手を休めたら子供の首が締まると言っただろうが」

原田も声をうわずらせて、子供の首輪の縄をさらに引いた。

「ああ、やめてッ……脱ぎますから、やめてくださいッ」

悲痛な声をあげて、夏子はブラジャーのホックをはずし、片腕で乳房を隠しながらもう一方の手でパンティをずらす。

前かがみになってパンティを爪先から抜くと、手で股間を押さえる。

「い、言われた通りに裸になりましたから、真美の……子供の首から縄をはずしてください……は、はやく……」

夏子は屈辱と羞恥にブルブルとふるえながら叫んだ。とめどなく悪寒が背筋を走り、生汗がじとっと噴きだした。子供を人質にとられていなければ、悲鳴をあげて逃げているところだ。

夫以外の男性に全裸をさらすことなど、一度もない夏子だ。痛いまでに氷室と原田の視線を感じて、思わず、脱ぎすてたブラウスで肌を隠そうとした。

だが、脱ぎすてたものはすばやく氷室の手でかき集められてしまった。

2

夏子は少しでも肌を隠そうと片腕で乳房を、もう一方の手で股間を押さえて、前かがみになって身を縮めた。

「子供をかえして……」

「フフフ、子供のことより自分のことを心配したほうがいいんじゃねえのか、奥さん。素っ裸にされて、どんなことをされるのかわかってるのか」

「………」

夏子はワナワナと唇をふるわせた。

子供のことが気になって、部屋の隅に置かれた責め具にまだ気づいていない。

「どんなことをされるかわかったら、いくら人妻でも耐えられねえだろうな」

原田がそんなことを言いながら夏子をからかっているうちに、氷室は縄の束を手にするとすばやく夏子に迫った。

夏子の手首をつかんで背中へねじりあげる。

「ああッ、なにをするのッ……いやッ」

そう叫んだ時には、背中で交差された夏子の両手首にはもう縄が巻きついていた。

「そんなッ、いや、いやですッ……縛られるなんていやですッ」

全裸では思いきってあらがうこともできず、夏子はたちまち後ろ手に縛られた。剝きだされた豊満な乳房の上下にも、きつく縄目がくいこむ。

「やめて、縛られるのは、いや……ほ、ほどいてッ」

「これからいろいろするには縛っといたほうが都合いいんだよ、フフフ。それにしても縄がよく吸いつくいい肉してやがる。さすがに熟れた人妻だな」

「そんな……ああ、いや、いやです」

「縛られるくらいでいやがってどうする。これから、女であることを後悔するほど責めてやるってのによ」

氷室に原田も手伝って、夏子を後ろ手縛りにした縄尻を鴨居にかけ、夏子をまっすぐ立ち姿に固定した。

「あ、ああッ……」

夏子はもう手で肌を隠すことも、前かがみになることもできず、男たちのいやらしい視線から逃れる術はない。太腿をぴったりと閉じ合わせ、片脚をくの字に折ることしかできない。

縛られたことで夏子の恐怖と羞恥は、さらにふくれあがった。

氷室と原田は舐めるように夏子の裸身をながめつつ、ゆっくりとまわった。まぶしいものでも見るように眼が細くなり、ゴクリとのどが鳴った。

「なんていい身体してるんだ。熟しきってやがる」

「服の上から想像してたより、ずっとムチムチした肉づきじゃねえか」

ゆっくりと視線を這わせながら、氷室と原田はうなるように言った。

シミひとつない白い肌は、ムチムチとはじけるようでまぶしい。

上下を縄に絞られた乳房はハッと息を呑むほどの見事な肉づきを見せ、乳首はポッチリと小さい。腰は細くくびれて腹部はなめらかで、太腿の付け根には片脚をくの字に折っても隠しきれない茂みが、白い肌に鮮烈な対比を見せて艶やかにからみもつれ合っていた。

後ろへまわって夏子の双臀を見た。ムチッと張った臀丘は半球のように形よく吊りあがっている。臀丘の谷間も深く、それをぴっちりと引き締めていた。

どこもかしこもしゃぶりつきたくなるほどの肉づきだ。

「そそられるぜ、奥さん」

「やっぱり人妻の身体はちがうな。すげえ色気だ」

原田と氷室は何度も舌なめずりした。

ピチッと引き締まった燿子や万由子の身体に較べ、人妻の夏子はボウッとけぶるように曲線や肉の輪郭が定めがたく、つきたてのモチを思わせる。形のよさでは若い燿子と万由子がまさっているが、夏子の身体にはムンムンと匂うような色気があった。

「見ないで……ああ、はやくほどいてッ」

夏子は耐えきれないように叫んで、黒髪を振りたくった。肌にからみつく視線に、じかに触れられるような錯覚を覚える。

「見ないでだってよ、フフフ、これから奥さんのすべてを見ることになるのによ」

「見るだけじゃねえぜ、奥さん、フフフ」

夏子のムチムチとした肉に吸い寄せられるように氷室と原田の手がのびた。乳房をいじり、双臀を撫でまわし、下腹をさする。

「やめてッ」

火でも押し当てられたように悲鳴をあげて、夏子は腰をよじりたてた。そのたびに豊満な乳房が重たげにゆれ、臀丘がその谷間をはさんですり合わされてキュウと締まった。

それがいっそう男の欲情をそそって、原田と氷室は夏子の乳房と臀丘とをギュウとわしづかみにした。

「さあ、股を開くんだ、奥さん」

「いや、いやですッ」

「なにがいやだ。自分で開いてオマ×コを見せるんだよ、フフフ」

「そんなこと、できるわけないでしょう。いや、いやですッ」

「いやでも俺たちは奥さんのオマ×コだけでなく、尻の穴まで見てえんだよ」

氷室と原田は夏子の乳房と双臀をいじりながら、欲情の笑いをこぼした。

夏子はいっそう固く太腿を閉じ合わせ、黒髪を振りたくる。いじられる女体は、いやがっているのに片時もじっとしていない。今にも夏子は泣きださんばかりだ。

「どうした。人妻なんだから思いっきり股をおっぴろげてみせねえか」

「いや、いや」

「しようがねえ。いやでも奥さんが自分から股をガバッとおっぴろげるようにしてやるぜ」

氷室と原田は顔を見合わせて、ニヤリと顔を崩した。

原田は夏子の乳房から手を離すと、畳の上にグッタリと横たわった真美を抱きあげた。子供の首にはまだ縄の首輪をかけられたままで、その縄尻は鴨居にかけられて下まで垂れさがっていた。

氷室はかがみこんでその縄の端をつかむと、ピンと張るようにして夏子の右足首に巻きつけた。

「ああ、なにを……なにをしようというの……」

夏子の瞳がおびえて声がふるえた。唇がわななき、歯もガチガチ鳴りだす。

「フフフ、いやでも股を開くようにしてやると言っただろうが」

「………」

「おっぴろげなきゃ、子供は縛り首だぜ、奥さん」

夏子の顔を意地悪く覗きこんだ原田は、腕に抱いた子供を離した。

鴨居を通して子供の首と夏子の右足首とをつないだ縄がいっそうピンと張って、子供の身体が縛り首で宙吊りになった。

「ひいッ、真美ちゃんッ」

子供の体重で足首の縄が引っぱられ、夏子の右脚が横へ開いて引きあげられそうになる。開かれまいと力を入れれば、子供は宙吊りのままだ。

「ああ、こんなッ……こんなことって……」

夏子は我れを忘れて右脚を開いて上へあげた。

それにつれて吊られた子供が下へとおりていく。

「もっと思いっきり足をあげておっぴろげねえと、子供は首吊りのままだぜ」

「はやくしねえと、子供は縛り首であの世行きだ」

夏子の足もとにしゃがみこんで、くい入るように覗きながら、氷室と原田はニヤニヤとからかった。

「ああッ、真美、真美ちゃんッ」

右脚をあげるにつれてしのびこんでくる視線を気にする余裕は、夏子になかった。このままでは真美は死んでしまう……そう思うと夏子は夢中で右脚を横へ開いてあげた。

ようやく子供が畳の上に横たわった時には、夏子の右脚は肩のあたりまでもたげられ、股間はパックリと開ききった。

「あ、ああッ……」

我が子の危機がひとまず去ると、夏子は我が身の浅ましい格好に、にわかに羞恥がこみあげた。

開ききった股間を氷室と原田がくい入るように覗きこんでくるのが、夏子には痛いまでにわかった。

「いやあッ……見ないでッ、見ては、いや、いやあ……」

夏子は総身がカアッと灼けた。気が遠くなるほど恥ずかしくても、夏子には両脚を閉じ合わせることはゆるされない。高く持ちあげた右脚を少しでもおろそうとすると、たちまち子供の首がまた吊りあげられてしまう。

「フフフ、思いっきりおっぴろげたな、奥さん。なにもかもパックリと剝きだしだ」

「色も形も綺麗なオマ×コしてるじゃねえか。とても子供を生んだとは思えねえぜ。うまそうだな」

原田と氷室は手をのばして、媚肉の割れ目をさらに押しひろげようとした。

「ひッ、いやあッ」

夏子は反射的に太腿を閉じ合わせようと、吊りあげた右脚に力を入れた。

次の瞬間、子供の首が吊りあがり、夏子は悲鳴をあげて再び右脚を高くあげた。

「ずっとおっぴろげてろ、奥さん。子供を殺す気か」

「そんな……ああ、いや、いやッ」

「じっとしてろ。あばれるとまた子供の首が締まるぜ」

「あ、ああ、触らないでッ……いや、いやッ、ああッ……」

夏子はキリキリ唇をかみしばって黒髪を振りたくった。

夏子がビクッとふるえて腰をよじりたてるのを楽しみながら、氷室と原田は茂みをかきあげるようにいじり、左右から割れ目をつまんで開いた。

「あ、ひッ、ひッ、やめてッ……そんなひどいことッ」

「フフフ、バージンみてえにあばれんじゃねえよ。また子供が縛り首になるぜ」

「あ、ああ……いやあッ……」

外気とともに男たちの視線が秘肉にしのびこむのを感じて、夏子は羞恥と屈辱とに気が遠くなる。

太腿を閉じ合わせたいのを必死にこらえ、持ちあげた右脚がブルブルふるえた。子供の首を吊りあげることにならなければ、どうしてこんな恥ずかしい姿勢をとっていられれようか。

「いいオマ×コしてるじゃねえか。亭主のひとり占めにしとくのは、もったいねえや」

「フフフ、敏感そうなオマ×コだぜ。クリトリスも大きめだしな」

氷室と原田は人妻の肉の構造を確かめるように指先でまさぐり、女芯を剥きだしにする。

「やめてッ……いや、いやあッ」

夏子は、まるで初めて男に触られるバージンみたいに、ひいひい声をあげて泣きだした。狂ったように黒髪を振りたくる。

だがそれもかえって氷室と原田の欲情を昂らせるばかりだ。媚肉からたち昇るムッとするような女の色香が、それをいっそうあおりたてた。

夏子が我が子を思って必死に右脚を持ちあげているのも気に入った。

「どうだ、奥さん。そうやって子供を守るために自分から股をひろげていじられる気分は。いつまで耐えられるかな」

「母は強し、されど女は弱しっていうからよ」

氷室と原田はからかいながら、しつこく夏子の媚肉をまさぐった。

「か、かんにんして……」

片脚立ちの左脚がガクガクとふるえ、持ちあげた右脚もさがりがちになる。

自分から右脚を持ちあげているため、しだいに力が抜けそうになる。

「あ、ああ、ほどいてッ……真美ちゃんが……ああ、もう、やめて」

「ほどくわけにはいかねえよ、奥さん。だが、疲れてきてどうしても脚をあげてられねえってなら、縛ってやってもいいんだぜ」

別の縄を手にして、原田はあざ笑った。

氷室が、持ちあげた夏子の右足首をつかんだ。

3

夏子の右脚はさらに高く持ちあげられて、足首を別の縄で鴨居につながれた。右膝にも縄が巻きつけられて鴨居から吊られる。

「いやッ……ほどいて、ああ、いやですッ」

さらに股間を割りひろげられ、夏子は狼狽の声をあげた。

「フフフ、こうやって足を縛っとかなきゃ、また子供を縛り首にするからな」

「これから奥さんにすることは、足を縛られてねえと、とても耐えられねえと思うぜ」

氷室と原田はせせら笑うと、夏子の後ろへまわった。ムチッと張った夏子の双臀をゆっくりと撫でまわす。ムチムチの肉に指先がはじける。

「やめてッ……なにをしようというのッ」

夏子はおびえた声をひきつらせた。手足を縛られた身では、どんないたぶりからも逃れる術はない。

「なにをするかだって、フフフ……奥さんのこのムチムチの身体には、してみてえことはいくらでもあるぜ」

「まずは奥さんの尻の穴を見せてもらうぜ。ほれ、尻を開きな」

氷室と原田はそう言うなり、左右から夏子の臀丘の谷間を割りひろげた。

「そんなッ……ああ、いやッ……いやですッ、やめてッ」

夏子は悲鳴をあげた。

排泄器官としか考えたことのない肛門まで淫らな鑑賞の対象にされるなど、夏子は思ってもみない。

だが夏子の臀丘の谷間が割られて、その奥の肛門が剝きだされ、くい入るように覗かれるのがわかった。

「可愛い尻じゃねえか、フフフ」

「どうやら、こっちのほうは亭主にもいじらせてねえようだな。バージンアヌスってわけか、奥さんのは」

原田と氷室の言葉と視線に、夏子はカアッと頭のなかが火になった。

「いやッ……そんなところを……見ないでッ、ああ、見ては、駄目ッ……」

「甘いな、奥さん。ただ見られるだけと思ってんのか」

原田は指先をすべらせて夏子の肛門に押し当てた。

「ひッ……そんな、いやあッ……」

ビクンとふるえた夏子は、悲鳴をあげてのけぞった。肛門もおびえてキュウとすぼまる。

それを楽しむように原田はゆるゆると揉みこんだ。すぼまった肛門の粘膜が指先に吸いつく。

「いい尻の穴してやがる。こりゃ本当にバージンだな」

「どれどれ……なるほど、ぴっちりすぼめていい尻の穴だ」

原田に代わって氷室の指が夏子の肛門をゆっくりと揉みほぐしにかかった。しばらくいじると、また原田に代わって交互に揉みこんだ。

「ああ……いや、そんなところを……ああ、いや……」

夏子の声がしだいに力を失って、すすり泣きに変わった。排泄器官をいじられる異常さに、あらがう気力も萎えそうになる。

おぞましさが絶えず背筋を走り、夏子は顔をのけぞらせて黒髪をゆらした。

「フフフ、尻の穴も敏感なんだな、奥さん。ピクピクしはじめたぜ」

「いや……あ、ああ……もう、いや……」

必死に引き締める肛門を無理に揉みほぐされていく感覚がおぞましい。肛門がゆるんで漏らしてしまうのではないかというおびえが走った。

原田があざ笑うように夏子の顔を覗きこんだ。

「尻の穴をいじられるのは初めてなんだろ、奥さん。どんな気分だ」

「い、いやらしいだけです……ああ、もう、やめて……いや、いやッ」

「これくらいでまいってどうする。まだほんの準備みてえなもんだぜ」

「そんな……」

カチカチと鳴る歯をかみしめて、夏子は頭を弱々しく振った。しだいに肛門をほぐされていく異常さが、さらに夏子の気力を萎えさせる。

「フフフ、奥さんの尻の穴もだいぶ柔らかくなってきたし、そろそろいいんじゃねえか」

「うん。はじめるとするか、フフフ」

原田と氷室は顔を見合わせて、ニンマリと笑った。

夏子は、おびえに美しい顔がひきつった。まだゆるゆると肛門をマッサージしてくる原田の指が、夏子のおびえと不安をふくれあがらせた。

氷室が部屋の隅から長大なガラス製の注射器みたいなのを取りあげるのが、夏子の眼に見えた。

氷室は嗜虐の欲情を剝きだしにして、ニヤッと笑った。

「フフフ、奥さんにはまず浣腸からだぜ」

「……………」

「奥さんの尻の穴から薬を入れてウンチをさせる浣腸だよ」

氷室は長大なガラス筒の先端のノズルから、少しだけ薬液をピュッと飛ばしてみせた。

ひッ……と夏子の美貌が血の気を失って凍りついた。

「そ、そんな……」

夏子は、ショックに言葉がつづかない。歯がガチガチと鳴り、背筋がふるえて膝もガクガクしはじめた。

この二人はおそろしい変質者なのだ。夏子はふるえがとまらない。

「人妻を仕込むには尻の穴を責めるのがいちばんなんだよ、フフフ。まして奥さんはバージンアヌスときてやがる」

「となりゃ、まずは浣腸から教えこまなくちゃな。腹のなかまで綺麗になりゃ、思いっきり責められるってもんだ」

意地悪く言いながら原田はいっそう臀丘の谷間をひろげ、氷室は長大な浣腸器を手にして夏子の後ろへまわった。

「いやあッ……やめて、そんなこと、死んでもいや、いやあッ」

夏子は悲鳴をあげて逃げようとあばれた。だが片脚吊りに縛られていては、黒髪を振りたくって腰をよじることしかできない。夏子の右脚を吊った縄がギシギシときしんだ。

「いや、いやッ……バカなこと、しないでッ」

「フフフ、そんなにいやがられると、よけいに浣腸しがいがあるぜ、奥さん」

「いや、いやッ……たすけてッ、誰かッ」

原田の指に代わって浣腸器のノズルが押し当てられた。

もう夏子の肛門は指のマッサージに柔らかくふくらみがちで、それがノズルに、ひッ、ひッとすぼまる動きを見せ、氷室と原田の眼を楽しませる。

「自分から尻の穴で浣腸器を咥えるようにしてみろよ、奥さん」

「ああ、たすけてッ……い、いやあ……」

「いい声で泣くじゃねえか、フフフ」

氷室はノズルの先端で夏子の肛門をなぞって嬲り、さんざんおびえさせて悲鳴をあげさせてから、ゆっくりとえぐるように沈めた。

「あ……ああッ、いやッ……ひッ、ひッ……」

夏子は黒髪を振りたくり、キリキリと歯をかみしばってのけぞった。排泄器官を貫いてくるノズルのおぞましさに総毛立った。

「あ、あなたッ……たすけてッ」

思わず救いを求める言葉が出た。

「あなたか、フフフ、ゾクゾクするぜ」

「亭主に助けを求めながら浣腸される人妻か。ますますそそられるぜ」

氷室と原田は胴ぶるいがした。夏子の臀丘を割りひろげる手も、浣腸器を持ってノズルで肛門を貫いている手も、じっとりと汗ばんだ。

「奥さんにはグリセリンの原液をストレートで呑ませてやるぜ」

「きついぜ、フフフ。普通は水で半分に割るんだからよ」

「人妻なんだから、それくらいきつくしねえとな。ましてこれだけムチムチのいい尻してるんだ」

「五百CC入れる間、いくらストレートだからって漏らさねえようにするんだな」

氷室と原田はすぐには注入しようとせずに、深く夏子の肛門を縫ったノズルを抽送

しつつ、意地悪くからかった。

「いや、いやッ……たすけて……そんなこと、しないでッ」

　夏子は小娘のように悲鳴をあげ、黒髪を振りたくった。

　不意にシリンダーが押され、グリセリンの原液がドクドクと流入しはじめた。

「あ……ああッ、いやあッ……」

　のけぞったのどに悲鳴が噴きあがった。ブルルッとふるえる双臀が必死に逃れようとよじれ、振りたてられる。

「やめてッ……あ、あむむ……そんなッ、入れないで、いや、いやッ」

ドクドクと入ってくる薬液の感覚のおぞましさに、夏子は頭のなかが暗くなった。ブルブルと身体じゅうのふるえがとまらなくなり、片脚立ちの左膝がガクガクと力が抜けそうになった。汚辱感に歯もガチガチ鳴りだした。

（あなたッ……こんな……あなた、あなた、たすけてッ）

夏子は胸の内で泣き叫んだ。

流入してくる薬液に侵されて、まともに声も出せない。

「ううッ……あむ……」

夏子はキリキリ唇をかんで、汗にぬめ光る裸身を揉み絞った。

「フフフ、ほうれ、薬が奥さんの尻の穴から入っていくのがわかるだろ」

「い、いや……ゆるして……ひッ……ひッ」

「たっぷりと入れてやるから、じっくりと味わうんだぜ、奥さん、フフフ。ほれ……ほうれ……」

氷室はわざと十CCぐらいに区切って、ピュッピュッと断続的に注入し、夏子に屈辱と羞恥をいっそう感じさせようとする。

ピュッと注入するたびに夏子はひッとのどを鳴らして、肛門がキュウとノズルをくい締めた。まるで赤ん坊が乳首にしゃぶりついているようだ。

「……ゆるして……」

「フフフ、百CC入ったぜ、奥さん。どうだ、グリセリン原液の浣腸は」

「も、もう、いや……ひッ、ひッ、もう、入れないで……」

「まだ五分の一だぜ。五百CC全部呑ませてやるからな」

氷室と入れ代わって、今度は原田がシリンダーを押す。夏子が叫びだしたくなるほどゆっくりと、だが途切れなくチビチビと注入していく。

「そんな……いや、ひッ、ひッ、ひッ……もう、やめてッ……」

夏子は唇をかみしばって泣き、うめき、黒髪をザワザワとゆらした。

注入された薬液は、はやくもジワジワと便意をふくれあがらせはじめた。

「う、うむ……かんにんして、これ以上は……ああ、いやよ」

夏子がいくら哀願しても、原田と氷室はせせら笑うだけだ。

百CC注入するごとに原田と氷室は入れ代わって、チビチビと途切れなく注入したり断続的に十CCずつ区切って注入したりと、変化をつけた。

「どんどん入っていくぜ、奥さん。フフフ、三百三十……三百四十……三百五十。いい呑みっぷりだ」

「フフフ、浣腸されてる時の奥さんの顔、ゾクゾクするほど色っぽいぜ」

氷室と原田がゲラゲラと笑った。

4

ようやくシリンダーが底まで押しきられて五百CC一滴残さず注入され、ノズルが引き抜かれた時には、夏子はあぶら汗にまみれて息も絶えだえだった。

「すっかり呑んだじゃねえか、奥さん。どんな気分だ」

原田が聞いても、夏子は両眼を閉じて唇を半開きにしてハアハアとあえいでいる。

「フフフ、返事もできねえほど気持ちよかったってのか」

氷室は指先にクリームをすくい取ると、夏子の肛門に塗りこめるようにゆるゆるとマッサージをはじめた。

あ……と小さな声をあげた夏子だったが、唇をかみしめてなにも言わない。眼も閉じたまま、じっと便意を耐えている。

「ふるえてるじゃねえか、奥さん。あぶら汗もこんなにかいてよ」

原田は手をのばしてあぶら汗にヌラヌラと光る夏子の乳房をいじった。タプタプと揉みこんでは乳首をつまんでいびる。

もう一方の手は夏子の媚肉のひろがりにそって這う。

「あ、あ……」

夏子が声をあげた。

肛門をマッサージされ、乳房や媚肉をいじられることで、便意がさらにあばれまわる。便意が夏子の腸管をかきむしり、グルルと鳴った。

「や、やめて……ああ、そんなにされたら、もう……」

「どうなるってんだ、奥さん」

原田はとぼけてあざ笑った。

夏子はキリキリと唇をかみしめ、黒髪を振りたくる。まるで油でも塗ったように汗に光る夏子の身体はふるえがとまらなくなった。

「あ、ああッ……ほどいてッ、はやく縄を……ああッ、ほどいてッ」

荒々しい便意がかけくだるのか、夏子は悲鳴に近い声をあげた。切迫して必死の眼が、氷室と原田を見る。

「どうして縄をほどいて欲しいか、ちゃんと言わねえか、奥さん」

「フフフ、五百CC入れ終わったばかりなんだから、ガタガタ言ってねえで少しはじっくりと味わうもんだぜ」

氷室と原田は意地悪くせせら笑った。

夏子は弱々しく頭を振った。おぞましい注入が終わったと思ったら、休む間もなくおそってくる便意の苦痛……。

夏子はガチガチ鳴る歯をかみしばり、身ぶるいを抑えようと必死だった。

(ああ、どうしよう……このままでは……)

ふくれあがる便意に、夏子は恐怖にみまわれた。

「……ああ、ほどいて……お、おトイレに行かせて……おねがい」

夏子はふるえる声で言った。

「おトイレに……」

「なんだ、奥さん。薬を入れ終わったばかりだってのに、もうひりだしてえってのか」

「ああ……」

「こらえ性のねえ尻だぜ」

原田はあざ笑い、夏子の乳首をつまんでひねり、もう一方の手で肉芽を剝きあげてピンとはじいた。

「あ……ひいッ……」

夏子はビクンとのけぞって、腰をよじりたてた。

「そんなにこらえ性がねえなら、栓をしてやろうか、奥さん」

氷室はゆるゆると夏子の肛門を揉みこんでいた指に力を加えた。

「あ、いやッ……そんなッ……やめて、やめてッ……ああッ……」

必死にすぼめる肛門を指でジワジワと縫われて、夏子は悲鳴をあげてのけぞった。

「いやッ……やめて、いやあ……」

「フフフ、いやと言いながら尻の穴はうれしそうに咥えていくじゃねえか。ほうれ、もう指の根元まで入ったぜ」

「ああ……やめて……ゆるしてッ」

指を入れられたことでいっそう便意は荒れ狂い、今にも漏れそうになった。

「クイクイ締めつけてきやがる。俺の指をくい切るつもりか、奥さん」

氷室はしっとりとした妖しい緊縮感を指に味わった。しっかりとくい締めてヒクヒクとおののき、それでいて、なかは指がとろけるような熱さだ。

「ああ……ひどい、ああ……」

浣腸された肛門に指を深々と入れられた自分の身体が、夏子には信じられない。

だが氷室の指は夏子の肛門を貫いているだけでなく、指先で腸襞をまさぐりつつゆっくりと回転した。

「そ、そんなッ……駄目、動かさないでッ……ああ、取ってッ」

「奥さんにはじっくりと味わうってことができねえのか」

「いや、いやッ……そんなにされたら、ああッ、我慢が……」

「そんなに尻を振ると、よけいに我慢できなくなるぜ、奥さん、フフフ」

氷室は回転させる指に、さらに抽送を加えた。

それに合わせるように原田も指を二本、夏子の媚肉に沈めた。

ひッという悲鳴とともに、媚肉が原田の指を締めつけた。肛門の氷室の指もくい締められる。

「フフフ、オマ×コが指にからみついて締めつけてくるぜ」

「前も後ろもよく締まるってわけか、フフフ。こりゃますますサンドイッチにうってつけだな」

原田は氷室とゲラゲラと笑った。

その間も原田と氷室の指は抽送されて、薄い粘膜をへだてて前と後ろでこすり合わされた。

「あ、ああッ、やめて……ひッ、ひッ……」

身体のなかで二人の指がこすれ合う感触と、荒れ狂う便意……。その感覚のおそろしさに、夏子はドッと汗を噴きだして泣き叫んだ。これまで一度として経験したことのない異様な感覚だ。

「いや、いやッ……たまらないッ……し、しないでッ」

「なにがしないでだ。前も後ろもよく締まるじゃねえかよ、奥さん」

「たすけてッ……」

あばれまわる便意はもう、耐えうる極限に迫った。夏子の身体はあぶら汗にびっしょりになって、ブルブルと痙攣しだした。

このままでは排泄行為をさらすことになる。

「おねがいッ……は、はやく、おトイレに行かせてッ」

身体のなかでうごめく指のおぞましさも忘れて、夏子は哀願した。

「まだ我慢しろ。こうやって指で栓をしてやってんだ、フフフ」

「オマ×コもいじってやってんだ。気分を出せば気もまぎれるはずだぜ、奥さん」

夏子をトイレに行かせる気など、まったくない氷室と原田だった。すでに夏子の足もとには洗面器を用意してあるのだが、泣き叫ぶ夏子はまったく気づいていない。

「ああ、もう我慢できないッ……はやく、おトイレにッ」

「いいところの人妻がなんてことだ、フフフ。尻を振りながら、我慢できない、とはよ」

「かんにんしてッ……たすけて、おトイレに……ああ、おねがいですからッ」

氷室と原田はゲラゲラと笑った。

人妻の夏子が泣きながら哀願しているのがたまらない。荒れ狂う便意が限界に近づいた。指を咥えた肛門の痙攣からもわかった。

「これからお楽しみって時に、トイレの話なんかするんじゃねえよ。もっと色っぽいこと言わねえか、奥さん」

夏子の媚肉を指でえぐり、薄い粘膜をへだてて腸管の氷室の指とこすり合わせつつ、原田はもう一方の手でズボンを脱ぎ、下半身裸になった。

原田の肉棒はもうすでにたくましく屹立して、先端から涎れを垂らし、脈打っている。

「いやあッ」

夏子には、猛烈にあばれまわる便意さえ一瞬忘れるほどのショックだ。夏子の瞳が恐怖に凍りつく。

「フフフ、お楽しみがすんだらトイレに行かせてやるからな、奥さん」

原田は肉棒をゆすってみせながら嘘をつく。そしてゆっくりと正面から夏子にまとわりつこうとした。

「い、いやッ、いやあ、それだけはッ」

夏子の脳裡に夫の面影が浮かんだ。

いよいよ夏子は、美しい瞳が恐怖に吊りあがり、魂消えんばかりに絶叫した。

「ゆるしてッ……夫がいるのよッ、それだけは、いやあッ……」

「夫がいるからおもしれえんだよ。人妻の身体を味わわせてもらうぜ」

「いやあッ……たすけてッ」

逃げようとよじりたてる夏子の腰は、後ろから肛門を縫った氷室の指で、杭のように押さえこまれる。

原田は一方の手で夏子の腰を抱きこみ、もう一方の手で肉棒をつかんで、開ききった媚肉に押し当てた。媚肉のひろがりにそって、二度三度とこすり、なぞる。

「ひッ……いやあッ」

「いい声で泣くじゃねえか。ほうれ、入れるぜ、奥さん」

原田は意地悪く教えてから、わざとゆっくりと力を入れた。

夏子の美貌が恐怖と絶望とにひきつった。

「たすけてッ……いやあッ、ああッ……あ、ああッ、あなたッ」

ジワジワと貫かれていきながら、夏子はのどを絞った。

「あ、あなたッ……う、うむッ……」

「そうやって亭主を呼ばれるとたまらねえぜ、奥さん」

原田は、あとは一気に底まで貫いた。

肉棒の先端がズシッと子宮口を突きあげ、夏子はひいッと白眼を剝いてのけぞった。

「しっかりつながったぜ、奥さん。いい味をしてやがる」

原田はうなるように言った。片手で夏子の腰をしっかり抱き寄せ、もう一方の手は高々と吊りあげられた夏子の右太腿を腕に抱きこむ。

「フフフ、人妻の串刺しだ」

夏子の後ろにしゃがみこんで肛門を指で貫いた氷室が、せせら笑った。

ドス黒い原田の肉棒が夏子の媚肉を引き裂かんばかりに貫いているのが、はっきりと見えた。薄い粘膜をへだてて腸管の指にも、前の肉棒の形が感じとれた。

「亭主に較べてどうだ、奥さん。原田のはでかいから、ズンといいはずだぜ」

氷室が聞いても、夏子は泣きながら頭を振りたてるだけで返事はない。

（あなた、ゆるして……夏子は……あなた……）

とうとう犯されてしまった絶望とショックに、夏子は打ちひしがれた。

だが、自分を貫いているものの大きさと肛門を縫った指、荒れ狂う便意が絶えず夏子を現実に引きもどす。

「い、いやッ……ああ、いやあ……」

夏子はまた、耐えきれないように悲鳴をあげた。

「がっつくなよ、奥さん。すぐにじっくり楽しませてやるからな」

「亭主じゃ味わわしてくれない極楽を教えてやるぜ。いや、地獄かな」

原田と氷室はそんなことを言ってゲラゲラと笑った。

5

原田は夏子の媚肉で深くつながったまま、まだ動きだそうとしなかった。氷室だけが夏子の後ろで、肛門を縫った指を回転させ、抽送しつづけた。

「う……うむ……」

夏子は苦しげにうめいた。

原田に犯されるショックと絶望も、しだいに荒々しい便意に呑みこまれた。

「……おトイレに……行かせて……」

声を出すのも苦しい。

「フフフ、原田とつながって、これから楽しもうってのにトイレもねえだろう」

氷室が見あげて覗いた夏子の美貌は、まなじりをひきつらせて唇をかみしばり、おそいかかる便意に鳥肌立ち、あぶら汗にびっしょりだ。

「……苦しい……ああ、もう、我慢できない……」

「どうしても我慢できねえのなら、そのままひりだすんだな。オマ×コでつながったままも、案外オツかもしれねえぜ」

氷室は足もとの洗面器を取りあげて、夏子に見せた。

夏子の美貌がいっそうひきつった。

「いやッ……ここでは、いや……」

「いつまでいやだなんて言ってられるかな」

あざ笑って氷室は指を引いた。

ひいッと息絶えるような声をあげて、夏子はのけぞった。引き抜かれる指といっしょに便意が一気にかけくだりそうになって、必死に括約筋を引きすぼめた。

「う、ううむッ……」

「フフフ、はやいとこトイレに行きてえなら、自分から腰を使って俺を楽しませるんだな」

原田が意地悪く言った。

「そんなこと……」

夏子はひきつった美貌をいやいやと振った。

「それじゃ俺が奥さんの身体をたっぷり味わうまで、トイレは待ちな」

冷たく言いながらも、原田はなにかを待っているようにまだ動きだそうとしない。

「かんにんして……」

うめくように哀願する夏子の肛門に、再び硬質な感触が貫いてきた。それが浣腸器のノズルであることは、夏子は後ろを振りかえらなくてもわかった。

「やめてッ……そんなこと、もう、もう、いやあッ」

「フフフ、まだそんな悲鳴をあげる元気が残っているとはな。こりゃまた、浣腸を楽しめそうだ」

「いやあッ、もう、いや……何度そんなことをすれば気がすむのッ」

「これだけいい尻してるくせに、二回や三回の浣腸でガタガタ言うんじゃねえよ、奥さん」

ノズルを沈めると、氷室はグイグイとシリンダーを押しはじめた。五十ＣＣ、百、百五十、二百……とたちまち注入されていく。

「あ……あ、あむ……いやッ、ううむッ……」

夏子はあぶら汗にまみれた裸身をブルブルとふるわせて揉み絞り、うめき、泣き、そしてひいひいのどを絞りたてた。

「た、たまらねえ」

原田もまたうめいた。

夏子が括約筋を必死に引きすぼめれば、媚肉もきつく肉棒をくい締め、裸身を揉み絞れば夏子が自ら腰を使うのと同じ効果を生む。

「なんていい味してやがるんだ。こたえられねえ、うう……」

「そんなにか、原田」

「さすがに人妻ってところだぜ。並みの野郎じゃ負けちまうな」

「オマ×コがそれじゃ、尻のほうもさぞかし……フフフ、こいつは楽しみだ」

舌なめずりをしながら、氷室はたちまちのうちにシリンダーを押しきって、五百ＣＣを注入した。

「う、うむ……ううむ……もう、駄目、漏れちゃうッ……」

絶息せんばかりにうめいて、夏子は双臀に痙攣を走らせた。

「漏れちゃうか、フフフ。とうとう音をあげたな、奥さん」

氷室は洗面器を取りあげると、ノズルを引いた双臀にあてがった。

余裕はもう夏子にはなくなった。

「……うむむ……み、見ないで……」

「オマ×コに原田を咥えたまま、奥さんがどんなふうにひりだすのか、じっくりと見せてもらうぜ」

「いや……」

もう夏子はまともに声を出すこともできなくなって、息するのも苦しい。

ガクガクとふるえが大きくなり、夏子は絶望とともに肛門の痙攣を自覚した。

「……見ては、いやあ……」

夏子の肛門が内から盛りあがるようにふくれたと思うと、ショボショボと漏れはじめていた。いったん堰を切ったものは押しとどめようもなく、しだいに勢いを増してドッとほとばしった。

その時を待っていた原田は、不意に夏子の媚肉を激しく突きあげた。

夏子にはまったく信じられない原田の行為だった。

「やめてッ、いやあッ」

夏子は泣き叫んで逃れようと腰をゆすりたてた。それが原田の動きに応じることとなっても、夏子はとてもじっとしていられない。

「いいオマ×コしやがって……ほれ、ほれッ」

「いや、いやあッ……と、とめてッ」

「どうだ、フフフ、泣け、奥さん。もっと泣くんだ」

原田はゲラゲラと笑い声さえあげて、夏子に容赦なく腰を打ちこんだ。

そのたびにドロドロとおびただしくほとばしるものが、洗面器に飛び散った。

「派手にひりだすじゃねえか。人妻なんだから、もっとおしとやかにひりだしちゃどうなんだ、フフフ」

くい入るように覗きつつ、氷室もせせら笑った。

あとからあとから絞りだし、夏子は原田の容赦のない動きにひいひい声をあげて泣いた。もう二度と立ち直れないほどのショックだった。

一度途切れたと思うと、またドッとほとばしりでた。

もう夏子は、号泣がのどをかきむしるばかりになった。

「ほれ、もっと泣け、奥さん……もっと泣き叫ぶんだ」

原田はうなるように叫びつづける。

「フフフ、オマ×コを犯られながらウンチをひりだしてる奥さんの姿を見たら、亭主は腰を抜かすぜ」

氷室がからかっても、夏子には聞こえていない。

夏子はしまいにはシャアーッと小便まで漏らした。

そしてようやく夏子が絞りきると、原田もさらに責めたてたい欲望を抑えて、突きあげる動きを中断した。夏子を現実に引きもどして、いっそう屈辱感を味わわせるためである。

「派手にひりだしたもんだぜ。とてもいいところの人妻のすることとは思えねえ」

「上品な顔しても、しょせん牝なのさ」

「ひりだしながら、オマ×コはヒクヒクとからみついてきたからな、フフフ」

氷室と原田はわざとらしく夏子をからかって笑った。

夏子の反応はほとんどない。両眼を閉じて頭を垂れ、シクシクとすすり泣く。排泄行為まで見られて、夏子はまともに二人の顔が見られなかった。

（ああ……死にたい……あんな姿まで見られて……も、もう、夏子……）

まだ原田の肉棒で貫かれたままということが、いっそう夏子を打ちのめした。

　後ろで氷室がズボンを脱ぎ、たくましい肉棒を剝きだしにしたことも、夏子はまだ気づいていなかった。

「これで尻の穴のなかもすっかり綺麗になったな、奥さん、フフフ」

　氷室は夏子の肛門をティッシュでぬぐい清め、クリームをたっぷりと塗りこんだ。

　夏子の肛門は排泄の直後ということもあって、腫れぼったくふくれて腸襞まで生々しくのぞかせていた。まだおびえているかのようにヒクヒクふるえている。

「氷室、はやいとこ犯れよ。俺は

もう我慢できなくなりそうだ」

原田がうわずった声で言った。

「お前がそんなことを言うなんて、フフフ、よほど奥さんのオマ×コはいいようだな」

「いいなんて生やさしいもんじゃねえ。ちょっと油断するとのめりこみそうだぜ」

「それじゃ、こっちもいそぐか」

氷室は後ろから夏子の裸身にまとわりついた。

夏子はなにをされるのか、すぐにはわからなかった。

まさか氷室が狙っているのが肛門とは思わない。それも前と後ろから二人の男に同時に貫かれてサンドイッチにされているのだ。

氷室の灼熱が夏子の臀丘の谷間を割って、肛門をさぐり当ててきた。それは、まだゆるんだままの夏子の肛門に押し入る気配を見せた。

夏子はハッとして眼を開き、顔をあげた。

「ああ、ちがう……そこはちがいます……ああ、なにをしようというの」

「ここでいいんだ。オマ×コには原田が入ってんだから、俺は尻の穴だ」

「……………」

夏子は一瞬絶句した。

灼熱はジワジワと肛門の粘膜を押しひろげてくる。

「いやあッ」

夏子は悲鳴をあげて激しくかぶりを振った。

腰をよじって矛先をそらそうとしても、夏子の腰は前を貫いた肉棒でしっかりとつなぎとめられている。

「いやッ……いやあッ……お尻なんて、狂ってるわッ」

「フフフ、尻の穴をゆるめねえと、つらいだけだぜ、奥さん」

「けだものッ……」

たちまち夏子は、さらなるあぶら汗にまみれ、まともに口をきけたのもそこまでだった。

肛門がいっぱいに押しひろげられていく感覚に、ひいひいのどを絞った。まだうずく肛門の粘膜を押しひろげて一寸刻みに入ってくる感覚に、夏子は激痛が走った。

「う、うむッ……ひッ、ひいッ……」

夏子は肛門から引き裂かれていく錯覚に落ちた。だが、激痛よりもそんなところに肉棒を受け入れさせられることが、しかも前と後ろとサンドイッチにされることがもっとおそろしい。

「もっと尻の力を抜きな、奥さん。あと少しだからよ」

氷室は押しひろげるにつれて、押しもどそうとする力が肉棒にからみついてくるのを心地よく感じた。

肉棒の頭が極限まで開いた夏子の肛門の粘膜を、内へ引きずりこむようにズルズルと入った。

「ううむッ……」

夏子は眼の前が暗くなって、火花がバチバチと散った。

肉棒の頭がもぐりこむと、あとは根元まで沈んだ。

「思ってたよりスムーズに入ったぜ」

「奥さんの尻の穴の感じはどうだ」

「たまらねえ締まりだぜ。そのうえ、熱くてとろけそうだ」

夏子をなかにして、氷室と原田は前と後ろで話し合う。

そしてリズムを合わせて、ゆっくりと前後から突きあげはじめた。

「あ、あぁッ……ひッ、ひぃッ……」

原田と氷室にはさまれて、夏子の身体は揉みつぶされるようにギシギシ鳴った。腰の骨がきしむかと思うほどだ。

「いや、いやあッ……けだものッ」

いくら泣き叫んでも、もう夏子は原田と氷室にあやつられる肉の人形だった。肛門を貫かれているのがおそろしく、粘膜をへだてて前と後ろとで二本の肉棒がこすれ合うのがさらにおそろしい。

背筋に絶えず電流が走って、身体じゅうの肉が灼けただれていく。

「たすけてッ……あ……う、うむッ、裂けちゃうッ……」

恐怖と激痛に夏子は半狂乱に泣き叫び、のたうった。

「いいんだろ、奥さん。オマ×コがさっきよりよく締まるぜ」

「こっちもだ。す、すげえ」

原田と氷室はしだいに動きを激しくして、快感のうなり声をあげた。

6

原田と氷室の二人に前から後ろから同時に貫かれている自分が、夏子には信じられない。

（こんなことって……ああ、こんな……）

前後より突きあげられるたびに恐怖と苦痛が走り、そして夏子の人間性が崩されていく。今度こそ二度と立ち直れないと思った。

そのくせ、突きあげられるたびに、おそろしさと苦痛の底から得体の知れない快感がジワジワとふくれあがる。

「あ、ああ……」

どんなにおそろしくても、人妻としての夏子の成熟した肉は、股間を突きあげてくるものに耐えられなかった。ひとりでに肉が反応しはじめ、苦痛に快美が入り混じる。

肛門を貫かれている苦痛さえ、ややもすると得体の知れない快美にすり替わった。

そんな自分の身体の成りゆきが、夏子にはさらにおそろしかった。

「か、かんにんしてッ……」

ふくれあがるものを打ち消すように、夏子は叫んだ。

「身体は正直だな、奥さん。オマ×コがビンビン反応しだしたぜ。お汁も洪水だ」

「もう尻の穴を締めたりゆるめたりして楽しんでやがるぜ」

リズミカルに責めたてながら原田と氷室はからかった。

いくら人妻とはいえ、最初のレイプでしかもサンドイッチにして、妖しい反応を見せる夏子の身体は貴重といえた。にらんだ通りにA感覚の素質も充分のようだ。

「素直になれよ、奥さん」

「いや、いや……ゆるしてッ……」

「こんなに感じてるのにか、フフフ。なにもかも忘れて牝になりきるんだ」

「ああ、いや……ああ、もう、やめて……」

夏子はおそろしさと苦痛、愉悦とがドロドロと入り混じってわけがわからなくなっていく。そのなかでなす術もなくのたうつ肉の快美を感じた。

「あ、あ、たまらないッ……あああ……」

夏子は我れを忘れてあられもない声をあげた。

「いい声だぜ、奥さん。こりゃ、最初のレイプで気をやるかな」

「もっと声を出せ。もっと気分を出すんだよ、奥さん」

氷室と原田はさらに動きを大きくして、夏子の内臓をえぐり、こねまわした。薄い粘膜をへだてて、前と後ろで肉棒をこすり合わせる。

「ああッ……うむ……死ぬ……」

夏子は白眼を剝いてうめき、のたうった。まるで自分から積極的に応じるようだ。

声も出せず息もできなくなって、夏子は溺れるようにのけぞらせた口をパクパクさせ、次にはひいッ、ひいーッとのどを絞ってキリキリと歯をかみしばった。

そのまま夏子は気が遠くなった。

「なんだ、まだのびるのははやいぞ」

「奥さんだっていっちゃいねえし、こっちだって出しちゃいねえのに、途中でのびるんじゃねえよ、奥さん」

原田は夏子の頬をはたき、氷室は黒髪をつかんでゆり起こした。

「ああ……」

夏子は意識さえもうろうとして、グラグラと頭をゆらした。気を失うことさえゆるされない。

あえぐ夏子の口の端から、涎れが溢れた。

片脚立ちの夏子の右脚には、太腿の内側をジクジクと溢れでた蜜がしたたり流れた。

「……あ、あう……あああ……」

夏子の腰から太腿にかけて、とどめきれぬ小さな痙攣がいくつも走る。

「イクのか、奥さん。いつもは亭主になんと言って教えるんだ」

「いやッ……ああう、いや……」

夏子は首のすわらない頭をグラグラとゆらして、弱々しく声をあげた。

グイグイと突きあげてくる二本の肉棒に、夏子は腰から下がバラバラになって灼きつくされそうだ。

「気をやりたいんだろ、奥さん」

「いつでもイカせてやるぜ」

そんなことを言いながら、氷室と原田は不意にピタリとすべての動きをとめた。

「ああ……」

夏子の裸身はしとどの汗にまみれ、氷室と原田の間でハアハアと波打ち、あえいだ。

「どうだ、奥さん。イキたいか」

「フフフ、オマ×コはうらめしそうにヒクヒクからみついてくるぜ」

氷室と原田は意地悪く夏子の顔を覗きこんだ。

夏子は眼もうつろで唇をハアハアとあえがせ、乱れ髪を汗で額や頬にへばりつかせて、凄絶な表情である。

「………」

ワナワナと唇をふるわせただけで、夏子の口からはあえぎしか出なかった。口の端から涎れが溢れる。

「ああ……」

夏子はしだいに現実に引きもどされるようだ。

氷室と原田は顔を見合わせてニヤリと笑うと、不意にまた激しく突きあげはじめた。

「あ、ああッ、ゆるしてッ……」

「なにがゆるしてだ。気をやりてえんだろうが、奥さん」

「いやあ……ああッ、ひッ、ひッ……」

夏子はまた氷室と原田の間でもみくちゃにされた。

一度中断されていることで、突きあげられる感覚はいっそう敏感になった。

夏子の意志に関係なく、肉がえぐってくるものにからみつき、快美に痙攣するのがわかる。

「フフフ、ますます味がよくなるじゃねえか、奥さん。好きなんだな」

「今度こそ気をやるかな、奥さん。遠慮はいらねえぜ。何度でもイカせてやるからよ」

氷室と原田は夏子を追いあげにかかった。夏子をイカせる自信はあった。

「あ、ああッ……狂っちゃう、ああッ……死ぬ、夏子、死んじゃうッ……」

前後から激しくゆさぶられて、夏子は半狂乱だ。

官能の昂りなどといった生やさしい感覚ではなく、身体じゅうが火にあぶられて灼きつくされていく。この世のものとも思えぬ肉の愉悦だ。

「あぁッ……もう、あああ……」

あやつられるままに夏子は泣き、叫び、そしてよがり狂った。

その表情はほとんど苦悶に近く、それだけ肉の愉悦も大きいということだ。

「それッ……それッ……いいぞ、奥さん」

「イクんだ……イケッ」

さすがの氷室と原田もしだいに余裕を失った。普通の男なら、とっくにこらえきれなくなってのめりこみ、ドッと白濁を放っているところだ。

「あ、あぁッ……あぁッ……」

夏子の腰から太腿にかけて走る痙攣が大きくなり、吊りあげられた左脚の爪先がピンと内側へひきつった。

次の瞬間、ガクンガクンと腰がはねあがる動きを見せた。

「ひッ……ひッ、ひぃーッ」

悶絶せんばかりの悲鳴をあげて、夏子の裸身がキリキリと収縮した。前も後ろも生々しい痙攣を見せて突きあげてくるものをくい締め、キリキリとおそろしいばかりに絞った。

そのきつい収縮に、さすがの氷室と原田も耐えられない。また耐える気もない。

獣のように吠えて、心ゆくまでドッと白濁を噴きあげた。

前も後ろも身体を引き裂かれるようないまわの膨張と、のどまで届くかと思うほどの灼熱の射精に、

「ひぃーッ」

夏子はもう一度ガクガクとのけぞって、二度三度と激しく痙攣を走らせた。

そしてガックリと力が抜けた。頭を垂れた夏子の顔は、白眼を剝いて口の端からは泡さえ噴いた。

ようやく夏子から離れた氷室と原田は、フウーと大きく息を吐いた。煙草を取りだして口に咥えた。

「まったくいい味してるオマ×コだぜ。これほどのは初めてだ」

「アヌスも極上だぜ、フフフ。さすがに人妻だけあって、バージンアヌスでも仕込む必要もねえほどだ」

氷室と原田は妖美の肉の感触を反芻しながら、うまそうに煙草を吸った。

「フフフ、奥さんはどうだった」

「たいしたイキっぷりだったからな」

二人が聞いても、夏子の反応はない。

グッタリと縄目に裸身をあずけたまま、肩や乳房、腹部をハアハアと嵐のようにあえがせるばかりだ。

「のびてやがるぜ」

氷室と原田はゲラゲラと笑った。

まだ開ききった夏子の股間は、媚肉も肛門も赤くひろがったままで、注ぎこまれた白濁をゆっくりとしたたらせる。

「いつまでのびてやがる。まだ終わりじゃねえぞ、奥さん」

氷室は鞭を手にすると、夏子の後ろへまわった。

大きく鞭を振りあげて、ピシッと夏子の双臀を打った。

ビクッと夏子の身体がふるえ、ブルンと臀丘が鞭にゆれた。

もう一度、ピシッと打った。鞭の先が臀丘に吸いつく。

そして鞭の衝撃に、股間から注ぎこまれた白濁がトロリと流れた。

ピシッ……ピシッ……。

今度はたてつづけに打った。肉が裂ける強さではないが、かなりの痛さだ。

「ああ……ひッ……」

夏子はうつろに眼を開くと、はじける鞭に悲鳴をあげてのけぞった。

「気がついたか、奥さん。こいつはのびちまった罰だ」

また夏子の双臀に鞭が振りおろされた。

ピシッ……。

「ひぃッ……」

ピシッ……。

「ひッ、ひぃッ……打たないでッ……」

家畜のように鞭打たれるみじめさに、夏子は悲鳴をあげて泣きだした。

「よしよし、それじゃお楽しみの再開だ」

「今度は俺が奥さんの尻の穴で、氷室がオマ×コだ」

原田は夏子の後ろへまわり、氷室は鞭を置いて前へまわった。

夏子の美貌がひきつって、唇がワナワナとふるえた。

「い、いやあッ……もう、もう、かんにんしてッ、死んじゃう……」

夏子は悲鳴をあげてもがいた。

もうあらがう気力も萎えたはずなのに、再び二人の男に同時に犯される。

「フフフ、どっちから先に入れて欲しいんだ、奥さん」

「いやあッ……どっちも、いやッ」

「オマ×コでも尻の穴でも、奥さんの希望するほうから入れてやろうというんだ」

「いやあッ、もう、ゆるしてッ……」

「しようがねえな。それなら同時に入れてやろうじゃねえか、フフフ」

「待って、そんな……いやあッ」

夏子の言葉は、前と後ろから同時にまとわりついてくる二人に、途中から悲鳴に変わった。

灼熱がまだ赤くうずく媚肉と肛門とに、同時に押しつけられた。

「ひいッ……いやあッ……ひッ、ひッ……」

前から後ろからジワジワ入ってくる二本の肉棒に、夏子は総身を揉み絞ってひいひいのどを鳴らした。

薄い粘膜をへだてて二本の肉棒がこすれ合いながら、たちまち深く貫かれた。

夏子はまだ残り火のくすぶる肉に、火柱が走るのを感じた。

「さあ、じっくりと楽しむんだぜ、奥さん。何度でもイカせてやるからな」

「牝に生まれ変わらせてやるよ、フフフ」

原田と氷室はニヤニヤと笑いながら、ゆっくりと夏子を突きあげはじめた。

第五章　人妻奴隷夏子・二十八歳

1

夏子は後ろ手に縛られた裸身をしとどの汗に光らせて、死んだように横たわっていた。ムチムチと官能味あふれる太腿は、閉じるのを忘れたみたいに開いたままだ。剝きだしの媚肉は赤く充血した肉襞まで見せて、注ぎこまれた白濁をゆっくり吐きだしている。

肛門も剝きだしだ。腫れぼったくふくれてヒクヒクとあえいでいる。

「いい味してやがったな、フフフ。こりゃいい値で売れるぜ」

「売るのがもったいねえくらいだ。オマ×コも尻の穴もよく締まるしよ。たまらねえ肉しやがって」

ニヤニヤと見おろしながら、氷室と原田はさっきまでの夏子との悦楽を思いだした。いきなりサンドイッチでのレイプなのでほどほどにと思いながら、二人ともやめられなかった。

何度も精を放ってようやく満足した時には、夏子は白眼を剝き、口から泡さえ噴いて気を失っていた。

「それにしてもレイプ初日でこれだけ反応するとはな、フフフ」

「さすがに人妻だけのことはある。まったく売っちまうのがもったいねえぜ」

「この分なら一日に二十人の客をとらせても大丈夫だ。サンドイッチ専用ってのも、おもしれえかもな」

「なあ、原田。本当に売るつもりなのか」

氷室は夏子の身体を存分に楽しんだくせに、未練たらたらだ。夏子を売ってしまうより、自分のものとして飼育したいらしい。

「取引きの日まで、充分に楽しめばいいんだ、フフフ」

そう言った原田は、しゃがみこんでティッシュで夏子の股間の汚れをぬぐいはじめた。

夏子は完全に気を失っているのか、わずかに腹部をあえがせるだけで、身じろぎもしない。

「夏子は俺たちで飼おうじゃねえか、原田。これだけいい味をした肉を、外人に売っちまうのはもったいねえと思わねえか」

氷室はもう夏子の身体にすっかり魅せられている。そう言いながらも、夏子の身体から片時も眼を離さなかった。

原田は苦笑いした。女にほれていては女体売買の商売にはならない。

「しようがねえな。お前がそう言うならチャンスをやろうじゃねえか」

「チャンスというと?……」

「燿子と万由子の二人と肉の競争をさせて、夏子が勝ったら今回は売るのを見送るってのはどうだ、氷室」

原田と氷室は互いに顔を見合わせて、ニヤリと笑った。

後ろ手に縛ったままの夏子を、氷室は肩にかついだ。夏子はグッタリと気を失ったままである。

氷室はうれしそうに笑って夏子の双臀を撫でまわしながら庭へ出た。門のほうへまわって外の通りに人の姿がないのを確かめてから、すばやく車に乗りこんだ。原田がいそいで車を発進させた。

「フフフ、それにしてもうまくいったな。もう夏子は俺たちのものだぜ」

「亭主にも子供にも二度と会えなくなるのも知らねえで、まだのびてやがる」

「そのほうが幸福かもな。これからは牝として生きていかなきゃならねえんだからよ」

原田と氷室は勝ち誇ったようにゲラゲラと笑った。

氷室は後部座席で夏子を膝の上に抱き、夏子の乳房をいじり、開かせた股間をまさぐりはじめた。縄に絞りこまれた豊満な乳房を絞りこんで乳首をつまみ、もう一方の手では茂みをかきあげるようにして、媚肉の割れ目をなぞり、女芯を剝きあげる。

「まったくいい身体しやがって、何度でも犯りたいぜ」

氷室は涎れを垂らさんばかりに舌なめずりした。

「お前も好きだな、氷室」

車を運転しながら、原田はバックミラーの角度を変えて後部座席の夏子を映し、ニヤニヤと笑った。

確かに夏子は氷室の言うように、見ているとまた責め嬲りたい欲望にかられる女だ。氷室がいじる夏子の乳首が、また硬くとがって、媚肉がジクジクと蜜をにじませはじめた。剝きあげられた肉芽も、ヒクヒクとうごめいて充血する。

「フフフ、まだのびてるくせに感じはじめやがったぜ。人妻の身体ってのは、好きなだけあって正直だ」

「その分だと、もどってからも充分に楽しめそうだな、フフフ」

「今夜は寝せねえぜ。とことん責めてやろうじゃねえか」

もうさんざん夏子の身体を味わったくせに、氷室と原田はズボンの前を痛いまでに硬くした。

氷室はニヤニヤと舌なめずりをすると、バッグのなかから長大な張型を取りだした。直径は五センチ、長さは二十センチもある。血管が浮きあがったところまで男根そっくりに形取られていた。なかにはバイブレーターが仕込まれている。

それを夏子の割れ目に分け入らせ、ジワジワと埋めこみにかかる。

「う、うう……」

気を失った夏子が低くうめいて、右に左にと頭をゆらした。今にも意識がもどる気配だ。

2

氷室は、柔らかくとろけて充血した肉襞を巻きこむようにして、ゆっくりと張型を入れていく。夏子は気を失っていても、受け入れようとするかのように肉襞をうごめかせ、腰をうねらせた。

ズンという感じで、張型の先端が夏子の子宮を突きあげた。

「う、うむ……」

意識のない夏子の顔がのけぞり、腰のあたりがブルブルとふるえた。

「フフフ、この好きな身体が、いつまでのびていられるかな」

長大な張型を夏子の媚肉に深々と埋めこむと、氷室はさらにもう一本の同じ大きさの張型をバッグから取りだした。

それにたっぷりと潤滑クリームを塗りこむと、今度は夏子の肛門にあてがう。ゆっくりと回転させるように、ジワジワと埋めこみにかかった。

「うッ……うむ……」

夏子がまた低くうめいて、のけぞった頭をグラグラとゆらした。

まだ腫れぼったくヒクヒクしていた夏子の肛門が、張型にジワジワと押しひろげら

れていく。そしていっぱいに拡張された肛門の粘膜が、張型の頭に巻きこまれ、内へめくりこまれるようにして受け入れはじめた。

「う、うむ……」

　夏子のうごめきが大きくなり、グラグラとゆれる頭の動きも大きくなった。

「あ、ああッ……」

　うつろに眼を開いた夏子は、肛門に走る苦痛に悲鳴をあげた。

「ああッ、なにを……い、いやあッ……ひッ、ひッ、もう、やめてッ……」

「なにがやめてだ、奥さん。尻の穴はうれしそうに呑みこんでいくぜ」

「ああ、もう、いやあ……う、うむ、うむ……」

夏子の狼狽をあざ笑うように、長大な張型はズルズルと沈んだ。

肛門を引き裂かんばかりに深く侵入する重い感覚、そして薄い粘膜をへだてて前の張型とこすれ合う感覚。夏子はなにをされているのか知って、また悲鳴をあげた。

「そ、そんな……いや、いやあッ」

「ほうれ、深く入ったぜ、奥さん。フフフ、オマ×コも尻の穴もいい咥えっぷりだ」

「いや、いやあッ……」

「騒ぐんじゃねえよ。じっくり味わってオマ×コと尻の穴を充分にとろけさせておくんだ。またサンドイッチにされたくてしようがなくなるようによ」

氷室と原田はゲラゲラと笑った。

「ああ、かんにんしてッ……いやあッ、たすけて、誰かッ」

悲鳴をあげる夏子の口に、氷室は手拭いでさるぐつわをかませた。たちまち夏子の悲鳴はくぐもったうめき声に変わった。

「泣き叫ぶのはまだはやいぜ。あとでいやでも泣くことになるんだ」

膝の上でもがく夏子のあらがいを楽しみながら、氷室は再び夏子の乳房をいじり、女芯をまさぐりだした。

長大な張型を二本、夏子の前と後ろに深々と埋めこんだまま、それには触れようともせず、バイブレーターのリモコンスイッチも入れようとしない。

「う、うむ……」

夏子は黒髪を振りたくってうめいた。

いつの間にか我が家から連れだされ、車に乗せられたのに気づいたようだ。もう外はすっかり夜だ。窓をネオンや車のヘッドライトが流れていく。

どこへ連れていかれるのか……全裸を後ろ手に縛られて、股間には前も後ろも張型を埋めこまれ、車に乗せられて街なかを行く自分が、夏子には信じられない。車のなかを覗かれてこんな姿を他人に知られたら……。そう思うと夏子はおそろしくてたまらない。

(こ、これからどうなるの……ああ……こわい……たすけて……)

夏子の身体からあらがいの力が抜け、さるぐつわからすすり泣きがもれた。

それをあざ笑うように、氷室は夏子の乳房をタプタプと揉みこみ、肉芽をつまんでいびった。

「フフフ、奥さんは気分を出して、オマ×コと尻の穴をとろけさせることだけ考えてりゃいいんだよ」

車を運転しながら、原田がバックミラーの夏子を覗きこんでせせら笑った。

「大丈夫だぜ、原田。奥さんは太いのを咥えこんで、おっぱいの先もこんなにとがらせて、オマ×コもビチョビチョだからよ」

「フフフ、着くころには気をやりたくてしようがねえという状態に持っていくんだ」

「まかせとけって」

氷室と原田はまた、夏子をあざ笑うようにゲラゲラと笑った。

(いやッ……ああ、もう、いやッ……)

夏子はさるぐつわの下で叫んだ。

だが、乳房をいじり肉芽をしごいてくる氷室の指の動きが、ビンビンと身体の芯に響いた。

さんざん犯されてまだ官能の名残り火がくすぶっている夏子の身体は、いくらこらえようとしても反応してしまう。前も後ろも長大な張型を埋めこまれているという異常さが、夏子の成熟した人妻の性を狂わせる。

(そんなッ……駄目、駄目よッ……ああ、感じては、駄目……)

夏子は激しく狼狽した。

必死に耐えようとするが、長大な張型を二本呑みこまされた感覚が、夏子の気力を奪った。

乳房や女芯をいじってくるだけで、張型を動かそうとしないのがじれったい。柔肉が前も後ろも動かされない張型にヒクヒクとからみつき、夏子は頭のなかがうつろになる。

（いや……そんな、そんなことって……）

ふくれあがる感覚を打ち消すように、夏子は頭を振った。

だが、乳房や女芯をいじってくる氷室の指の動きが、二本の張型を含んだ肉にビンビン響いてくる。おそろしさと、どこへ連れていかれるのかという不安に、呑みこまれそうだ。

「フフフ、身体は正直だな、奥さん。遠慮せずに思いっきり気分出していいんだぜ」

氷室はそう言って笑い、いっこうに張型に触れてくる気配はなかった。

夏子にしてみればじらされているのと同じだ。いくら張型をくい締め、いどみかかる動きを見せても、かわされるようなものだ。じらされおもちゃにされるつらさ。

「ずいぶん発情してきたようだな、奥さん。張型で深くえぐられたいんだろ」

夏子の反応が露わになるのは、バックミラーで覗く原田にもわかった。

「それとも、張型じゃもの足りなくて、生身のほうがいいのかな」

「あとでいやでも生身でサンドイッチにしてやるから、今はせいぜい、肉をとろけさせて気をやりたくてしようがなくしておくんだ」

原田と氷室はそう言ってあざ笑った。夏子がなす術もなく反応してくるのが、愉快でならない。

「うむ、うむ……」

夏子はいやいやと頭を振るが、もうその動きは弱々しい。

反発しようとする気持ちさえ、ふくれあがる官能に巻きこまれ、切なさが夏子をあえがせた。ぴっちりと張型を咥えた媚肉は、ヒクヒクとうごめくたびに蜜を溢れさせ、それは肛門の張型にまでしたたり、氷室のズボンにシミをつくっていく。

「おいおい、俺のズボンを駄目にする気か、奥さん。派手にシミをつくってくれるじゃねえか」

氷室は夏子をあざ笑った。

それも夏子は聞こえないように、

(ああ、たまらない……あ、ああ、なんとかして……)

胸の内で叫びつづけた。

3

車は氷室の店の裏でとまった。にぎやかな表通りとちがって、路地裏は人影もない。

氷室は夏子を肩にかつぐと、すばやく裏口から店のなかへ入った。そのまま地下室の階段をおりる。

(地下室……)

夏子は氷室の肩の上でもがき、さるぐつわからくぐもったうめき声をあげた。

闇の底へ吸いこまれるようで、そこへ入ったら二度と出られないような恐怖におそわれた。

(たすけて……)

地下室へ入ると、重く沈んだ空気が夏子を取り囲んだ。ガシャンとドアを閉める音が響き、地下に閉じこめられたおびえに、夏子はさるぐつわの下で悲鳴をあげ、ブルブルとふるえがとまらない。

氷室の肩からおろされた夏子は、天井から垂れる鎖に後ろ手縛りの縄をかけられて、爪先立ちの姿に吊られた。

(いや、いやあ……)

夏子は身をよじり、黒髪を振りたくった。

「フフフ、オマ×コも尻の穴もしっかり張型を咥えて、落とすんじゃねえぞ」

「落としたらきつい仕置きだからな、奥さん」

「どれ、いい声を聞かせてもらおうか。ここならいくら泣き叫んでも大丈夫だからよ」

夏子の口からさるぐつわがはずされた。たちまち悲鳴が噴きあがった。

「いやあッ……」

鎖がキリキリ鳴って、夏子の爪先立ちの裸身が回転した。

「ここはどこッ……ああ、こんなところで、どうしようというのッ」

そう叫んだ夏子は地下室のなかの様子に気づいて、ひいッと息を呑んだ。

天井や壁に取りつけられた鎖、壁の棚に並べられた淫らな責め具の数々、そして婦人科用の内診台や木馬、まるで拷問部屋だ。そこが女体を責めるためにつくられた地下室であることはまちがいない。

そして奥の壁はいくつかの檻になっていて、全裸の女が二人入れられているのが夏子に見えた。それぞれの檻の奥におびえた表情で縮こまっている。言うまでもなく燿子と万由子である。

「フフフ、もうどうされるかわかったようだな。奥さんはここで牝らしく調教されるってわけだぜ」

「もう牝は二匹いるから、奥さんは牝三号ってことになる、フフフ」

氷室と原田は夏子のまわりをゆっくりとまわって、ゲラゲラと笑った。

夏子は歯がガチガチ鳴って、すぐには声も出なかった。

「……そんな……そんなことが、ゆるされると思っているのですか……」

「奥さんはよけいなことは考えねえで、気分を出すことだけを考えてりゃいいんだ」

夏子の後ろで氷室が言った。

いつの間にか氷室の手には、黒光りする鞭が握られていた。その鞭の先が、ムチッと張った夏子の臀丘のカーブをゆっくりとなぞった。

「い、いやッ」

悲鳴をあげて夏子は腰をよじった。

鞭の先端は凍るように冷たく、それが双臀の肌をすべり、肉づきを確かめるようにつついてくる感覚に、夏子は総毛立った。

「やめてッ……いや、いやですッ」

「これくらいでいやがってどうする」

「ああ……」

氷室がおもむろに鞭を振りあげる。夏子は美しい顔をひきつらせた。

「いやあッ」

夏子はおびえにうわずった金切り声をあげた。次の瞬間、鞭は夏子の双臀にはじけて、裂かれるような苦痛が走った。

「ひいッ……いや、ぶたれるのはいやッ……」

「牝がガタガタ言うんじゃねえよ。気分出してりゃいいと言ったろうが」

「ああ、鞭は、いやです……やめて、牝なんかじゃありません」

「まだそんなことを言ってるのか」

氷室は再び鞭を振りかぶった。

ピシッ……。

「ひいーッ……」

夏子はのけぞり、強張らせた裸身をブルブルとふるわせた。

氷室はゆっくりと間をおいて、鞭をふるった。狙うのは夏子のムチッとした官能味あふれる双臀だ。ムチムチと脂肪をのせた夏子の双臀は、鞭が吸いついて衝撃までも吸いこまれる。

「かんにんしてッ……」

「フフフ、それだけいい尻してりゃ気持ちいいはずだぜ。そうれッ」

ピシッ……。

「ひぃーッ……いや、もう、いやあ……」

「素直に悦んでみせるんだ。いやだってなら、もっとよくしてやろうか」

夏子の前にしゃがみこんでいる原田が、張型を深々と咥えた媚肉や肛門を覗きこんで、ニヤニヤと笑った。

そして氷室が鞭を振りおろすのに合わせて、原田は張型のバイブレーターのリモコンスイッチを入れた。

「ひぃーッ」

双臀にはじける鞭にのけぞった夏子は、前と後ろで同時に振動しはじめた張型に、さらに悲鳴をあげてガクンとのけぞった。

「そんなッ……いや、いやあッ……」

張型はジーッという不気味な電動音をあげて振動するだけでなく、クネクネとうねりはじめた。

肉奥と直腸とがすさまじいばかりの感覚にこねまわされる。夏子は我れを忘れて腰を振りたてていた。

「やめて、やめてッ……ああ、とめてッ」

「じっくりと味わうんだよ、奥さん。これで鞭がズンとよくなったはずだぜ」

また氷室の鞭が夏子の双臀に飛んだ。

ピシッ……。

「ひいーッ……ひッ、ひッ、かんにんしてッ」

夏子は泣き叫んだ。

鞭打たれると、思わず身体が硬直し、それが前も後ろも張型をくい締めることになって、淫らな振動とうねりとをいっそう強烈に感じとることになった。

「ゆるしてッ」

「フフフ、感じてきたんだろ、奥さん」

「うんと気分を出してよがるんだ」

氷室と原田はうれしそうに舌なめずりした。

白くムチッと張った夏子の双臀が、鞭打たれるたびにボウッとけぶるように色づき、ひとまわり大きくなる。そして臀丘の谷間と前に張型を咥えて腰を振る夏子の姿が、いやでも氷室と原田の欲望をそそらずにはおかない。

「ああ、もう、かんにんして……」

変になっちゃうッ……という叫びは、鞭打たれて悲鳴に呑みこまれた。

おそろしくて気が遠くなりそうなのに、夏子は身体の芯がひきつるような収縮をくりかえすのを感じた。地下室へ連れこまれた恐怖で、忘れていた官能が再びよみがえった。

肉がひとりでに快美をむさぼろうとする。夏子はどうしようもなかった。

「た、たまらないッ……」

夏子は我れを忘れて叫んだ。

再びジクジクと溢れだした蜜が、夏子の内腿をしたたった。身体じゅうが火にくるまれ、夏子は官能の波に溺れていく。

(死ぬ……)

もう間合いを充分とって振りおろされる鞭も、肉の快美をふくれあがらせるばかりであった。

「やっぱり人妻の身体は正直だぜ。たいした反応じゃねえか」

「気どったところで奥さんの本性は淫らな牝なんだよ。こんなによがりやがって」

意地の悪いからかいも聞こえない夏子は官能の波に押し流され、暴走しはじめた。

（あ、あああ……もう、もうッ……）

あとひと息で昇りつめようとした時、不意に淫らな振動とうねりとがピタリととまった。氷室の鞭までもとまった。

「ああ……」

どうして……という声が、夏子ののどまで出かかった。

夏子は肩で大きく息をしてあえぎつつ、キリキリと唇をかみしばった。

「すんなり気をやらせちゃ調教にならねえ。奥さん、イキたきゃ、ちゃんとおねだりしな」

「うんとたくましいので夏子をサンドイッチにして、イカせてとくらい言えねえのか、奥さん」

夏子の顔を覗きこんで、氷室と原田はせせら笑った。

夏子の美貌は眼もうつろで、汗を光らせて、ほつれ髪を額や頬にへばりつかせていた。

「どうなんだ、奥さん」

「………」

夏子は弱々しく頭を振った。拒むというふうではなくなった。

「まだ牝にはなりきれねえようだな。それじゃしようがねえ」

氷室がまた、ゆっくりと鞭をふるいはじめた。夏子の双臀だけを狙う。

ピシッ……。

「ひいッ……も、もう、ゆるして……」

「牝になりきるまでゆるさねえぜ」

「ああ……」

夏子は唇をわななかせて、裸身をブルブルとふるわせた。

鞭打たれるだけで動かされない張型……。火にくるまれた夏子の身体は、そんな仕打ちに耐えられるはずもなかった。いたぶりを求めるように腰がうごめいてふるえる。

「フフフ、イキたいか、奥さん。おねだりすりゃイカせてやるぜ」

「ああ……ゆるして……」

「強情だな」

また鞭がピシッと夏子の双臀に鳴った。

ひいッと夏子がのけぞり、鎖が音をたてる。

もう夏子の身体は油でも塗ったように汗でヌラヌラと光り、乳房から下腹へかけて激しいあえぎに波打った。それが鞭打つたびに、ひいッと一瞬に硬直して次にはいっそうあえぎが大きくなる。

それだけではない。時々、バイブレーターが振動を再開し、官能の火に油を注いではまたすぐに停止してしまう。

それを何度もくりかえされるのだから、夏子はたまらなかった。

「い、いやあ……変になってしまいますッ……ああ、もう、どうにかして……」

「変になっていいんだよ、フフフ、牝になるんだから」

氷室と原田はゲラゲラと笑った。

夏子は激しく黒髪を振りたくり、腰をうねらせた。

「して、してくださいッ」

我れを忘れて叫んでいた。

「なんだ、その言い方は。牝らしくちゃんとおねだりしねえか」

「ああ……」

夏子にはもうあらがう余裕はなかった。ワナワナと唇をふるわせ、

「お、おねがい……たくましいので、夏子をサンドイッチにしてください……ああ、もう、イカせてくださいッ」

泣きながら叫んでいた。

完全な屈服だった。勝ち誇った氷室と原田は恍惚の思いでニンマリとした。

欲望のおもむくままにズボンを脱ぎはじめた。

「どっちの穴に誰のを入れて欲しいか、リクエストはあるかな、奥さん」

「もっとも交代で前も後ろも何度もぶちこんでやるけどな、フフフ」

原田と氷室がそう言っても、夏子は汗まみれの裸身をうねらせて泣くばかりだ。

張型が二本とも引き抜かれ、前からは原田が、後ろからは氷室が迫った。

4

いくら身体は火と化していても、二人の男を同時に受け入れさせられると思うと、夏子はおそろしさに顔がひきつった。

「か、かんにんして……」

声がかすれて夏子はガチガチと歯を鳴らし、黒髪を振りたくった。

「フフフ、おねだりしたのは奥さんだぜ。サンドイッチにして欲しいってよ」

「いや……」

「オマ×コをこんなにとろけさせて、いやもねえもんだ」

前からまとわりついた原田は、夏子の片脚を横へ開いて抱きあげるようにし、たくましく屹立した肉棒を押しつけた。

「ああ、いや……ゆるして……」

夏子は腰をよじって避けようとしたが、それをあざ笑うように肉棒はジワジワと媚肉に分け入ってくる。

「あ、あぁッ」

夏子が戦慄の声をあげた時は、一気に底まで貫かれていた。

子宮口を突きあげられて、夏子はひいッとのけぞった。

間髪を入れずに後ろから氷室が、灼熱の肉棒を夏子の肛門に押しつけてきた。ジワジワとめりこむ。

「そ、そんなッ……お尻は、いやッ、そこはいやですッ」

「ここにも入れなきゃサンドイッチにはならねえぜ、奥さん。昼間さんざん咥えこんだくせして、オーバーに騒ぐんじゃねえよ」

「いや、ゆるしてッ……ああ、痛いッ……ひッ、ひッ……」

避けようとしても夏子の腰は、すでに前から押し入っている原田の肉棒で杭のようにつなぎとめられている。

夏子の肛門はいっぱいに押しひろげられて激痛が走った。いくら張型でとろけさせられていたとはいえ、前からの圧迫で腸管は狭くなっているのだ。それを押しひろげつつ、肉棒はジワジワと入った。

「裂けちゃうッ……ひッ、ひいッ……う、ううむ……」

引き裂かれるような苦痛にもかかわらず、前も後ろも、とろけた肉が杭にからみつくのが、夏子にわかった。まるで待ちかねていたようだった。

そして、肛門を貫く肉棒が薄い粘膜をへだてて前の原田とこすれ合う感覚が、さらに夏子を狂わせた。前も後ろも火となってバチバチ火花が散るようで、それが身体じゅうの肉へひろがっていく。

「ひッ、ひッ、狂っちゃうッ……」

もう夏子はわけがわからなくなった。

「フフフ、オマ×コと尻の穴に俺たちが入ってるのがわかるだろ、奥さん。希望通りにサンドイッチだぜ」

「好きなだけ気をやらせてやるからな。うんと気分を出して、俺たちを楽しませるんだぜ」

氷室と原田はうれしそうに笑うと、前と後ろとでリズムを合わせ、ゆっくりと夏子を突きあげはじめた。

夏子はひとたまりもなかった。

「ああッ、駄目ッ……も、もう……夏子、イッちゃうッ」

そう叫んだと思うと、夏子は白い歯をキリキリとかみしばり、一種凄絶なまでの表情をさらしてガクガクとのけぞった。総身がおそろしいまでに収縮し、前も後ろも、突きあげるものをキリキリとくい締め、絞りたてた。

「…………」

声にならない声を絞りだして、夏子は激しく痙攣した。

「なんだ、もうイッたのか、奥さん。いくら好きでもはやすぎるぜ」

「この分じゃ、俺たちが終わるまでに何回気をやることやら、フフフ」

原田と氷室は夏子のきつい収縮に耐えながら、責めるのをやめようとはしなかった。

夏子がグッタリとする余裕も与えず、容赦なく突きあげる。

「ああ、そんなッ……待って、少し休ませて……おねがい……」

夏子が哀願の声をあげても、原田と氷室はあざ笑うばかりだ。

夏子の身体はしとどの汗にびっしょりになって、原田と氷室との間で揉みつぶされるようにギシギシと鳴った。

灼熱の凶器が薄い粘膜一枚へだててこすれ合う感覚が、夏子の肉をドロドロにとろけただれさせ、再び悩乱の渦へ巻きこんでいく。

「あ……あうッ、もう、もうッ……」

かんにんしてッ……という言葉は激しいあえぎに呑みこまれた。

夏子は眼の前が暗くなって、その闇に官能の炎がバチバチとはじけ、火花に意識が吸いこまれた。

(死んじゃう……夏子、死ぬッ……)

自分の身体がどうなっているのか、夏子はそれすらわからなくなるようだ。本当に気も狂うと思った。

声も出せずに満足に息すらできなくなって、夏子はひいッ、ひいッとのどを絞るばかりになった。

(イクッ……イクッ)

再び昇りつめるというより、一度昇りつめた絶頂感が持続すると言ったほうがよかった。何度か意識が遠くなり、その失神からさえ強引にゆり起こされた。

ふと眼を開くと、今度は氷室が前からで後ろからは原田に突きあげられていた。また気が遠くなり、ゆり起こされた時には氷室と原田は入れ代わっていた。

何度、前と後ろに氷室と原田の精を注ぎこまれたのか、どのくらいの時間がたっているのか、それすら夏子はわからない。

夏子のなかで前も後ろも灼熱がおそろしいばかりに膨張するのを感じた。次の瞬間におびただしい白濁の精が、夏子の子宮口と直腸にドッとしぶいた。

「ひぃーッ……夏子、イクッ」

白眼を剝いてガクガクと腰をはねあげ、夏子は総身に痙攣を走らせた。頭のなかが白く灼きつくされて、やがて暗くなった。

「しっかりしろ、奥さん。まだ終わりじゃねえぞ、フフフ」

「それだけ派手に気をやれるんだから、まだまだのびるのははやいぜ」

黒髪をつかまれ、頰をはたかれて夏子はゆり起こされた。ピシッと汗まみれの双臀もはたかれ、水面を打ったように汗が飛んだ。

「ああ……」

夏子は息も絶えだえに、うつろに眼を開いた。ハアハアとあえいで、すぐには哀願の言葉も出ないようだ。

「激しいな、奥さん。さすがに人妻だけのことはあるぜ。身体はいくらでも気をやれるって言ってやがる」

「まともに張り合ってちゃ、二人がかりでもこっちの身がもたねえや、フフフ」

氷室と原田は夏子をからかってゲラゲラと笑った。

夏子はなにも言わずにガックリと頭を垂れた。ハアハアとあえぐ唇がわなないている。そしてもうひとりでは立っていられないように、汗まみれの裸身を縄目にあずけたままだった。

「フフフ、こっちがひと休みしている間のピンチヒッターはこいつだ、奥さん」

「こいつなら生身とちがって疲れ知らずだからよ。奥さんが何十回と気をやったって相手できるぜ」

氷室と原田はそれぞれ長大な張型をひろいあげて、夏子の前と後ろにしゃがみこんだ。スイッチを入れると、ジーという電動音とともに張型が振動し、頭をクネクネとうねらせはじめた。

ビクッと夏子の裸身がふるえた。

「……もう、かんにんして……」

夏子の声はかすれた。

もう幾度となく気をやってクタクタなのだ。そんな身体をおぞましい道具でさらに責められるなど信じられない。

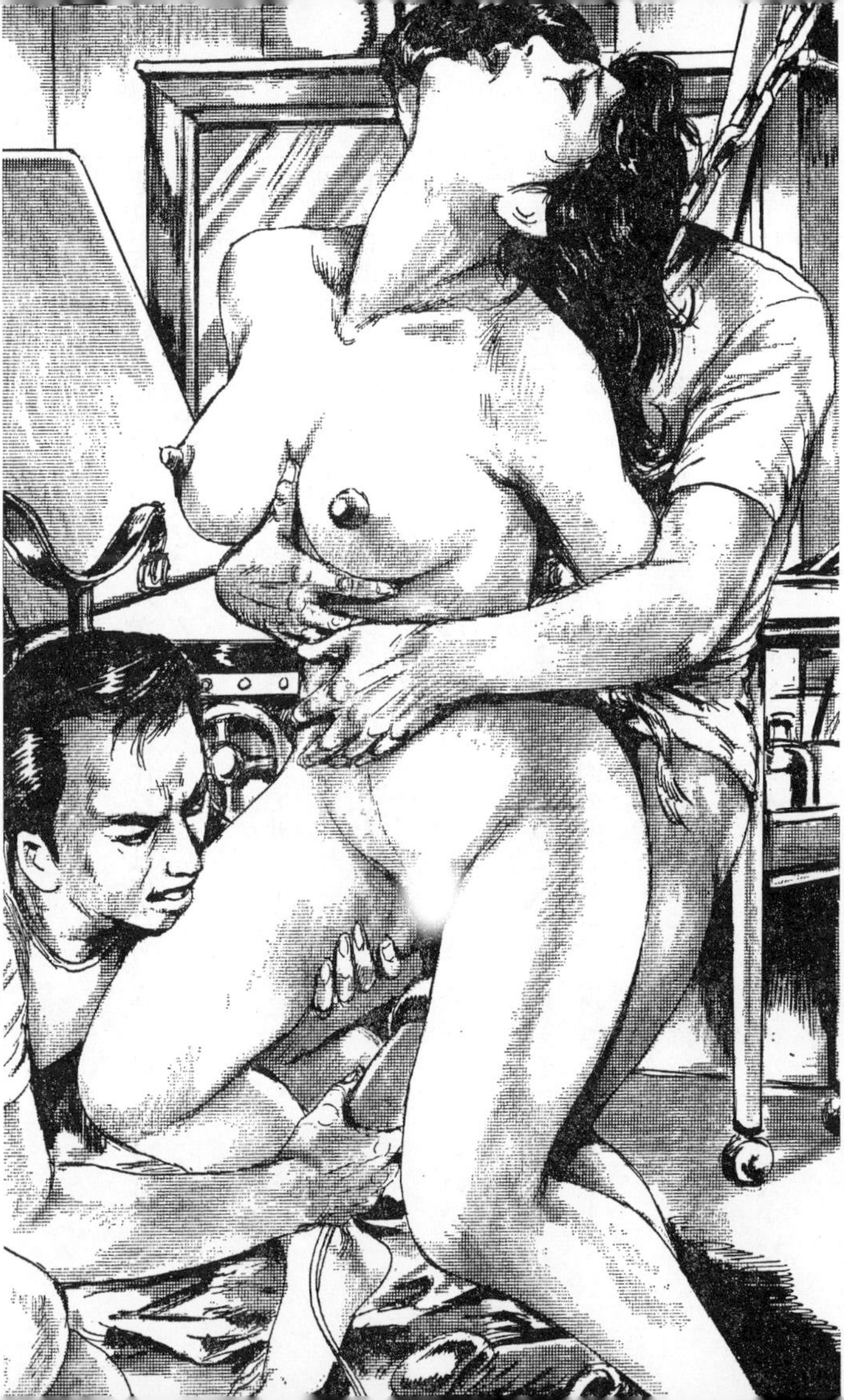

「……休ませて……死んじゃう……」

「それだけいい身体して、死ぬもんか。それに休むのは俺たちだぜ。奥さんは気をやることだけ考えてりゃいいんだ、フフフ」

「そ、そんな……」

「しばらく張型で楽しんだら、また俺たちの生身でサンドイッチにしてやるからよ」

「死んでしまう……これ以上は、もう、無理です……」

夏子は弱々しく頭を振って、シクシクと泣きだした。

それを見て氷室と原田はまた、ゲラゲラと笑った。

「泣くのは責められてからだと言っただろうが。よがり泣くことだけしてりゃいいんだ」

「人妻のくせにだらしねえぞ。そんなことじゃ、あの二人に勝てねえぞ」

「牝になったのはあの二人のほうがはやいが、肉の熟し具合では奥さんのほうが上なんだからよ、フフフ」

氷室は夏子の黒髪をつかんで奥の檻のほうを見せ、原田は檻を開けて燿子と万由子を引きだした。

夏子はハッとして裸身を固くした。あくなきレイプの連続で、檻のなかに二人がいることを忘れていたのだ。これまでの痴態をすべて見られていたと思うと、夏子は羞恥におそわれた。同性とはいえ、官能に狂う姿を一部始終見られていたのだ。

「い、いや……」

夏子はあわてて顔をそむけようとしたが、氷室がそれをゆるさなかった。

「奥さんは人妻なんだから、これからは牝の手本となって若い二人をリードしてもらわなくちゃな、フフフ」

氷室がせせら笑って夏子の双臀をパシッとはたいた。

夏子は屈辱にわななく唇をキリキリとかみしめた。まともに燿子と万由子のほうを見られなかった。

原田は、檻から引きだした燿子と万由子を、それぞれ縄で後ろ手に縛った。

「ああ……なにをする気なの……」

「も、もう、恥ずかしいことはしないで……」

燿子と万由子がおびえた声をあげた。

さっきからサンドイッチの凄惨なレイプをずっと見せつけられて、夏子の姿に我が身が重なっておびえている燿子と万由子だ。後ろ手に縛られた裸身が、小さくふるえている。

「俺の言う通りにしてりゃいいんだ」

燿子と万由子の双臀を撫でまわしながら、原田は二人を夏子の前へ引きたてた。

「奥さん、仲間だぜ。こっちが牝一号の夏木燿子で、そっちが牝二号の深町万由子だ。もっとも仲間といったって、これからは誰がいちばん男を楽しませるか、肉の競争をすることになるけどよ、フフフ」

「いちばん負けた牝には、当然きつい調教が待ってるってわけだ」

「もっとも牝三号の奥さんは人妻、若い二人と不公平にならねえようにハンディをつけるけどな」

「これだけ美人でいい身体をした牝が三匹もそろうと、楽しい肉の競争になるってもんだぜ」

原田と氷室はうれしそうにゲラゲラと笑った。予定通り狙った三人がそろって、愉快でならないのだ。これから女体売買の予定日までは、お楽しみに専念できるというものだ。

夏子と燿子と万由子は生きた心地もなく、言葉も失ってまともに互いの顔を見ることもできなかった。

「ちょうど奥さんを可愛がってる最中だしよ、歓迎会に燿子と万由子も参加させてやろうじゃねえか」

「燿子と万由子も見てるだけじゃ、つまらねえだろうからよ、フフフ」

「ちょうど奥さんに張型を使うところだったしな。ここは燿子と万由子に……フフフ」

初めから計画していたくせに、原田と氷室はさも今思いついたように言った。

なにをさせられるのかと、燿子と万由子のおびえた眼が原田の動きを追った。夏子のほうは頭を垂れてすすり泣くばかりだ。

原田が棚からなにやら取りあげた。グロテスクな男根の形が両端に……双頭の張型である。それも二本が握られていた。

それに気づいた燿子と万由子は、いやいやとかぶりを振って泣き声をあげた。

「それはいや……ああ、ゆるして……」

「あ、あんなこと、もう、いやです……ああ、ゆるしてください」

双頭の張型を使って互いにつながらされた時の悪夢が、燿子と万由子によみがえってきたのである。

だが、夏子のほうはまだなにをされるのかわからず、おびえと不安の眼で氷室を見るばかりだった。

5

燿子と万由子から悲鳴があがった。

原田が燿子に、氷室が万由子にそれぞれ長大な張型を埋めこんでいる。

「いや、いやッ」

「ゆるしてッ……ああ……」

張型に催淫媚薬クリームをたっぷり塗ってあるとはいえ、愛撫もなしのいきなりの挿入である。

犯されるバージンのような声をあげて、燿子も万由子ものけぞった。

「フフフ、奥さんがサンドイッチにされるのを見てて、オマ×コを濡らしてたんだろ」

「ほうれ、うまそうにオマ×コは咥えこんだじゃねえかよ」

深々と埋めこんで原田と氷室は、ゲラゲラと笑った。

そして張型を埋めこんだ燿子と万由子の姿を、夏子に見せつけた。

必死に眼をそらして唇をワナワナとふるわせていた夏子は、視界に入ってきた燿子と万由子の姿に、思わずひッと息を呑んだ。

燿子と万由子はともに媚肉に双頭の張型を埋めこまれ、グロテスクな男根の形を男のように屹立させていたのである。それが抜け落ちないように腰に取りつける細い紐が、柔肉にくいこんでいる。

「ああ、見ないでッ……」

「いや、こんな姿、見られたくない」

燿子と万由子が泣き声をあげて、黒髪を振りたくる。腰をよじって隠そうとしても、後ろ手に縛られた裸身は、それぞれ原田と氷室にがっしりつかまれていた。

夏子にとっても、信じられない燿子と万由子の姿だった。燿子と万由子は前にグロテスクな張型を屹立させているだけでなく、その根元には逆向きの張型があって、肉奥を深々と貫いている。

（ああ……どうして、あんなひどいことを……ああ……）

そう思った夏子は、次の瞬間、おそろしい予感にハッとした。

「さすがに人妻。わかったようだな、フフフ」

「燿子と万由子も同時に楽しめるし、奥さんもサンドイッチで楽しめる。最高のピンチヒッターだろうが」

原田が燿子を夏子のすぐ後ろに、氷室が万由子をすぐ前に立たせて、それぞれ後ろ手縛りの縄を天井から垂れた鎖につないだ。燿子と万由子に取りつけられた張型の頭が、夏子の肌に触れるほどの近さだ。

「そ、そんな……」

夏子はあまりのことにすぐには言葉がつづかない。

「そんなことって……ああ……いや、いやあッ！」

「いや、いや……」

夏子は美しい顔をひきつらせ、悲鳴を噴きあげた。

「ゆるして……いや……」

耀子と万由子も泣き声をあげるが、もうなかば観念したように弱々しい。

いくらあらがっても、かえって男たちの嗜虐の欲情をそそるばかりなのを思い知らされている二人だ。この地下室に何日も閉じこめられていると、あらがう気力さえ萎えてしまう。

それに較べて夏子は悲鳴をあげて黒髪を振りたくり、狂ったようにもがいて鎖をギシギシきしませる。

「いや、いやあッ……やめて、そんなこと、狂ってるわッ」

いくら泣き叫んでも逃げられるはずはない。

「フフフ、それだけの元気がありゃ、まだまだいくらでも楽しめそうだな」

「耀子と万由子に手伝わせたら、また俺たちの生身でサンドイッチにしてやるけど、この分なら充分相手してくれそうだ」

原田と氷室はそれぞれ耀子と万由子の腰に手をやり、夏子とつながらせようとする。

「いやあッ」

悲鳴が夏子ののどをかきむしった。必死に両脚を閉じ合わせようとしても、左右から氷室と原田に足首をつかまれて開かされ、床の鎖につながれてしまう。

張型の先端が、濡れそぼって赤く開いた媚肉に触れた。後ろからはまだ腫れぼったくふくれた肛門に押し当てられてきた。

「いやあッ」

「ああッ……やめて」

「ゆ、ゆるしてッ……」

夏子と燿子と万由子の泣き声が妖しい三重奏をかなでた。

氷室と原田はそれを心地よく聞きながら、夏子の前と後ろから万由子と燿子を押しだし、双頭の張型に手をそえてすすませる。張型の頭がほとんど同時に夏子の媚肉と肛門とに沈んだ。

すでに熱くたぎった夏子の肉は、前も後ろも驚くほどの柔らかさで張型を受け入れていく。

「ああッ……ああッ、いやあッ……」

ガクガクと夏子はのけぞった。腰もブルブルとふるえてよじれる。

それが張型を伝わって燿子と万由子の肉奥に感じとれて、二人もまた泣き声をあげた。

「あ、ああッ……」

「いやッ……いやッ」

燿子と万由子が悶えるごとに、今度は夏子を貫いたものが夏子の媚肉と直腸とを、さいなむことになる。

「いやあッ……ひッ、ひッ……」

前から押し入ってくるものから逃れようと腰を引くと、肛門に押し入るものを深く受け入れることになる。逆に肛門の張型から逃れようと腰を前へせりだせば、媚肉に押し入る張型を……。夏子に逃れる術はまったくなかった。

「ほれ、燿子も万由子ももっとしっかりつながらねえか。遠慮せずに奥さんをできるだけ深くえぐってやるんだ」

「奥さんも自分から受け入れるようにしねえかよ。人妻のくせに若い二人にまかせててどうするんだ」

氷室と原田は万由子と燿子の腰を夏子に向けてグイグイと押した。ひと押しごとに結合が深くなっていく。

そして悲鳴とうめきと泣き声のなかに、夏子と燿子と万由子の身体はひとつになった。

夏子と万由子の乳房と腹部が密着して、太腿がからみ合った。夏子の背中には燿子の乳房が、ムチッと張った双臀には燿子の下腹がついた。

「フフフ、どうだ、こんなふうにサンドイッチにされた気分は。俺たちの時と較べてどっちがいいんだ、奥さん」

「あとは互いに楽しみ合えばいいってわけだ。だけど燿子と万由子は太いのを奥さんに入れてくれたんだから、ここからは奥さんがリードしてやれよ」

からかって笑うと、氷室と原田は万由子と燿子の双臀に手をやって、ゆっくりとリズミカルにゆさぶりはじめた。

「あ、ああッ……いやあッ……かんにんッ」

「ああッ……やめて、やめて……」

「ゆるして……あ、ああ……こ、こんなのいやあ……」

泣き声が重なり合う。

燿子と万由子は氷室と原田にあやつられるままに腰をゆすり、右まわりに左まわりと回転させた。すぐにつながれた部分が、淫らな音をたてはじめた。

「いやッ……ああ、いやッ……」

燿子と万由子との間で、夏子はうわずった悲鳴をあげた。

どんなにおぞましいと思っても、前と後ろから突きあげてくるものに、くすぶった官能が再び勢いを盛りかえし、肉をただれさせていく。しかも双頭の張型でどこかと

らえどころのない動きが、夏子をじらすように昂らせていく。

　それは責め手側の燿子と万由子とて同じだった。

「あ、ああ……」

「こんな……あああ……」

　しだいに催淫媚薬クリームも効きはじめて、燿子と万由子はしだいに我れを忘れていく。腰をあやつられるごとに、もう張型を咥えた媚肉は、ジクジクと蜜を溢れさせはじめた。

「もう自分から腰を使って奥さんをえぐってやるんだ。先に気をやらせるんだぞ」

「いつまでも俺たちの手をわずら

わせてちゃ、しようがねえぞ」

氷室と原田はそう言って、燿子と万由子の双臀や腰をあやつった手を離した。代わりに鞭を取りあげた。そして燿子と万由子の腰の動きが少しでも弱くなると、容赦なく双臀をピシッと打った。

「ああッ」

鞭打たれてビクッとふるえた万由子が、あわてて腰をゆすった。

「ほれ、燿子もしっかり腰を振らねえと、鞭が飛ぶぜ」

原田も活を入れるように鞭を燿子の双臀に振りおろした。

「ひいッ」

燿子はのけぞって悲鳴をあげた。そして鞭に追いたてられ、腰の動きがいっそう露わになった。

「ぶ、ぶたないでッ……言われた通りにしますから……」

「ああ……ゆるして……鞭はいや……」

燿子と万由子は泣きながら腰をゆすり、それが夏子だけでなく自らをも責めることになり、昂っていく。

二人の間で夏子はめくるめく官能に翻弄されて、もう息も絶えだえだ。

「ああ、狂っちゃう……もう、かんにんして……夏子、死んじゃう……」

苦悶に近い表情をさらし、それだけ夏子の快感も大きいようだ。同性と、おぞましい道具で前後から突きあげられ、それが薄い粘膜をへだててこすれ合う感覚は、本当にたまらない。

夏子の身体はもうなす術もなく、再び絶頂に向けて追いあげられはじめた。

「ああ……ああ、ゆるして……もう……」

「フフフ、人妻のくせに、若い二人より先にイクのか」

夏子はキリキリと唇をかみしばった。

「リードしろって言われて、先に気をやって手本を見せるつもりじゃねえのか」

「燿子と万由子に人妻の激しさを見せつけたいのか。それなら五回や六回はイキっぱなしにならなくちゃな」

「もう気をやりたくてしようがねえようだから、こりゃイキっぱなしになるぜ」

氷室と原田は夏子をからかって、ゲラゲラと笑った。

「奥さんを先にイカせるんだぜ、燿子。自分がイクのはそれからだ」

「もっと身を入れて奥さんを追いあげねえと、万由子のほうが先に気をやることになるぜ。そうなったら仕置きだからな、万由子」

原田と氷室はまた鞭をふるって、燿子と万由子の双臀を打った。

ピシッ……。

燿子と万由子は同時にひいッと声をあげた。ガクガクと燿子と万由子の腰がゆれ、それが一気に夏子を追いあげていく。

「あああッ……駄目ッ……もう、もう、夏子、駄目ッ……」

夏子が感極まったような声を発した。身体のふるえがとまらない。

追い討ちをかけるように、氷室と原田は万由子と燿子の双臀を鞭打った。

「ひいッ……」

「いやあッ」

万由子と燿子は夏子のいまわの痙攣を身体の奥深く感じとりつつ、激しく腰をゆすって突きあげた。

「ああ、いやあ……イクッ……ああ、夏子、イクッ」

生々しい声とともに夏子の裸身がキリキリと収縮して、絶頂の痙攣を走らせた。

それにつられ、巻きこまれるように万由子が、つづいて燿子が昇りつめた。

「イッちゃうッ……う、うむッ……」

「駄目……ああ、イクうッ」

まるで三つの白い肉体がひとつに溶け合うように、ガクガクとのけぞって激しく痙攣した。

「さすがに三匹の牝いっぺんだと、すげえもんだ。これだけのが一度にイクなんて、めったに見れるもんじゃゃねえ」

「どれ、今度は俺たちでまた奥さんをサンドイッチといくか」

原田と氷室はうわずった声で言った。

6

夏子が氷室の経営するバーの地下室へ連れこまれて二日がたった。

夏子はこの二日間、気を失うまで責められては何時間か眠り、起こされてはまた気を失うまで責められるというくりかえしだった。

(いっそ殺して……)

何度もそう思った。

それもすぐにただれるような肉の快美に呑みこまれた。犯されるのはいつも二人がかりのサンドイッチだ。

もう夏子は、今や昼か夜かもわからない。それは夏子だけでなく、燿子も万由子も同じだ。

(こんなことがつづいたら……本当に牝にされてしまう……)

いくらそう思っても、夏子にはどうしようもなかった。絶頂を極めさせられるたびに、一歩また一歩と堕とされていく。そしてあらがう気力も萎えていく。

「気分はどうだ、奥さん。この間の調教でまたいちだんと色っぽくなって、牝らしくなってきたぜ」

「フフフ、まったく責め殺したくなる身体しやがって」

氷室と原田がニヤニヤと檻のなかの夏子を覗きこんだ。

夏子はおびえ、檻のいちばん奥に小さくなって、少しでも肌を隠そうとした。

隣りの檻でも燿子と万由子がおびえ、同じように縮こまっている。

「さあ、出な。お楽しみの時間だぜ。今日は奥さん一人だ」

「ちょいと変わった方法でやってやるからよ。こいつばかりは人妻でないとな」

氷室が檻の戸を開け、原田が縄の束をしごいた。

夏子は弱々しくかぶりを振った。この男たちには性欲しかないのか。また気を失うまで責められるのだ。

「いや……もう、かんにんして……」

「はやく出ろよ、奥さん」

「こ、これだけもてあそべば、もう充分でしょう……おねがい、家へ帰して……」

「まだそんなことを言ってやがるのか」

氷室が声を荒らげた。

鞭を取りあげようとするのを原田がとめた。

「奥さんの態度しだいで、家に帰らせてやってもいいんだぜ」

原田は思わせぶりに言い、夏子を檻から引きだした。

すぐに氷室が縄で夏子の両手を背中で縛った。豊満な乳房の上下にも、きつく縄をくいこませる。

「ああ……」

今にも泣きださんばかりの声をあげたが、夏子はされるがままだ。

態度しだいで家に帰してやる……そう言った原田の言葉が信じられなくても、今はそれにすがるしかない。こんな地獄はもう耐えられない。

後ろ手に縛った夏子の口に、氷室はさるぐつわをかませた。そしてこの地下室へ連れこまれた時と同じように、氷室の肩にかつぎあげられた。

「うむ……うむ……」

どうしようというのか、夏子はにわかに恐怖におそわれた。

地下室から連れだされ、店の裏にとまった車に乗せられた。ワゴン車の後部座席はシートがすべて倒されて、大きなベッドになっていた。

その上にあおむけに横たえられた夏子は、片方の足首をまっすぐ上へ持ちあげられて天井の革ベルトで固定され、片脚吊りにされた。そして腰の下にはクッションが押しこまれた。

「うむ……」

不安がふくれあがった。だが、どこへ連れていかれても、おそろしい地下室よりはましだ。

外は明るい。差しこむ陽の光からして、まだ午前中らしい。夏子はまぶしかった。

原田が運転席に乗りこみ、車はおもむろに走りだした。

「フフフ、これからなにをされるかわかるか、奥さん」

氷室はニヤニヤと夏子の顔を覗きこんで言った。片手は吊りあげた夏子の片脚を撫でまわし、ふくらはぎから太腿、そして双臀へと這いおろしていく。もう一方の手は乳房をつかんでタプタプと揉みはじめた。

「なにをされると思ってるんだ、奥さん。こんなふうに外へ連れだされてよ」

「氷室、今教えちゃおもしろくねえぜ。お楽しみはとっとかなくちゃな」

運転席から原田が言った。

「わかってるぜ。フフフ、知らねえほうが奥さんも幸福ってもんだしな」

そんなことを言って夏子の不安をあおり、氷室はせせら笑った。

双臀を撫でまわす氷室の手が、臀丘の谷間を割って夏子の肛門をさぐり当てた。ゆるゆると円を描くように揉みこむ。

「うッ……う、うむ……」

ビクンとのけぞった夏子は、さるぐつわからくぐもったうめき声をあげて、氷室の指先から逃れようとした。

吊りあげられた片脚を波打たせ、腰をよじりたててさるぐつわの顔を右に左にと振る。だが、氷室の指先は蛭のように夏子の肛門に吸いついて離れない。

「うむ……ううッ……」

「まだこれくらいのことでいやがってるのか。明日からは燿子と万由子を相手に肉の競争をはじめるってのに、これくらいでいやがってどうする」

「…………」

「競争に負けたらどうなるかわかってるのか。きつい調教はもちろんのこと、女に生まれたことを後悔することになるんだぜ」

夏子の肛門を揉みほぐしながら、氷室はネチネチと言った。

信号で車がとまり、原田が後ろを振りかえった。

「肉の競争をおもしろくするためにも、今日は奥さんがもう牝だってことを思い知らせてやるからな、フフフ」

「そういうことだ、フフフ」

原田と氷室は夏子を見てせせら笑った。

肉の競争……牝……思い知らせる……男たちの言葉が断片的に夏子の頭のなかをかけめぐった。

いつしか夏子の肛門はヒクヒクとあえぎ、固くすぼまっていたのが嘘みたいに柔らかくとろけはじめた。蕾がふくらむようにふっくりとして、今にも漏らしてしまいそうな感覚が夏子をおびえさせた。

「フフフ、尻の穴もますます敏感になるな、奥さん」

「うむ……ううむ、う……」

夏子は息をするのも苦しいほどに昂る。

肛門をほぐされる感覚が、そこを犯された時のことをいやでも思い起こさせる。排泄器官をいじられるおぞましさよりも、そこで狂わされ、ただれんばかりの快美にのたうった記憶が、いっそう夏子をおびえさせた。

「感じるんだろ、奥さん」

「う、うむ……」

夏子はさるぐつわからくぐもったうめき声をあげ、ふくれあがる妖しい感覚を打ち消すように頭を振った。

「フフフ、オマ×コが濡れてきたぜ、奥さん。クリトリスも大きくなってきやがった」

肛門を揉みこみつつ、もう一方の手で女芯を剝きあげて、氷室は夏子をからかった。

夏子は屈辱に肩をふるわせて泣きはじめた。氷室の言うことをはっきりと否定しきれない自分の身体がうらめしい。

（ああ……どうしてこんなことに……）

夏子は自分の身体の成りゆきが信じられない。いくらこらえようとしても、ジクジクと蜜が溢れでた。

サンドイッチのレイプの連続に、肛門をいじられるだけで媚肉も連動するように反応する身体になってしまったのか。夏子は泣きながら黒髪を振りたくった。

「フフフ、これだけ尻の穴がとろけりゃ充分だろう。そろそろはじめるか」

「もうすぐ着くしな、フフフ」

なにをはじめるのか、そしてどこへ。

ようやく夏子の肛門から手を離した氷室は、なにやらゴソゴソと準備しはじめた。カチカチとガラスが鳴るような音。つづいてキィーッと鳴った。氷室はうれしそうに低い声で笑っている。

だが夏子には氷室の背中が邪魔でなにをしているのか見えない。

車がとまるのとほとんど同時に氷室が夏子のほうを向いた。

（ひいッ……）

夏子の瞳が凍りつき、片脚吊りの裸身が硬直した。

氷室の手にはガラス製の浣腸器が握られ、すでにいっぱいに吸いあげられたグリセリン原液がにぶい光を放っていた。太いノズルの先端からも、グリセリン原液がトロリとしたたっている。

（そんな……）

夏子は強張った身体がブルブルとふるえだした。

（いや、いやあッ……それだけは、かんにんしてッ）

夏子はさるぐつわの下で泣き叫び、狂ったようにのたうった。

「今日はただ浣腸されるだけと思ったら甘いぜ、奥さん」

「どうされるか、楽しみにしてるんだな」

原田も後部座席のほうへ移って、氷室といっしょにせせら笑った。

そして原田は夏子の頭のほうへあぐらをかくと、膝の上へ夏子の頭から肩までを乗せるように上体を抱き起こした。

夏子に自分の股間を覗くところまではいかなくても、浣腸する氷室の動きを見せるようにした。

「それじゃ浣腸してやるぜ、奥さん。五百ＣＣじっくりと呑ませてやるからな」

氷室はわざとらしく言ってニンマリと顔を崩した。

不気味に光るガラス筒が自分の股間へ迫るのが見えて、夏子の美貌がひきつった。

悲鳴がくぐもったうめき声となって、さるぐつわからもれた。

「フフフ、奥さんの泣き声が聞けねえのが残念だけどよ。窓ガラスはミラー式で外からはなかが見えねえけど、防音にはなってねえんでしょうがねえか」

「奥さんにしてみれば、さるぐつわをされることを感謝することになるかもな」

「とにかくじっくりと時間をかけて入れてやれよ、氷室、フフフ」

ニンマリとうなずいた氷室は、ゆっくりとノズルの先端を夏子の肛門に沈めた。

さるぐつわの下でひいッとのどを絞って、夏子はのけぞった。

7

ノズルで夏子の肛門を深く縫ってこねまわすようにしながらも、氷室はすぐにシリンダーを押そうとはしない。

「フフフ、ただ浣腸するだけじゃねえと言っただろ、奥さん」

原田は自分のあぐらの上に乗せた夏子の頭を、さらに黒髪をつかんで起こして窓の外を見せた。

浣腸されるおそろしさと恥ずかしさとにおののき、外を見る余裕もなかった夏子は、すぐにはそこがどこかわからなかった。

柵にバラがからみついた塀が見え、その向こうに芝の庭と応接間が見えた。応接間には子供を抱いた男が、行ったり来たりしている。

「奥さんがいきなり消えたんで、亭主は相当うろたえているようじゃねえか。子供は泣いてるようだしよ」

原田の言葉に夏子はハッと眼を見開いた。涙にかすむ眼の焦点はしだいにはっきりとし、夏子の眼が驚愕にひきつった。

窓の向こうに見える応接間にいるのは、夫と我が子だった。

(あああッ……あなた、あなたッ……真美ちゃんッ……)

夏子は我れを忘れて叫んだ。

が、それもくぐもったうめき声にしかならない。

「フフフ、亭主と子供の姿を見ながら、浣腸されるってわけだ」

氷室はせせら笑うと、ゆっくりとシリンダーを押しはじめた。

キーッとガラスが鳴って、グリセリン原液が夏子の肛門から注入されはじめた。

(あなたッ……ああ、真美ちゃんッ……)

氷室と原田のあくどさに、夏子は気も狂いそうだ。

「なんなら、窓を開けて、浣腸されている奥さんの姿を、亭主に見せてやろうか」

「うむッ……ううむッ……」

「フフフ、人妻ってのは亭主の前で責めるのが最高というからな」

シリンダーをゆっくりと押しつつ、氷室はうわずった声で言った。車の窓を開けたくなる衝動を、グッとこらえた。

（いやッ……ああ、いやッ……）

さるぐつわの下で泣き叫ぶ夏子の声が、しだいに力を失っていく。

ゆっくりと入ってくるグリセリン原液の重い感覚が、夏子の気力を萎えさせていく。夏子は弱々しくかぶりを振って、シクシクとすすり泣く。

夫の苦悩の表情と我が子のさびしそうな顔が、夏子の胸を打った。

だが夏子は、夫と我が子を思う気持ちさえ、ゆっくりと注入されて充満していくグリセリン原液のおぞましさに、呑みこまれがちになる。頭のなかがただれて、わけがわからなくなっていく。

（ああ……）

さるぐつわの下で夏子はキリキリと歯をかみしばった。

「もう亭主のところへ帰れる立場じゃねえということがわかるだろ、奥さん」

「亭主があんなに心配してるのに、他の男に浣腸までさせてるんだからよ。それにサンドイッチにされて何度も気をやっておいて、今さら亭主のところへは帰れねえよな」

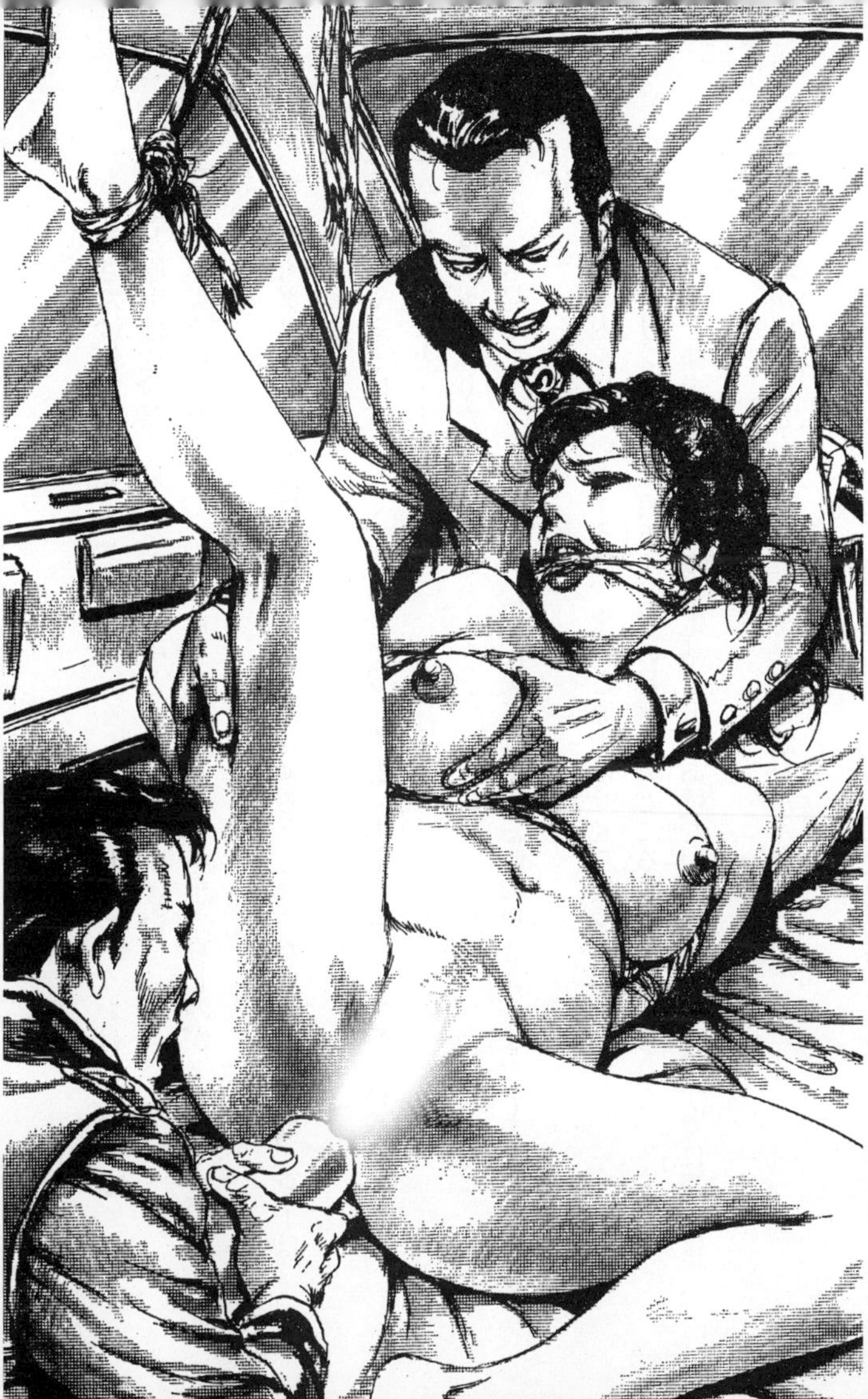

「もう奥さんは俺たちの牝として生きていくしか道はねえというわけだ、フフフ」

氷室と原田は意地悪く夏子をネチネチとからかいつづけた。

夏子は黒髪を振りたくって、泣き声を大きくした。絶望と哀しみがドス黒く夏子をおおっていく。

その間もグリセリン原液は入ってくる。ゆるゆるとじれったいまでの速度。夏子は叫びだしたくなる。

（ああ、いや……は、はやく、すませてッ……あ、ああ、もう、いや、いやあッ……こんなひどいこと……）

夏子は黒髪を振りたくる。

「亭主にも見せてやりてえくらいだ。浣腸されている時の奥さん、またいちだんと色っぽいぜ」

夏子の胸の内を見抜いたように、氷室と原田はせせら笑った。

ようやくシリンダーは三百五十ＣＣの目盛りのところまで押しこまれた。

原田は氷室と顔を見合わせて携帯電話を取りあげた。番号を押すと、すぐに相手は出た。

「佐藤さんかい。奥さんの夏子に頼まれて電話したんだけどよ」

車の窓の向こうの夫が、受話器を取りあげるのがはっきりと見えた。

さるぐつわをされた夏子の美貌がひきつった。

「奥さんはもうあんたのところへはもどらないそうだ。あんたとのセックスじゃもの足りねえんだとよ」

原田は夏子をニヤニヤと見おろしながら、受話器に向かって言った。

夏子は一瞬、ジワジワと入ってくる薬液のことも、ふくれあがる便意のことも忘れた。

(や、やめてッ……そんなこと、いやあッ)

我れを忘れて泣き叫んだが、うめき声にしかならない。

「俺が誰かって?……だから奥さんに頼まれたと言っただろ。奥さんは何人もの男によってたかって犯られるのが好きなんだとよ。とくにオマ×コと尻の穴に同時に入れられねえと満足できねえんだとよ」

原田はせせら笑うように言った。夏子の夫との電話を夏子に聞かせて楽しんでいる。

受話器の向こうで夏子の夫はなにか叫んでいるようだ。それは車の窓からも見えた。

「とにかくあんたは女房にすてられたんだよ。色情狂の夏子によ」

原田の言葉に夫がまたなにか叫んでいる。まさか家の前にとまったワゴン車のなかに妻がいて、そこから原田が電話をかけているとは夢にも思わない。

「嘘なもんか。今だって奥さんの希望で浣腸してやっているところだぜ。夏子に浣腸して、とさっきからしつこくねだるもんだからよ。まったく、綺麗な顔してあきれるぜ」

原田はせせら笑った。

ひいッと夏子はのどを絞り、片脚吊りの裸身を揉み絞った。

(あなた、あなたッ、嘘ですッ……そんなこと、ああ、嘘よッ)

夏子は泣き叫んだ。

「フフフ、気持ちよさそうに浣腸されている奥さんをあんたに見せてやりてえぜ。今にも気がイキそうだからな」

原田は夏子の夫に向かって言いながら、せせら笑った。

「言っとくが、これは誘拐じゃねえ。警察に届けたって女房に逃げられた恥をさらすだけだ」

もう一度あざ笑って、原田は一方的に電話を切った。

夏子はさるぐつわの下で、わあッと号泣した。黒髪を振りたくり、吊られた片脚をうねらせて、汗まみれの裸身を揉む。

(ひどい……ああ、ひどすぎるわ……こんなことって……ああ、あなたッ……)

氷室はあざ笑い、さらにシリンダーを押した。

「これでますます亭主のところへは帰れなくなったな、奥さん。サンドイッチと、浣腸のことまで知られちまったんだから」

「もう亭主のことも子供のことも忘れて、牝として生きていくしかなくなったんだぜ、奥さん」

原田と氷室はゲラゲラと笑った。

運転席へもどった原田は、車を動かした。いつまでも夏子の家の前に車をとめておくのは危険だ。

「フフフ、地下室へもどったら、思いっきり泣かせてやるからな」

ガラス筒の薬液はあと五十CC、ゆっくりと入れつつ氷室はあざ笑うように言った。

車はまっすぐ氷室の店には向かわず、河川敷へ出た。平日の昼間とあって、人も車もまったく見あたらない。

「原田、ここは……」

「ここで奥さんにダメを押そうと思ってよ」

携帯電話を手に、原田はニヤリと笑った。

氷室には原田の考えていることがピンときた。

「ちょうど浣腸も終わるところだしな、フフフ」

車がとまるのとほとんど同時に、シリンダーが底まで押しきられた。

「う、うむむ……」

夏子は荒れ狂う便意にあぶら汗を噴き、車がとまったことも気づかずに、ブルブルとふるえた。さるぐつわの美貌は、血の気を失っている。

(ああ、もう……おトイレに……)

もう夏子は片時もじっとしていられない。

再び原田も後部座席へ来て、氷室とモゾモゾとズボンを脱ぎはじめたのも、夏子はすぐに気がつかない。

(おねがいッ……おトイレにッ)

ガタガタと双臀をふるわせてさるぐつわの下で叫ぶ夏子がハッとした時には、たくましい肉棒を屹立させた氷室と原田が、前と後ろからまとわりついてきた。

「う、ううむッ……」

なにをされるのか知った夏子は、うめき声をあげて腰をよじった。だが、夫にすべてを知られてしまったという絶望とショック、荒々しい便意の苦痛とに、もう気力が萎えてしまった。

　後ろから原田が夏子の腰をつかんで引き寄せ、灼熱を肛門へ押しつけて、ジワジワ埋めこみにかかった。

「なんのために五百CCしか入れなかったと思ってんだ、奥さん。浣腸した奥さんの尻を味わうためだぜ、フフフ」

「漏らすなよ。原田の次は俺がぶちこんでやるからな、奥さん」

　原田と氷室はうれしそうに言った。

　ひいッ……と夏子はのどを絞った。

（そんなッ……待って、先におトイレにッ……こ、こわいッ……）

　夏子に逃れる術はない。ジワジワと貫いてくる肉棒。眼の前に火花が散った。

「うむ……う、ううむッ……」

　引き裂かれるような苦痛と、今にもかけくだろうとする便意を押しとどめ、逆流させられる感覚。夏子はブルブルと双臀を激しく痙攣させた。

　それに追い討ちをかけるように、氷室も前から灼熱を媚肉に押し入れた。

（そ、そんな……おなかが……ひッ、ひいッ、夏子、死んじゃうッ）

　前も後ろもびっしり埋められて、すべてを完全に支配された。

「さあ、楽しませてやるからな。浣腸されてるんで、ズンといいはずだぜ」

「なにもかも忘れて、うんと気分を出すんだ、奥さん。牝になりきるんだぜ」

片脚吊りの夏子の前と後ろで言うと、氷室と原田はゆっくりと突きあげはじめた。

「うむ、うむッ……う、うむッ……」

夏子の瞳からあらがいと嫌悪の色が消え、どこか焦点の定まらない妖しい炎が燃えだした。

「そろそろさるぐつわをはずしてもいいんじゃねえか。いい声が聞きたいしな」

「それじゃ牝の泣き声を楽しむか」

夏子をはさんで原田と氷室はニヤリと顔を崩した。

氷室が夏子のさるぐつわをはずした。

ハアハアッとあえぐ夏子は、すぐに堰を切ったようにあられもない声をあげはじめた。

「ああ、あうッ……たまらないッ……あう、あああ……」

「いいぞ、奥さん。もっと牝になりきるんだ」

氷室がリズミカルに突きあげつつ、あおる。

もう夏子は氷室と原田にあやつられる肉の人形となって、氷室に命じられるままに声を出した。

「あ、あう……あああ、いいッ……お、おなかが……」

「おなかがどうした」

「い、いいッ……」

めくるめく官能に翻弄される夏子は、後ろの原田が携帯電話をつかんで番号を押したのも気づかない。

『もしもし、佐藤ですが……』

すぐに夏子の夫が電話に出た。

原田はニンマリとして、受話器を気づかれないように夏子に近づけた。

「奥さん、どんな気持ちか言ってみろよ」

氷室が夏子にささやく。

「ああ、あうう……い、いいッ……夏子、狂っちゃうッ……」

「もっと言うんだ。大きな声でな」

「いいッ……太いのでしてくれるから、いいわッ……ああ、お尻にもしてくれるから、たまらないッ……」

受話器からあられもない声が夫に聞こえているとも知らず、夏子は命じられるままに声を放った。

「ああ……もう、もう、イカせてッ……夏子、思いっきり気をやりますからッ……」

原田と氷室はニンマリとした。そして原田は不意に受話器を夏子の耳に押し当てた。

『夏子ッ……夏子、なにをしているんだッ』

夫の悲痛な叫びが夏子の耳に入った。

一瞬にビクッと夏子の声と身悶えがとまった。すぐには事態が理解できない。

『夏子、夏子ッ』

だが、受話器から聞こえてくるのがまぎれもない夫の声だと知ったとたん、

「ひいッ……あ、あなたッ、ひいーッ」

魂消えるような絶叫が夏子ののどに噴きあがった。

第六章　牝にみがきあげられる恥辱

1

氷室は夏子を肩にかつぐと、人影のないのを見すまし店のなかへ連れこみ、地下への階段をおりた。

「フフフ、ここまで連れてくりゃ、もう大丈夫だな」

笑いがとまらない氷室はだらしなく顔を崩した。

後ろで原田が夏子を見つめながら、ニンマリとうなずいた。

夏子は全裸を縄で後ろ手に縛られたまま、氷室の肩の上でグッタリとしている。浣腸されてのサンドイッチによるレイプは電話で夫に知られてしまった。

「どうしたい、奥さん。何度も気をやってたっぷり満足して、もう声を出す元気もねえのか、フフフ。ほれ、泣いていい声を出さねえかよ」

原田が夏子の美貌を覗きこんでからかっても、固く両眼を閉じて、半開きの唇でハアハアとあえぐばかりだ。

氷室が肩にかついだ夏子の双臀を撫でまわして、ピタピタとたたいた。

「しっかりしねえか。まだまだお楽しみはこれからだってのによ」

「これだけいい身体をしてりゃ、あと五回や十回は気をやれるはずだからな、フフフ。今日は思いっきり楽しませてもらうぜ」

氷室と原田はゲラゲラと笑った。

もう何度も夏子をレイプした氷室と原田だったが、またゾクゾクと嗜虐の欲情が昂る。ズボンの前を痛いまでに硬くした。

（フフフ、大事な商品だからな。売る前なんだ、ほどほどにしなくちゃ）

そう思っても、欲情の昂りを抑えきれない氷室と原田だ。

地下室へ入った氷室は夏子をおろすと、いましめをほどいた。原田が天井から二本の鎖を引きおろし、その先端に取りつけた革ベルトを、それぞれ夏子の左右の手首にはめた。

氷室がジャラジャラと鎖を巻きあげる。たちまち夏子の両手が天井へ向かってVの字に開いて吊りあがり、つづいて上半身が起きあがって吊られていく。

「う、ううッ」

身体をまっすぐに爪先立ちに吊られても、夏子はグッタリと、されるがままにうめくばかりだった。

氷室はさらにもう一本の鎖を、夏子の左手首を吊った鎖のところから引きさげた。その先端の革ベルトを夏子の左足首につなぐ。

「フフフ、また思いっきり股をおっぴろげてやるぜ、奥さん」

氷室はせせら笑って鎖を巻きあげた。

夏子の左足首が、膝が横へ開くように吊りあがって、太腿が開いていく。

「ああ、いや……やめてッ……」

夏子の悲鳴をあざ笑うように、夏子の左脚はまっすぐのびて、足首は肩の高さにまで引きあげられた。

夏子は悲鳴をあげて、爪先立ちの右脚で身体のバランスをとるのだが、その右足首には原田が床の鎖の革ベルトをつないでしまう。

「いやあ……こんな格好は、いやですッ」

「フフフ、奥さん。これならオマ×コにも尻の穴にも思いっきりいたずらできるってもんだ」

「そんな……ああ、いや、もう、いやですッ」

「ガタガタ言わねえで、奥さんはよがり狂って気をやることだけ考えてりゃいいんだ」

氷室と原田は夏子の前と後ろにしゃがみこんだ。

眼の前に夏子の股間が、内腿の筋が浮き立つまでに開ききり、媚肉の割れ目も肛門も、あられもなくさらけだした。サンドイッチのあとも生々しく、割れ目をほぐれさせてねっとりと光る肉襞や肉芽まで見せ、肛門は腫れぼったくふくれてゆるみ、腸腔までものぞけた。

「いや……見ないで……」

夏子はシクシクとすすり泣きつつ、弱々しく頭を振った。

奥の檻には全裸の美女が二人、おびえて身を縮めている。

「フフフ、そそられるぜ、奥さん。オマ×コといい尻の穴といい、何度でも犯りたくなる極上だぜ」

「今夜も寝せねえ。よけいなことは考えねえで、気をやることだけを考えてりゃいいんだ、奥さん」

原田と氷室はニヤニヤと覗きこんでは舌なめずりした。

それからそれぞれ長大な張型を取りあげた。たっぷりと催淫クリームを塗る。ヌラヌラとグロテスクさが際立った。

「そんな……い、いやあッ」

夏子の美貌がひきつった。

「まずはこいつからだ」

「いやッ……そ、そんなもの、使わないでッ……いやですッ」

「フフフ、こいつは疲れ知らずだからよ。俺たちの強力な助っ人というわけだ」

原田と氷室はせせら笑ってバイブレーターのスイッチを入れた。ジーッという電動音とともに張型の頭が振動し、胴がクネクネとうねる。

それを前から後ろから夏子の媚肉と肛門とにあてがう。

「あ……かんにんしてッ……ああッ、いや、いやあッ」

夏子が叫ぶ間にも、張型の頭はジワジワと肛門と割れ目に分け入った。

「ひッ、ひぃッ……」

夏子は大きくのけぞった。

長大な張型の頭が、媚肉と肛門との粘膜を巻きこむように同時に入ってくる。サンドイッチのレイプのあとで肉がとろけているのに、引き裂かれるようだ。

「き、きついッ……ゆるして……ひッ、ひッ、いやあ……」

「こんなに楽に入っていくのに、本当にきついのかよ。フフフ、うまそうに咥えていくじゃねえか」

「ああ、いやあ……う、うむ……」

夏子が腰をよじるのが、まるで挿入をうながしているようだ。たちまち息もできなくなって、夏子はひいひいのどを絞った。

前と後ろから入ってくる二本の長大な張型が、薄い粘膜をへだててこすれ合う。バイブレーターの振動とうねりとが共鳴し合う。

「フフフ、しっかり咥えてな。落とすんじゃねえぞ、奥さん」

「落としたら仕置きだからよ」

氷室と原田は張型をできるだけ深く埋めこんで手を離した。

「ああッ」

夏子はビクンと腰を強張らせて、キリキリと唇をかんだ。くい締めていないと、張型はその重みでズルズルと抜け落ちる。かといって引き締めると、いやでも自分を前後から貫いたものの形と淫らな振動をおそろしいまでに感じとってしまう。

「ああッ……ああ……こ、こんな……」

夏子は強張らせた裸身をブルブルとふるわせた。

ジーとくぐもった電動音がもれて、夏子のふるえる裸身にあぶら汗がドッと噴きでた。

「どうだ、爪先立ちで、よけいに感じるだろうが。その姿勢だと肉がよく締まるんだぜ」

「自分で腰を振って気をやったっていいんだぜ、奥さん、フフフ」

氷室と原田は夏子の身体に手をのばそうとはせず、ニヤニヤとながめながらビールを飲みはじめた。

征服した美貌の人妻を前に飲むビールの味は、格別である。

「フフフ、今に、張型に塗った媚薬も効いてきて、たまらなくなるぜ。奥さんがどんなふうになるか、じっくり見物させてもらうからな」

氷室は意地悪く夏子をからかって、グッとビールをあおった。夏子を見る眼に、嗜虐の炎がメラメラと燃えあがる。

原田のほうはビールを飲みながら檻へ歩み寄ると、ニタニタと笑いながらなかを覗

きこんだ。

「ひッ……」

「いやッ……」

燿子と万由子は小さな悲鳴をあげて、一糸まとわぬ裸身を固くした。

また檻から引きずりだされて責め嬲られるという恐怖に生きた心地もなく、奥に縮こまっている。

原田は燿子と万由子に言った。

「奥さんはお前たちの強力なライバルになるぜ。フフフ、明日からは牝として競争させるからな。覚悟しておけよ」

原田がそう言っても燿子と万由子は声もなく、ただワナワナとふるえるばかりだ。

牝としての競争……それがどういうこ

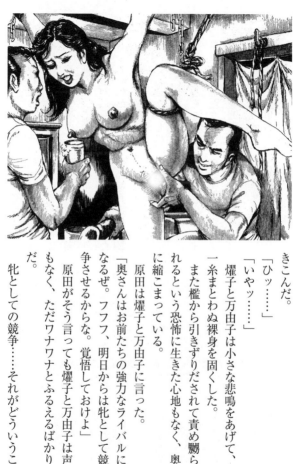

とか、聞かなくても想像はつく。それよりも今は、檻から引きずりだされて人妻とともに責められたら……その恐怖におののくばかりだった。

だが原田はゲラゲラと笑うと、夏子のところへもどってしまう。

「聞こえただろ、奥さん。明日からはあの若い牝二匹と張り合ってもらうぜ、フフフ。今日は人妻の性ってやつを、奴らにたっぷり見せつけてやるんだ」

「フフフ、あの二匹にただいまぐらい言ったらどうなんだ。奥さんは後輩なんだぜ」

原田と氷室がからかっても、夏子はもう燿子と万由子のことを気にする余裕もない。

「あ、ああ……ああ……」

キリキリ唇をかみしばっては耐えられないように声をあげ、夏子は爪先立ちの片脚をガクガクさせた。

さっきから淫らな振動とうねりとにこねまわされつづける媚肉と肛門、柔肉を灼けただれさせる催淫クリームの効きめ……夏子はもうとてもじっとしていられない。腰をよじり、内腿をピクピクさせて、吊りあげられた片脚をうねらせた。

「ああ……かんにんして……」

「どうしたんだ、奥さん、フフフ」

「ああ、いや……ああ……」

夏子は弱々しくかぶりを振った。

いやでも官能に火がつけられ、身体の芯が熱くたぎった。

(た、たまらないィッ……ああ、なんとかして……ああ、変になってしまう)

そんな叫びがのどまで出かかって、夏子は歯をかみしばって声を殺した。

張型の振動とうねりと催淫クリームと──。トロ火にかけられるのと同じだ。夏子は我れを忘れて声をあげ、腰を激しく振りたくった。

「ああ……」

思わず腰をゆすっても、腰とともに張型も動いてしまい、かえって切なさがふくれあがるだけだ。張型に手をのばしてこない氷室と原田がうらめしい。

(もう、どうにかしてッ……ああ、たまらないィッ……ひと思いに……)

夏子は胸の内で叫びつづけた。

「フフフ、いいながめだぜ、奥さん。オマ×コも尻の穴も張型をしっかり咥えてよ」

「ずいぶんと感じてるようだな。もうビチョビチョじゃねえか」

原田と氷室はビールを飲みながら、ニヤニヤと覗きこんだ。

熱くたぎる蜜がジクジクと溢れて張型の根元まで濡らし、内腿にまでしたたった。

ぴっちりと張型を咥えた夏子の肛門までねっとりと光っている。

そして蜜が溢れるにともなって、夏子の腰がゆれるたびに、媚肉の張型が蜜にまみれてすべりでてくる。

「ああッ……ああ……」

「オマ×コの張型がだいぶ抜けてきたぜ、奥さん。しっかりくい締めねえか」

「ああ、そんなッ……あ、ううッ」

「落としたらどうなるか、わかっているのか」

氷室と原田は夏子の顔を覗いてせせら笑い、また、開ききった股間を覗きこんだ。深く張型を咥えこんだ肛門に較べ、媚肉はねっとりと光る肉襞をヒクヒクとうごめかせ、張型をくい締めて抜け落ちそうになるのをくいとめようと必死だ。

さらに蜜がジクジクと溢れでて、妖しい女の匂いがたち昇った。

「いくら気持ちいいからって、張型を落とすなよ、奥さん」

「フフフ、もっと深く入れて欲しいとか、気をやらしてとかおねだりしたっていいんだぜ」

氷室と原田は覗きこんでからかうだけで、手をのばしてこようとはしない。

「ああッ……ゆるして、ああッ……」

夏子は泣き声をひきつらせて、黒髪を振りたくった。

2

どのくらいの時間がたったのか。

「あぁッ……あ、ああ……」

夏子の泣き声がいっそう露わになり、片時もじっとしていられないように腰がうごめき、グラグラと頭がゆれた。

（おねがい、いじってッ……ああ、も、もう、して……）

夏子は胸の内で狂おしく求めた。

どうして男たちは手を出してこないのか……。媚肉は長大な張型がいっそう浅くなって、柔肉が張型の操作を求めるようにうごめき、女芯も赤くツンととがって身悶えるようにうごめく。長大な張型を深く咥えた肛門までが、ヒクヒクとあえいだ。

「ああ、こんな……こんなことって……」

切ない胸の内が、思わず言葉となって出た。

もう夏子の身体は火となって肉がうずく。それでいて最後まで満たされないじれったさ。

張型の振動とうねりが催淫クリームの効きめと混じり合い、絶えず夏子をあぶりつづける。

「おねだりするまでは、何時間でもこのままだぜ、奥さん」

「フフフ、こんなにお汁を溢れさせて、いつまで耐えられるかな。牝になりきるのも時間の問題か」

ビールをあおりながら覗きこんでは、原田と氷室はゲラゲラと笑った。

ジクジクと溢れでる蜜が、夏子の内腿をツーッとしたたった。そして媚肉の張型がその重みでさらにヌラヌラと抜けでた。

「あ、ああ、いやッ……かんにんしてッ……た、たまらないわッ」

夏子は我れを忘れて叫び、張型が抜けでるのをくいとめようと肉を絞った。

「あぁッ……」

いくら張型を吸いこもうとしても、とらえどころのないもどかしさに、夏子はキリキリと唇をかんで狂おしく黒髪を振りたくった。氷室と原田の手が張型にのびてくるのを求めて、夏子の腰が前後にゆれる。

「してッ……おねがい、もっとッ……」

夏子はうわごとのように口走った。

まなじりをひきつらせた眼は焦点を失い、夏子は自分でもなにを言っているかわからない。

「ああ、おねがい、して……ああ、いじってください……」

いくら口走っても、氷室と原田はニヤニヤと笑うばかりだ。

「フフフ、媚薬が本格的に効きはじめたようだな。気をやりたくってしようがねえか」

「オマ×コが必死に張型を吸いこもうとしてやがる。これじゃ媚薬クリームを使う必要もなかったかもな」

氷室と原田は何度も舌なめずりをした。それでも夏子に手をのばす気配はなかった。

「ああ……ど、どうして……」

どうしてなにもしないのか……。夏子はいよいよ耐えきれないように乳房をゆすりたて、吊りあげられた片脚をうねらせて腰を振り、狂おしく求めた。

「奥さんのほうはずいぶんと肉がとろけて、気をやりたくてしようがねえようだし、俺たちもそろそろウォーミングアップといくか」

「フフフ、燿子と万由子も見せつけられるだけじゃ不満だろうしな。ウォーミングアップに使うか」

ニンマリとした氷室と原田は、夏子を放置して檻のほうへ行く。

檻の奥に縮こまってふるえる燿子と万由子は、連れだされると知って悲鳴をあげた。

「い、いやッ……」

「ひッ……ゆるしてッ」

それをあざ笑うように原田が燿子を、氷室が万由子を、檻から引きずりだした。すばやく縄で後ろ手に縛ると、夏子の前へと引っぱっていく。

「いや……も、もう、いやです……」

「ああ……ゆるして……ああ……」

すすり泣くような声で哀願しながらも、燿子と万由子は、もう観念している。どんなに抵抗してもむだなことを、充分思い知らされている。

「あァッ」

燿子と万由子に気づいた夏子の美貌がひきつった。ギクッと身悶えがとまり、泣き声とあえぎも途切れた。

(み、見ないでッ……)

夏子は思わず燿子と万由子から眼をそらし、顔を横に隠すようにした。

自分と同じ、全裸を縛られた女性が二人、どういうことになるのか……。

張型の動きと催淫クリームとに、すぐまた頭のなかがうつろになっていく。わななく唇から声がもれ、また夏子の身体がしとどの汗のなかにあえぎはじめた。

氷室と原田はわざと夏子を無視してズボンを脱ぎ、たくましい肉棒を剝きだした。

そして、自分の前にひざまずかせた万由子と燿子の口に押しつける。

「しっかりしゃぶるんだ、燿子」

「いや……いやッ……」

「ほれ、咥えねえか、万由子。歯を当てるんじゃねえぞ」

「ゆ、ゆるして……いやあ……」

ガボッと押しこまれて、燿子と万由子の泣き声はくぐもったうめき声に変わった。

氷室と原田は、万由子と燿子の黒髪をつかんで、ゆっくりとゆさぶりはじめた。

「うむ、うぐぐ……」

「うむむ……うむ……」

口のなかでムクムクとふくれる肉棒に、燿子と万由子のうめき声が大きくなる。満足に息もできない。小鼻がピクピクして、時々白眼を剝いた。

「オマ×コにぶちこんでやるから、しっかりしゃぶってできるだけ大きくするんだぜ」

「それだけ自分もよくなるってもんだ。ほれ、もっと舌を使わねえか」

氷室と原田は万由子と燿子の頭をゆさぶりつづけた。そしてもう一方の手で乳房をいじりまわす。

「うんと気分を出せよ、燿子」

原田は燿子の乳房を絞りこみ、乳首をつまんできつくひねった。同時に口いっぱいにほおばらせた肉棒を、のどまでえぐりこんだ。

「うむ、うぐッ……」

燿子はむせかえる。ひざまずいた腰を振りたてた。

「フフフ、万由子、手を抜くんじゃねえぞ」

氷室は軽く手を万由子の頭にそえるだけで、万由子に自ら頭を振らせた。少しでも動きが弱くなると、容赦なく万由子の乳首をひねりあげ、ひざまずいた股間に爪先をこすりこませた。

「うむ……ひッ……」

くぐもった悲鳴とともに、また万由子は口に押し入れられたものを舐め、しゃぶり、自ら頭を振りたてた。

「どうだ、オマ×コは濡れたか」

「フフフ、どのくらいとろけているか、見てやろう」

　肉棒をスッと引き抜くなり、燿子と万由子を並べて四つん這いにして双臀を高くもたげさせた。

　そして後ろから覗きこんで、燿子と万由子の媚肉を見較べる。

　ムチッと形よく張った双臀の肉といい、臀丘の谷間の下にのぞく秘められた媚肉の形といい色といい、燿子と万由子は甲乙つけがたい。どちらも媚肉の合わせ目はわずかにほぐれてねっとりと肉襞をのぞかせていた。

「気分を出せと言ったのに、二人ともしようがねえな」

「こんなことじゃ人妻に勝てねえぞ、フフフ。自分からすすんで気分を出すようにしてみねえか」

原田と氷室は燿子と万由子の双臀をピシッとはたいた。

ひッ……と燿子は悲鳴をあげ、万由子は背中をふるわせながら、シクシクと泣きはじめた。

「ゆるして……」

万由子の声はすすり泣きに呑まれた。氷室がしゃがんで万由子の乳房をいじり、もう一方の手を媚肉に分け入らせて指でまさぐりはじめた。

「たっぷりとお汁を溢れさせて、オマ×コをとろけさせろよ」

「さもねえと二人とも朝まで寝せねえぞ。そこの人妻の夏子のようにな」

原田も燿子の乳房と媚肉をまさぐりはじめた。

「あ、ああ……いや……」

「ああ……ゆるして……」

燿子と万由子は高くもたげた双臀をブルブルとふるわせて、泣き声をあげた。なかば観念したような、そして身体に火をつけられることにおびえるような泣き声だった。

それをあざ笑うように、氷室と原田の指は肉層をまさぐり、肉芽をつまんでしごき、膣に埋めこまれた。

「いや……ああ……」

「あ、ああ……」

燿子と万由子はいやでも女の官能を刺激され、身体の芯が熱くうずきだした。それでなくても幾度となく犯され、めくるめく官能に狂わされた記憶が、燿子と万由子の子宮をしびれさせる。いくらこらえようとしても駄目だった。まず燿子が、つづいて万由子が吐く息が熱くなって、まさぐられる媚肉がジクジクと蜜を溢れさせはじめた。

氷室と原田は顔を見合わせてニヤリと笑い、互いに小さくうなずいた。次の瞬間、スッと指を引いたと思うと、代わって灼熱が押しつけられた。

「ああ、いやあ……」

「ゆるしてッ……」

燿子と万由子が戦慄の声をあげた時には、灼熱は深々と柔肉を貫いていた。氷室と原田はそれぞれ万由子と燿子の腰を両手でつかんで、深く抱きこんだ。ほとんど同時に、万由子と燿子の子宮口がズンと突きあげられて、ひいッと悲鳴があがる。

燿子と万由子の身体の芯がひきつるように収縮し、肉が、貫いたものをむさぼる動きを見せた。

「よく締まって、ますます味がよくなるようだな、フフフ」

「こっちもだ。ウォーミングアップどころか本気になりそうだぜ」

氷室と原田はしっかりと万由子と燿子の腰をつかまえたまま、リズムを合わせるように突きあげはじめた。

「あ、あ……ああ……」

「いや、いや……あああ……」

たちまち燿子と万由子はめくるめく官能に翻弄された。いやいやと声をあげながらも、それはあらがうというのではなく、官能の渦に巻きこまれて追いつめられていく響きがあった。

氷室と原田はからみつき締めつけてくる妖美な肉の感触を味わいつつ、四つん這いの万由子と燿子の双臀に、腰を打ちこんでいく。そしてさり気なく夏子をうかがった。

「ああ、もう、かんにんして……気が、変になってしまう……」

夏子はもう息も絶えだえにあえいでいた。まるで燿子と万由子のよがりようにあおられたように、さらに夏子の身悶えが露わになった。

媚肉の張型はさらに抜けでて、今にも落ちそうになった。それを吸いこもうと媚肉がうごめき、腰がゆれる。

「してッ……おねがい、して……」

うわごとのように夏子は言った。もう恥も外聞もなく、狂おしく求めつづける。それをあざ笑うように、原田と氷室は燿子と万由子をリズミカルに突きあげて夏子に見せつけた。

「若いだけあって、よく締まるぜ。フフフ、いい味だ」

「犯るたびに味がよくなりやがる。若いんで上達もはやい」

氷室と原田はわざとらしく言って、ゲラゲラと笑った。

3

燿子はたちまち追いあげられる。

「ああ、ゆるして……も、もう……」

「もう気をやりたいというのか、燿子。今日はやけにはやいじゃないか」

「あ、ああ、だって……」

そう口走る間にも、双臀を高くもたげる燿子の汗まみれの裸身に、小さく痙攣が走りはじめた。

「フフフ、ほれ、万由子も負けるんじゃねえぞ。思いっきり気をやっていいんだぜ」

氷室はいちだんとペースをあげ、万由子をグイグイとえぐりこんで追いこむ。

「いやあ……ああ、ゆるして……」

「どうだ、万由子。ほれ、ほれ」

「あ、ああッ……いや、いやッ……」

万由子はおびえ羞じらいながらも追いつめられて、ひいひい泣き、四つん這いの裸身をのたうたせた。

「いや……ああ、万由子、駄目になっちゃう……あ、うう……」

「ああ、もう、もうッ……」

万由子と燿子のよがり声が妖しく共鳴し、さらに昂っていく。二つ並んだ双臀がまるで競い合うようにうねり、振りたてられた。

それに巻きこまれ、夏子までが泣き声を大きくした。

「いや、いやッ……ああ、してッ……こっちも、してッ……」

まるで燿子と万由子に嫉妬するみたいだ。夏子はさっきから生煮えのままじらされつづけ、身体じゅうの肉がただれきった。いくら夏子がこらえようとしても、成熟した人妻の性がこんな仕打ちに耐えられるわけがなかった。

「い、イカせてッ……ああ、一度楽にして……おねがい、狂っちゃうッ……」

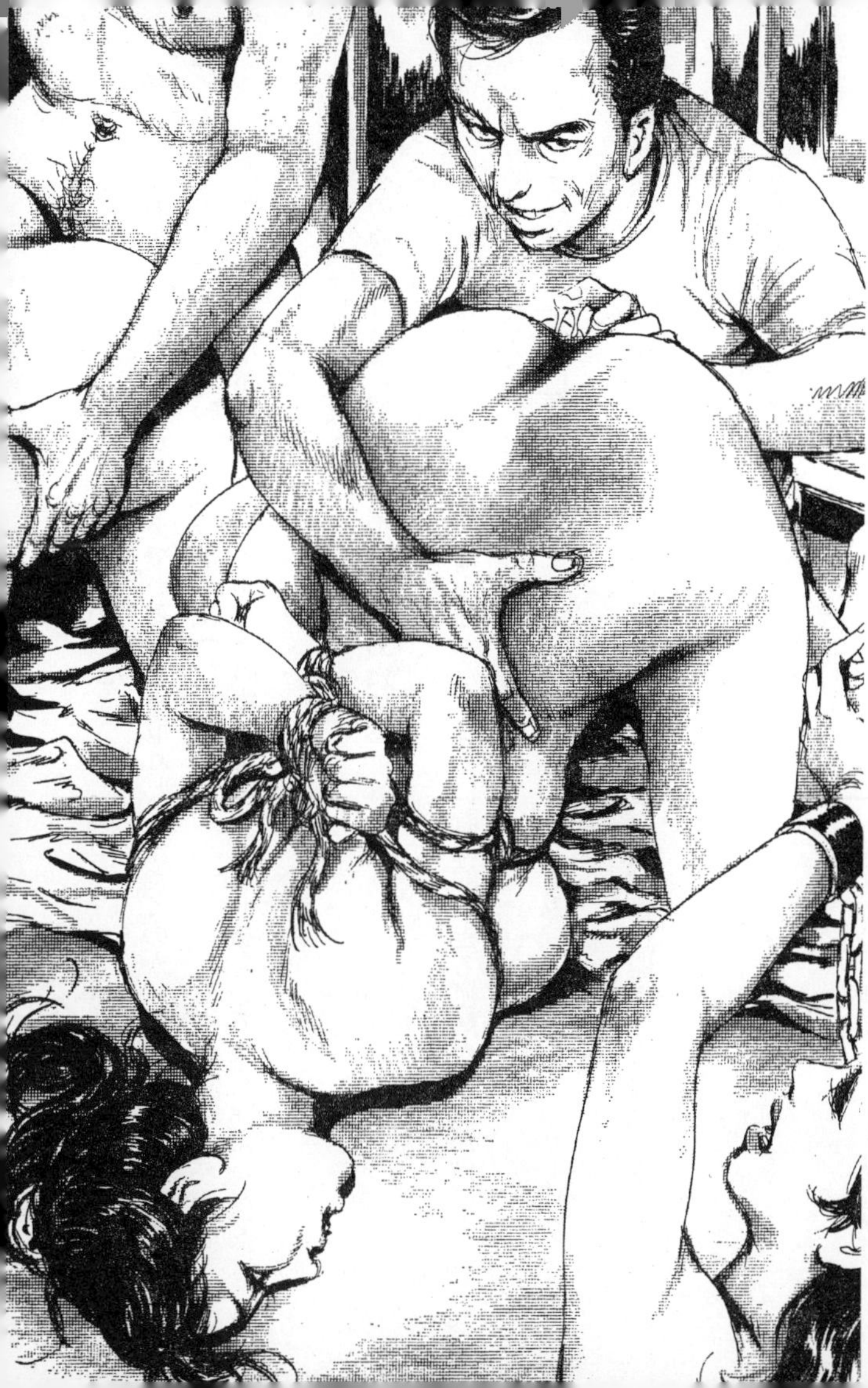

夏子はひいひい泣いて、腰を振りたてた。

「燿子と万由子がしっかり咥えているのを横取りしようってのか、奥さん。いくら人妻でも、そいつはちょいと図々しいぜ」

「奥さんには張型があるじゃねえか。その抜け落ちそうなのを自分で深く咥えこんで、気をやりゃいいんだよ」

氷室と原田があざ笑った。

その間も容赦なく万由子と燿子を責めたてる。

「ああッ、もう、もう……」

先に音をあげたのは、燿子のほうだった。身体に断続的に走る痙攣が、しだいに大きくその間合いをつめた。

それを感じた原田は、とどめを刺すように激しく打ちこみ、子宮口をえぐりあげた。

「ひいい……」

後ろ手に縛られた燿子の両手が、背中でなにかをつかもうと開き、またギュウと握りしめられる。

「それ、いけ、燿子。イクんだッ」

「万由子も負けるんじゃねえ、それ、それッ」

氷室も万由子にとどめを刺そうと、力まかせに突きあげた。

「いやあ……あ、あああ……」

「ああッ……ひッ、ひいッ……」

万由子と燿子の追いつめられたよがり声が入り混じり、それは夏子の悩乱の泣き声といっしょになって、えもいわれぬ三重唱をつくった。

「ひッ、ひッ……イクッ」

絶息せんばかりに叫ぶと、燿子はガクガクと腰をはねあげてよじり、汗まみれの裸身をキリキリと収縮させた。

それにつづくように万由子もめくるめく官能の絶頂へと昇りつめた。

「あ、万由子、イッちゃうッ……」

万由子は総身を激しく痙攣させた。

そのきつい収縮と痙攣。ドッと精を放ちたい欲望を、氷室と原田はグッとこらえた。

そして燿子と万由子の身体からガックリと力が抜けるのを待ってから、原田と氷室はおもむろに肉棒を引き抜いた。肉棒はヌラヌラと光って屹立し、今にも脈打たんばかりだ。

それを夏子にゆすって見せつける。

「奥さん。こいつが欲しいか」

「フフフ、オマ×コの張型はとうとう抜け落ちてしまったようだしな」

夏子の足もとには張型がころがってジーと電動音をたて、うねっていた。

「ああ……おねがい……」

夏子は唇をわななかせてあえいだ。

張型の抜け落ちた媚肉は、赤く充血した肉襞をしとどの蜜のなかにヒクヒクとうごめかせ、女芯もツンととがって脈打っている。夏子の肛門はまだ深く張型を咥えこんでいたが、もうただれんばかりにヒクついた。

「あ、ああ……」

たくましい肉棒を突きつけられるだけで、夏子は腰をふるわせて求めるようにせりだした。媚肉のうごめきも露わに、ジクジク蜜が溢れでる。

「こりゃすげえな、フフフ。さすがに人妻だけのことはあるぜ」

「ぶちこんでやりゃ、一発で気をやるだろうぜ、フフフ」

夏子の股間を覗きこんで、原田と氷室はせせら笑った。

そんなからかいに反発する余裕は、夏子にはとっくになくなった。

「……して……おねがい、気が変になってしまう……もう、して……」

「フフフ、張型が抜けてよけいにたまらねえだろう。催淫クリームは何度か気をやらねえと、おさまりがつかねえからな」

「ああ……イカせて……」

夏子は唇の端から涎れを溢れさせてあえいだ。

「どっちで気をやりてえんだ。抜け落ちた張型か、それともこの生身か」

「そりゃ生身に決まってるぜ。張型じゃ今まで気をやれなかったんだからよ、フフフ」

「そりゃそうだ、フフフ。よし、ちゃんとおねだりしたらこの生身で気をやらせてやることにしよう」

氷室と原田はニヤニヤと夏子の美貌を覗きこんだ。

さっきから官能の炎にあぶられ、じらされる夏子に拒む力はすでにない。弱々しく頭を振りながらも、わななく唇を開いて言う。

「……おねがい、入れて……あなたのたくましいのを、夏子に……ああ、おねがい、一度イカせてください……」

「フフフ、好きだな、奥さん。よしよし、何度でもイカせてやるよ」

原田がそう言っている間に、氷室は夏子の後ろへまわった。

不意に氷室の手が夏子の肛門の張型にのびたと思うと、ゆっくりと抽送をはじめた。

「あ、ああッ……いや、いやあ……」

今にも昇りつめんばかりの声を張りあげて、夏子はガクガク腰を振りたてた。内腿をピクピクさせて抽送される張型をくい締める。

「尻の穴だけでも気をやれるんじゃねえのか、奥さん」

「ああ、前を……前をしてくださいッ……たまらないッ」

夏子は我れを忘れて泣き叫んだ。

赤く肉層を見せる媚肉も、なにかを咥えこもうといっそう蜜を吐いてざわめいている。

「前を……おねがいッ」

「欲張りだな、奥さん、フフフ」

原田があざ笑いながら正面から夏子にまとわりついた。

灼熱の先端が夏子の開ききった媚肉にこすりつけられた。そのままジワジワと埋めこまれる。

「ああッ、は、はやく……ああ、入れてッ」

ようやく与えられる悦びを隠しきれずに、夏子の腰がわななないた。媚肉のなかもわなないて、分け入る灼熱に肉襞がからみつき、奥へと吸いこもうとする。

だが原田は意地が悪い。肉棒の頭をわずかに含ませただけで、それ以上はなかなか入れようとはしない。

「ああ、そんなッ……も、もっとッ……ああ、もっと入れて……」

「そうせかさなくても入れてやるぜ、奥さん。がっつくなって、フフフ」

「あ、ああッ」

さらに少しだけ入って、夏子はキリキリと唇をかんで黒髪を振りたくった。

「ああ……ひと思いにしてッ」

泣き声をあげるのをあざ笑うように、氷室が夏子の肛門の張型を大きく抽送する。

「ひッ、ひいッ……」

夏子は汗まみれの乳房をゆすり、白い腹部をふいごのようにあえがせてガクガクと腰を振りたてた。

「フフフ、激しいな、奥さん。吸いこまれるようだぜ」

夏子の媚肉の妖美な感触を楽しみつつ、原田はなかばまですすめた。手を抜くと本当に奥まで吸いこまれそうだ。

並みの男ならひとたまりもないだろう。ほんの数分前まで味わっていた燿子の肉もなかなかだったが、人妻の夏子は熟れた肉の粘着性と吸引力がとびきりだ。

「おねがい、もっと……ああ、ひ、ひと思いにしてッ……」

夏子はよがりながらうらみ、ガクガクと腰をゆすりつづけた。

「フフフ、人妻はじらすほど味がよくなるっていうからな」

「かんにんして……本当に気が狂っちゃう。ああ、もう、ひと思いにッ」

「これだから人妻はたまらねえぜ。もう牝そのものだ」

原田はあざ笑ってから、からみつく肉襞を引きずりこむようにして、一気に底まで貫いた。後ろからは氷室が夏子の肛門を張型で深くえぐりこんだ。薄い粘膜をへだてて前と後ろとで、肉棒と張型がこすれ合った。

「あ、ひいい……」

夏子は愉悦の声を張りあげ、白眼を剥いてのけぞった。

「イクのか、奥さん」

「ひッ、ひいッ……ううむッ……」

声にならない声を絞りだして、夏子は官能の絶頂へと——。ガクガクと腰をゆすって総身を収縮させ、腰から片脚立ちの爪先へ、吊りあげられた片脚へと激しく痙攣を走らせた。

「一発で気をやりやがったぜ。いい気のやりっぷりだ、フフフ」

「よく締まるじゃねえか、奥さん。くいちぎられそうだぜ」

氷室も原田も夏子を責めるのをやめようとはしなかった。

夏子がグッタリする余裕も与えず、原田は肉棒で媚肉を突きあげ、氷室は肛門の張型を抽送する。

「う、ううッ……そんな……」

絶頂感がおさまるひまもなく、夏子は再び追いあげられた。

「かんにんしてッ……」

「何度でもイカせてやると言っただろ、奥さん。フフフ、ほれ、ほれッ」

「ひッ、ひッ、死んじゃう……」

「これくらいで牝が音をあげてどうする。原田をたっぷり楽しませたら、次はこの俺がひかえてるんだぜ」

原田と氷室は容赦なく夏子を責めたてた。たちまち夏子は声も出せず、満足に息すらできなくなって、ひいひいとのどを絞るばかりになった。

身体じゅうの肉がブルブルとふるえてうねり、汗びっしょりになって夏子はのたうった。のけぞった美貌はほとんど苦悶に近く、それだけ快感も大きいのだろう。

「あ、ああッ……またッ……」


悲鳴をあげ、夏子は再び昇りつめる。ガクガクと腰がふるえ、吊りあげられた片足の爪先が内側へかがめられたと思うと、

「イクッ」

夏子はめくるめく恍惚の炎に、身も心も灼きつくされた。身体の芯が、おそろしいばかりにひきつった。

「いいぞ、奥さん。その調子だ」

今にも果てそうになるのをこらえて、原田は夏子を責めつづけた。

4

夏子は何度も気が遠くなった。それからゆり起こされて、責めたてられた。ふと気がつくと、今度は氷室に貫かれて突きあげられ、また気づくと再び原田に犯された。そして次には、もう原田も氷室も押し入っていなかったが、長大な張型が深く埋めこまれて、ジーッと電動音をたてる。

「ああ……もう、もう、かんにんして……これ以上は……」

いくら哀願しても駄目だ。

「俺たちだってそうぶっつづけじゃ犯れねえからな。ここらでひと休みしてから、また犯ってやるぜ」

「おねがい……夏子も、休ませて……」

「牝は休みなんか必要ねえよ。ピンチヒッターの張型を相手に楽しんでな、奥さん」

「そんな……ああ、死んじゃう……もう、いや、ゆるして……」

もう数えきれないほど気をやらされた身体を、また張型を咥えこまされたままじらされるのだ。

夏子のクタクタに疲れた身体は、爪先立ちの片脚がしびれて感覚がなく、張型を咥えこまされた媚肉と肛門だけが、腫れぼったくうずいた。

「ああ……」

夏子は弱々しくかぶりを振った。

そんな夏子を、氷室は燿子を膝の上に抱き、原田は万由子を抱いてニヤニヤとながめた。

「フフフ、このおっぱいの固さや肌の張りじゃ、やっぱり若い万由子だな。肉づきは夏子のほうがすげえや」

「燿子や万由子のピチピチした身体もたまらねえが、夏子の熟れた色気たっぷりの身体もたまらねえぜ」

「こりゃ競争させるとおもしろくなりそうだぜ。女子大生と秘書と人妻の三つどもえか、フフフ、楽しみだな」

燿子と万由子の身体を夏子と較べながら、氷室と原田はニヤニヤと顔を崩して舌なめずりをした。

燿子と万由子は肌をまさぐられても、シクシクと泣き、されるがままだ。

夏子のほうはまた気が遠くなって、なにもわからなくなった。

「まだのびるのははやいぜ、奥さん。朝まではたっぷりと時間があるんだ」

「せっかくピンチヒッターの張型を咥えさせてやってるのによ。のびてちゃしようがねえだろうが」

原田と氷室がそう言っても、もう夏子には聞こえていない。

「どれ、今度は奥さんのアヌスを犯るとするか、フフフ」

氷室が燿子から手を離して立ちあがった。

「原田、サンドイッチといかねえか」

原田はもう万由子をあおむけにして、両脚を肩にかつぎあげてのしかかろうとした。

「ああ、ゆるして……いや、いや……」

「なにがいやだ。自分から咥えこむようにしねえか、万由子」

「いや……あ、ああッ……あああ……」

一気に貫かれて、万由子は泣き声をあげてのけぞった。

それをニヤニヤとながめながら、氷室もまた夏子の背後からいどみかかった。夏子の肛門から張型を引き抜くと、代わって灼熱を押しつけてググッと埋めこんだ。

「う、うむむ……ひッ、ひいッ……」

夏子はハッと眼を開くと、悲鳴をあげてのけぞった。

「フフフ、いい声だ。そんな声で泣かれるとたまらねえぜ。それ、それ、もっと泣きな」

「万由子も負けるんじゃねえぞ」

氷室と原田は互いに競い合うように、夏子と万由子を激しく突きあげはじめた。夏子と万由子の泣き声が嫋々と響きわたり、妖しく淫らな空気が地下室いっぱいにただよい、それがいっそう男たちの嗜虐の欲情を昂らせた。

「たまらねえ。この世の極楽だ」

「もっと泣くんだ」

小さくなってふるえる燿子には、原田と氷室が女肉を食う鬼に見えた。

だがその鬼は、すぐに燿子にもおそってきた。万由子を激しく突きあげていた原田が、不意に動きをとめて肉棒をスッと引き抜くと、今度は燿子の足首をつかんで引き寄せ、両脚を肩にかつぎあげた。

「ああ、そんなッ……」

あと一歩というところまで追いあげられた万由子は狼狽の声をあげた。

「いやあッ……ゆるしてッ」

「フフフ、放っておかれると思ってたのか、燿子。甘いぜ、これだけのいい身体がタダですむわけがねえだろうが」

原田は上からのしかかるようにして、灼熱で一気に媚肉を割った。

「いやあッ……」

「ほれ、思いっきり気分出せよ、燿子。はやく気をやらねえと、また馬を替えちまうぞ」

「あ、ああ……いや、いや……」

グイグイと突きあげられて、燿子は泣き叫んだ。両脚を原田の両肩に乗せられ、両膝が乳房につかんばかりの二つ折りのため、肉棒が深く子宮口にえぐりこんでくる。

「ああ、あうう……あああ……」

官能の渦に巻きこまれ、押し流されていく自分をどうしようもない。そして燿子がなにもかも忘れて、めくるめく絶頂へ向けて身悶えを露わにしはじめたと見るや、原田はスッと引いた。

「そ、そんなッ……いやあ……」

「甘くねえと言っただろ。万由子がいるんだからな。少し待ってな、燿子」

原田はあざ笑って、また万由子の身体にいどみかかった。

「イクッ……ひッ、ひいッ……」

夏子が悶絶せんばかりに叫んで、ガクンガクンとのけぞった。

夏子はあえぐ口の端から唾液を垂れ流し、ひいひいのどを絞った。一度昇りつめた絶頂感が、うねりのように大小の痙攣をくりかえしつつ持続している。

「フフフ、やっと尻の穴で、イクとはっきり言ったな、奥さん。よしよし、もっとイカせてやるからよ」

夏子の肛門のきつい収縮にいったん動きをとめて耐えてから、氷室はまたゆっくり肛門を突きあげはじめた。

一方の手で夏子の腰をしっかり抱き、もう一方で張型をあやつる。

「ああッ、また、また、イッちゃうッ……ひッ、ひぃッ……死ぬッ」

ほとんど悲鳴となって叫ぶと、夏子は激しくのけぞって、キリキリと裸身を収縮させた。

底のない闇のなかへどこまでも堕ちていく。

そんなになっても夏子の身体だけは、氷室に突きあげられてビクン、ビクンと反応した。さすがの原田も見ていて血がすっぱくなる。

「氷室、朝からぶっつづけで責めてるんだからよ。ほどほどにしときな」

「わかってるって、心配ねえよ。これだけいい身体をしてるんだ」

氷室はそう言って夏子を責めるのをやめようとしない。

原田にしても、万由子から燿子へ、そしてまた万由子へと何度も馬を替えながら、存分に若い二人の味較べを楽しんでいた。

「ああ、も、もう、イカせてッ……最後までしてッ……」

「ゆるして……じらさないでッ、ああ、変になっちゃう……」

燿子も万由子もあと一歩で昇りつめるところまで追いあげられては、スッと原田に引かれて、もう半狂乱だ。

それから三時間もたったか。

じっくりと時間をかけて犯し、たっぷりと精を放っては少し休み、またじっくりと犯すことをくりかえす氷室と原田は、さすがに満足して畳の上に大の字になった。

夏子と燿子と万由子も、グッタリと死んだようだった。とくに夏子は白眼を剝いたまま口の端から泡さえ噴いて、ピクリともしない。開ききった股間は、前も後ろもしとどに濡れそぼって、注ぎこまれた白濁をトロトロとしたたらせる。

女たちの悲鳴と泣き声とうめき声、よがり声、そして男たちの淫らな笑い声など、さっきまでの騒がしさが嘘のように、不気味なまでの静寂が地下室をおおった。

その静寂のなかに壁の時計の針だけが、カチカチと時を刻んだ。

…………

氷室と原田が眼をさましたのは、時計の針が翌日の午後の三時をまわってからだ。

夏子と燿子はまだ死んだようにグッタリとしている。万由子はうつろな瞳を天井に向けた。

「もう起きてたのか、万由子。いちばん若いだけのことはあるな」

原田がニヤニヤと笑って万由子の裸身を抱き寄せた。ひッと小さく悲鳴をあげた万由子は、我れにかえったようにシクシクとすすり泣きだした。

「泣くのはまだはやいぜ。いやでも泣くようなことを今日もしてやるんだからよ」

原田はタプタプと万由子の乳房を揉みこみながら、耳もとでささやいた。

「原田、お楽しみの前に飯といこうぜ。腹がへっちゃスタミナがつづかねえからな」

「その前に牝たちを風呂へ入れよう」

氷室と原田は左右から万由子の腕を取って抱き起こし、バスルームへ運んだ。

自分たちもシャワーを浴びながら、万由子につづいて燿子、夏子と身体を洗い清めた。

燿子と夏子は頭から湯のシャワーをかけられて、ようやく正気にもどった。それでも夏子は左右から氷室と原田に抱き支えられていないと、ひとりでは立っていられず、膝や腰がガクガクした。

「……ああ、こんな……いっそ、死んでしまいたい……」

湯のぬくもりにこの数日間のおそろしい出来事がよみがえって、夏子は裸身をシャワーのなかでふるわせて泣きじゃくった。

それでも身も心も征服された女の弱さを露わにして、媚肉や肛門まで洗われても、夏子はされるがままだ。

(あなた……ああ、ゆるして、あなた……真美ちゃん……)

夫や我が子のことを思うと、夏子はさらに涙が流れた。

「ゆうべはあんなに激しくよがり狂ったくせして、今さら泣くんじゃねえよ、奥さん。何度気をやったんだ」

氷室がパシッと夏子の双臀をはたいた。

「気を失ってもヒクヒクからみついてきて、気をやるんだからあきれたぜ、フフフ」

「……い、言わないで……いや……」

「狂わなかったのが不思議なくらいだぜ。根っからの牝なんだな、奥さん」

氷室と原田は夏子の身体を洗いながら、ゲラゲラと笑った。

乳房を揉みこみ乳首をつまみ、双臀を撫でまわして茂みをかきあげ、媚肉の合わせ目に指先を分け入らせ、肛門をゆるゆると揉みこむ。

「あ、ああ……もう、かんにんして……」

腰と膝とをガクガクさせながら、夏子は弱々しく頭を振った。

洗われるというより嬲られていると言ったほうがよかった。

「今日も気を失うまでたっぷりと責めてやるからな、奥さん、フフフ」

「この身体を、自分から責めを求めるマゾの牝につくり直してやるぜ、覚悟しな」

氷室と原田は夏子の耳もとでからかった。夏子はなにも言わずに泣くばかりで、バスルームから連れだされた時は、息も絶えだえにあえいだ。

「身体を洗ってやっただけなのに、もう発情してやがる、フフフ」

「そうこなくちゃよ」

氷室と原田はまたゲラゲラと笑った。

5

うなぎ弁当の出前が届き、氷室はそれを持って地下室へおりた。

地下室では原田が湯あがりの女体を縄で後ろ手に縛り、その縄尻を天井の鉤にひっかけて、燿子、万由子、夏子という順番で三人並べて立ち姿に吊った。

「さあ、飯だぜ」

「三匹をながめながら食うとしようぜ」

氷室と原田はニヤニヤと女体を見較べながら、うなぎ弁当を食べはじめた。くっきりと見事なまでのプロポーションを見せる万由子の裸身は、ピチピチした肉がはじけるようだ。燿子も負けず劣らずの曲線を見せていたが、腰のあたりは万由子よりも肉づきがよく、色気を際立たせた。

それに較べて人妻の夏子は、そのムンムンと匂うような肉づきに曲線がボウッとけぶるようで、まるでつきたてのモチみたいにねっとりしていた。

「フフフ、あのおっぱいや尻、形のよさでは燿子かな。肌が綺麗なのは、やっぱり、いちばん若い万由子か」

「肉づきと色気じゃ、夏子がとびぬけてるな。さすが人妻、フフフ。オケケがいちばん濃いのはと……」

食事をしながらそんなことを言い合って、女体を品定めし、氷室と原田は下品に笑った。

「万由子と燿子、それに夏子の三人いりゃ、どんな客でもこなせるってわけだぜ」

「そういうことだ、フフフ。どの牝も美人で身体がよくて、味もいいときてるから、たまらねえわな」

女三人はブルブルとふるえ、唇をかみしめた美貌を弱々しく振って、いやらしい言葉に必死に耐えた。

うなぎ弁当をたいらげると、氷室と原田は牝たちの弁当を手にして、

「ほれ、エサだ」

「食わせてやるから口を開けな」

氷室と原田は箸でうなぎの切れ端をつまむと、女たちの口もとに突きつけた。

「いや……」

「ああ、欲しくありません」

燿子と万由子はいやいやと顔を振り、夏子は声もなく顔をそむけた。

「言われた通りにしろ。どうしても食わなきゃ、下の口で食わせるぞ」

女たちは悲鳴をあげて、美しい顔をひきつらせた。

「うんと食ってスタミナをつけとけよ。今日はきついからな」

「こうやって上等な蒲焼きを食わせてもらえるなんて、牝のくせにありがたいと思うんだな、フフフ」

強引に箸を突きつけられて、燿子と万由子は食事をとらされていく。もう観念した

ように口を動かし、あらがおうとしない。

「さあ、次は奥さんの食事の番だぜ、フフフ。下の口でいくか。こんなに涎れを垂らしていることだしな」

正面から夏子の股間へ指先をもぐりこませ、媚肉をまさぐりながら原田がからかった。

後ろからは氷室が夏子の肛門をまさぐってくる。

「下の口がいやなら、おかゆみたいにして、尻の穴から呑ませてやってもいいんだぜ」

「いやッ……食べます……そ、そこは、いやッ」

夏子はおびえて叫ぶと、あわてて口を開いた。

「そいつは残念だ。下の口で食いたくなったら、いつでも言うんだぜ」

「尻の穴のほうもな、奥さん、フフフ」

原田と氷室は夏子の媚肉と肛門とを指でいじりつつ、もう一方の手の箸で夏子の口へうなぎの切れ端を運んだ。

「あ、ああ……手をどけて……ああ、触らないで……」

「ガタガタ言わねえで食いなよ、奥さん」

「ああ……こんなことって……」

「フフフ、オマ×コと尻の穴をいじられながら食うのも、いいもんだろ」

氷室と原田はゲラゲラと笑った。

指先で肛門がヒクヒクしてはキュウとすぼまり、媚肉が妖しくうごめいて濡れてくるのが、氷室と原田はたまらない。いやがうえにも昨夜の妖美な肉の感触が思い起こされた。

「ああ、もう、やめて……こんなところへ連れこんで、どうするつもりなの……」

ようやく食事が終わると、夏子はすすり泣くような声で言った。

「もう、帰して……充分もてあそんだでしょう……これ以上は……」

「まだまだ、奥さんの身体には用があるんだよ、フフフ。つまりこれからどうするかってことだが」

原田は氷室と顔を見合わせて、ニンマリと笑った。

どうされるのか……不安に夏子の唇がわなないた。燿子と万由子もおびえた眼で、原田を見た。

「フフフ、国際的な女体売買シンジケートが日本の女を欲しがってるんだ。それも美人で身体のいい素人の女をな」

「………」

夏子は絶句した。信じられない言葉だった。売られるのだとわかったとたん、夏子と燿子と万由子はほとんど同時に、ひぃーッと悲鳴をあげていた。恐怖に総身が凍りついた。

「つまり牝として、男を楽しませる肉として世界のどこかへ売られるってわけだ。日本の女は南米や中東で人気があるらしいぜ」

氷室が意地悪く言って女たちの反応をうかがう。

「いやあッ……ゆるして！」

「ひッ……ひッ……」

三人の女は悲鳴をあげて裸身を揉み、恐怖に泣き叫んだ。逃げられるはずはないのに、縄をギシギシ鳴らしてもがきつづける。

「あわてるなよ。売るのは一人だけだ」

「誰を売るか、迷ってるところだぜ」

原田と氷室は初めから三人とも売ることを決めているくせに、迷っているふりをした。

「万由子か、それとも燿子か」

「人妻の夏子にするか」

わざとらしく名前が出るたびに、名指しされた女が悲鳴をあげた。

「そこでだ。今夜から三人を牝として競争させて、いちばん負けている牝を売りとばすことに決めたぜ」

「いろいろおもしれえ競争を考えてるからよ。売られたくなかったら、せいぜいその身体でがんばることだ」

原田と氷室はゲラゲラと笑った。

どんな競争をさせられるのか、これまでのことを振りかえれば、だいたいの想像はついた。

身体じゅうがブルブルとふるえだし、歯がガチガチと鳴ってとまらない。

「シンジケートに売られた女は、一日に三十人も客をとらされるらしいぜ。客は変態ばかり、発狂しねえように麻薬を打たれるらしいぞ」

原田がなにやらゴソゴソと準備している間に、氷室は意地悪く女たちをおびえさせる。

「女の地獄だ、フフフ、誰が行くのかな」

「い、いやあ……」

万由子が耐えきれないように悲鳴をあげた。

「いやなら夏子や燿子に負けねえようにするんだな。心配するな。夏子は人妻だから、その分ハンディをつけてやるからよ」

「そんなッ……いやッ」

今度は夏子が泣き声をひきつらせた。氷室は愉快でならない。原田もいっしょになって笑いながら、

「まずはこいつからだ、フフフ」

取りだしたのはジョッキが三個。

燿子と万由子と夏子のおびえた眼が、ジョッキを見た。

「こいつに小便してもらうぜ。昨夜から、三人とも溜まってるはずだからな」

「ジョッキに入った量がいちばん少ないのが負けってわけだ、フフフ」

原田と氷室は大ジョッキをひとつずつ、両脚を開かせた燿子と万由子の真下に置いた。

「奥さんは人妻だから、中ジョッキだ」

「そんな……いや、いやです……ああ、こんなことって……」

「できなきゃ試合放棄ってことで、奥さんの負けになるぜ、フフフ」

「ああ、そんなことって……」

夏子は泣き声をあげて黒髪を振りたくった。

こんなふうにおしっこをさせられるなど、夏子には信じられない。

燿子と万由子は、もう観念したようにすすり泣くだけでじっとしていた。

中ジョッキが夏子の両脚の間に置かれると、

「さあ、はじめな。一分以内に出さねえとタイムオーバーにするぜ」

氷室が夏子の双臀をピシッとはたいた。原田も燿子と万由子の双臀をピシッ、ピシッと張った。

「ああ……う、うむ……」

「ああ……」

燿子と万由子は狼狽の悲鳴をあげて、唇をかみしめた。

それから燿子は、一度天をあおぐように顔をのけぞらせてから、ガックリと前へ垂れた。腰のあたりがブルブルとふるえだし、次の瞬間、

「あ、ああッ……ああ、こんなみじめな……死んでしまいたい……」

悲痛な声とともにショボショボと漏れはじめた。必死に大ジョッキに狙いを定めるが、流れこむのはわずかだ。

「ああ……」

燿子は泣きだした。一度堰を切ったものは、とめられない。

「ああ、見ないでッ……」

万由子もショボショボと漏らしはじめた。首筋まで真っ赤になって、「恥ずかしい」……とうわごとのようにくりかえすばかりで、ジョッキを狙う余裕もなかった。

「ああ……死にたい……」

「恥ずかしい……ああ、見ちゃ、いや……」

「燿子も万由子もしっかり狙わねえか」

「出しゃいいってもんじゃねえぞ」

燿子と万由子から流れでるものが床にはじけて、しぶきがかかるのもかまわずに、氷室と原田は覗きこんでせせら笑った。

「ああ……」

夏子はキリキリと唇をかんで、弱々しく頭を振っている。気の遠くなるほどおそろしい状況なのに、夏子はどうしても下半身の力を抜けない。

(ああ、このままでは……)

あせればあせるほど、駄目だ。

「一分たったぜ。タイムオーバーで奥さんの負けだ、フフフ」

「案外、外国に売られたいのかもな」

氷室と原田は夏子の顔を覗きこんでニヤニヤと笑った。

「ひいッ」

夏子は戦慄の悲鳴をあげた。

6

原田は後ろから燿子の乳房を両手でわしづかみにして、タプタプと揉みこんだ。

「だいぶこぼしたけど、よくがんばったじゃねえか。この分なら人妻に勝てるかもな」

燿子は弱々しく頭を振りながら、ハアハアとあえいだ。

みじめさに消え入りたい。乳房をいじられ、乳首がうずいてとがるのもたまらない。

その隣りでは、万由子が氷室に乳房をいじられていた。

「万由子も第一ラウンドとしては上出来だぜ。それにしても派手に散らしたな」

氷室は万由子の乳首をつまみながら、意地悪く言った。

それから原田のほうを向くと、

「第二ラウンドをはじめようじゃねえか」

「フフフ……」

原田はニンマリとうなずいた。

女たちの両脚を大きく左右へ開かせ、それぞれ足首を縄で床の鉄環につなぐ。それから原田は釣り糸を取りだすと、燿子の前にしゃがみこんだ。

眼の前に燿子の茂みが艶やかにもつれ合ってフルフルとふるえ、そこから妖しく媚肉の割れ目を切りこませていた。原田は繊毛をかきあげるようにして、剝きだしにした。

耀子は泣き声をあげて、おびえに下半身を強張らせた。

剝きだされた媚肉は、じっとりと濡れ、女芯が露わだ。その肉芽をさらにグイと根元まで剝きあげた。

「ああ、いやッ……」

「おとなしくしてろ。今度はオマ×コの敏感さを調べるんだからよ」

「そんな……ゆるして……」

耀子はおびえに声をふるわせた。

釣り糸の先端には小指が入るほどの小さな輪がつくられていて、それが、剝きだされた女芯にはめられる。

「ああッ……やめて……」

肉芽を根元からキュウと輪に絞りこまれて、耀子は悲鳴をあげてガクンとのけぞった。

「フフフ、次は万由子だ」

「いやッ……ゆるしてッ」

「試合放棄するのか、万由子」

「ああ……ゆるして……」

すすり泣く万由子の声は、剝きだされた肉芽が釣り糸に絞りこまれて、ひいーッと悲鳴になった。

あとは言葉も失って、ひくッ、ひくッとしゃくりあげるばかりだ。

原田はさらに夏子の前へ移った。

「い、いやあッ……やめてッ」

夏子は美しい顔をひきつらせて、腰をよじりたてた。

女の神経を剝きだしにされて、じかに嬲られる。

「いや、いやあッ」

「そんな態度をとっていいのか。奥さんは第一ラウンドで負けてるんだぜ」

「いやあ……」

「世話をかけやがると、すぐにでも奥さんを売ることに決めるぜ」

それを言われると、夏子は絶望と恐怖とに、身体からあらがいの力が抜けた。茂みがかきあげられ、肉芽が剝きだされるのをキリキリと唇をかみしばって耐える。

「フフフ、クリトリスは奥さんのがいちばんだな」

「いつも亭主にいじってもらってりゃ、大きくもなるぜ」

原田と氷室は覗きこんでせせら笑った。

夏子の肉芽はもう赤く充血してとがり、ヒクヒクとあえぐ。それに釣り糸の輪を通し、きつく絞りあげてやる。

「あッ……ひぃーッ……ひいぃ……」

夏子はガクガクとのけぞり、さらされたのどから悲鳴を噴きあげた。今にも気がいきそうな反応だった。

原田と氷室はゲラゲラと笑った。

燿子と万由子と夏子の肉芽をそれぞれ絞りあげて垂れた三本の釣り糸、その端をつかんでひとまとめにすると、原田は正面へまっすぐピンと張った。

「さあ、うんと気分を出してオマ×コをビチョビチョにするんだ」

原田はそう言うなり、釣り糸をクイクイと引きはじめた。

「ああッ、ひぃーッ」

三つの女体から同時に悲鳴があがった。釣り糸に引っぱられて、肉芽が引きちぎられんばかりになる。

女の身体でもっとも敏感なところだけに、燿子も万由子も夏子もとてもじっとしていられず、ひいひい泣き悶えた。悶えればかえって釣り糸を引っぱることになるとわかっても、腰をよじらずにはいられない。

「やめてッ……ひッ、ひいッ、変になっちゃうッ……」

「ゆるしてッ……ひッ、ひッ……」

「ひいッ……ひいッ……」

悲鳴が噴きあがり入り混じり、三つの女体が三様にのたうつ。

とくにまだ性経験の浅い万由子は、肉芽を嬲られるのになれていないのか、すさまじいまでに悶え狂った。

そんな万由子に氷室が追い討ちをかける。

「フフフ、クリトリスを責められるのが、そんなにいいのか、万由子。いい声で泣くじゃねえかよ」

氷室は後ろから両手で万由子の乳房をわしづかみにして、こねくりまわしはじめた。

「いや、いやあッ……ひいッ、ひいーッ、ゆるしてッ……」

「おっぱいの先をこんなにとがらせて、ゆるしてもねえもんだぜ」

「ひッ、ひいッ……」

万由子は狂ったように黒髪を振りたくって泣き叫んだ。

「もっとよくしてやるからな、万由子」

氷室は乳房をこねまわしていた一方の手で筆を取ると、穂先で引きちぎられんばかりの肉芽をスッ、スッとこすった。

「ひいい……」

すさまじい悲鳴をあげて、万由子の腰がはねあがった。

一気に万由子を追いつめてしまってはおもしろくない。氷室はたてつづけには筆を使わず、一定の間をとっては肉芽にスッ、スッと這わせた。

「や、やめてッ……ひッ、ひいーッ……」

「激しいな、フフフ。燿子も負けるんじゃねえぞ」

原田は釣り糸を一定のリズムでクイクイと引きながら、自分も筆を取りあげて燿子の乳首や腰、絞りあげられている肉芽に這わせはじめた。

「ああッ、そんなッ……ひッ、ひいッ」

燿子もまたのけぞった。だが万由子のように絶叫するといった感じではなく、戦慄と狼狽のなかにもどこかよがり声を感じさせる響きがあった。

「ゆるしてッ……ひッ、ひッ、た、たまらないわッ……」

「フフフ、たまらないほど気持ちいいってことか、燿子。それでそんなに腰を激しく振ってるんだな」

「いやッ……あァッ、ひッ、ひッ……あ、あああ……」

「たまらねえなら気をやったっていいんだぜ、燿子」

原田は燿子をからかってゲラゲラと笑った。

夏子になると、悲鳴は艶めいた響きがあって、よがり狂う女を感じさせた。

「あ、あむむ……ひいッ……あああッ……」

夏子は肉芽を絞った釣り糸だけで責められているが、身悶えと肉の反応では燿子と万由子に負けてはいない。

剝きだされた肉芽は今にも血を噴かんばかりにとがってヒクヒクと痙攣を見せ、媚肉はジクジクと蜜を熱くたぎらせる。

「さすがに人妻だな、奥さん。ハンディをつけなきゃ、奥さんがいちばん敏感ってことになってたな」

「初めから奥さんが勝っちゃおもしろくねえからな。負けこんで追いつめられてたほうがおもしろくなるってもんだ、フフフ」

原田と氷室は燿子と万由子に筆を使いながら、夏子に向かって言った。

「いやッ……ひ、ひどいッ……」

夏子の言葉は、釣り糸をグイと引かれて、途中から悲鳴になった。

いつしか絶叫にも似た万由子の悲鳴も、燿子の泣き声も、ひッひッという声の入り混じった嗚咽とあえぎとに変わりはじめた。

ジクジクと溢れた蜜が、万由子と燿子の内腿をツーとしたたった。

互いに顔を見合わせてニヤリと笑った原田と氷室は、ようやく筆をおろして釣り糸を引く手をとめた。

「ああ……」

一度に緊張がほぐれたように、三人の女は頭を垂れてハアハアとあえいだ。

波打つ乳房も、腹部も、しとどの汗に油でも塗ったようにヌラヌラと光る。

「フフフ、三人ともオマ×コをたっぷり濡らしたところで、勝負はこれからだぜ」

「売られたくなかったら、敏感なところを見せて、はやく気をやるんだな」

原田と氷室はニヤニヤと舌なめずりをして、長大な張型を三本取りだした。バイブレーターのスイッチを入れると、グロテスクな頭が振動して胴がうねりはじめた。

燿子と万由子と夏子はビクッとして、汗まみれの裸身を強張らせたが、キリキリと唇をかんでなにも言わない。

それでも氷室が二本の張型を左右の手に持って、燿子と万由子の前にしゃがみこむと、

「い、いやッ……そんなもの、使わないでッ」

「ああ、ゆるしてッ……もう、いや……」

燿子と万由子は泣き顔をひきつらせて口走った。

「はやいとこ気をやらねえと、人妻には勝てねえぞ。夏子が敏感なのは、ゆうべ見ただろうが、フフフ」

氷室は左右の手の張型をゆっくりと燿子と万由子の媚肉のひろがりにそって這わせた。

燿子と万由子の両脚はいっぱいに開かれて縛られている。そのうえ、媚肉は釣り糸と筆のいたぶりで熱くとろけている。逃れる術はなかった。

「ああッ、いや……あむ……」

「あ、あ……ああッ……」

ほとんど同時に媚肉を割って入ってくる感覚に、燿子と万由子は黒髪を振りたくって裸身を揉み絞った。

ツンと乳首を立てた乳房が荒々しいばかりにはずみ、なめらかな腹部が波打って腰がよじれた。燿子も万由子もあらがおうとしても、淫らな振動とうねりとに、力が抜けるようだ。

「二人ともうまそうに咥えていくじゃねえか。それ、それ、できるだけ深く入れてやるからな、燿子、万由子」

張型の先端がズシッと子宮口に届いた。燿子と万由子は開かれた両脚をピンと突っぱらせて、ブルルッと腰をふるわせた。

燿子はパクパクと口をあえがせ、万由子はキリキリと唇をかみしばって、もうまともに口もきけない。

「さあ、思いっきり気分を出して、気をやるんだ」

氷室はゆっくりと張型を左右であやつりはじめた。

わざとそれまで待ってから、原田は張型の振動とうねりとを夏子の媚肉にこすりつけた。

「ああ、はやく……ああ……」

いやがっている余裕はもう夏子にはなかった。燿子と万由子がもう張型に突きあげられているのを見せられているだけに、さっきからうわごとのように言っている。

「あわてるなよ、奥さん。これもハンディをつけるためだ、フフフ」

「そ、そんな……ああ……」

「今からでも奥さんがその気になりゃ、すぐにでも気をやれるはずだぜ」

「あぁッ、はやく……おねがいッ、はやく、してッ……」

夏子はすぐに押し入ってこない張型に、我れを忘れて叫んだ。そしてようやくゆるゆると入ってくると、泣き声を昂らせて自分から奥へ咥えこもうとするように腰をゆすった。

「どうだ、奥さん」

原田はわざとなかばほどまで入れて、張型をとめた。

「いやッ、もっとッ……ああ、ひと思いに、入れてッ」

もう燿子と万由子がひいひいよがり狂っているだけに、夏子は声をひきつらせて叫んでいた。

このままでは負けてしまう……と思うと、シンジケートに売られる恐怖がドッとふくれあがったのだ。

「もっと、入れてッ」

「よしよし、欲張りなオマ×コだ」

ようやく底まで埋めこまれると、夏子は我れを忘れて腰を振りたてはじめた。

まるで張型をあやつる原田を、逆にリードするようだ。

「あ、ああッ……もっと……」

夏子がめくるめく官能の波に乗って、いちだんと身悶えを露わにした時、不意に電話が鳴りだした。

「こんな時に誰だ。しようがねえな」

原田は張型をあやつる手をとめ、電話のところへ行ってしまう。

「そんなッ……いやあ……ひ、ひどいッ……」

夏子は狼狽の声をあげて、ひとりガクガクと腰をゆすった。だが、原田に動かされなければとても昇りつめることはできない。ほんの数分で原田はもどってきたが、この遅れは夏子にとって決定的だった。

「ああッ……イクッ」

「あうッ、ああ、イッちゃうッ……」

燿子に万由子とたてつづけに絶頂を告げる言葉を絞りだして、ガクガクと痙攣したのだ。

「フフフ、どうやら奥さんの負けのようだな。二連敗だぜ」

張型をあやつって夏子を責めたてつつ、原田はあざ笑った。

「そうそう、今シンジケートから電話があってよ。船は明日の夕方に着くそうだ」

「……いやあッ……ひいーッ」

夏子は絶叫してのけぞった。

第七章　国際女体販売シンジケート

1

燿子、夏子、万由子と三人並べて床の上に四つん這いにした。三人とも全裸を後ろ手に縛られて上体を前へ伏せ、双臀を高くもたげる格好だ。

「もっと膝をひろげて尻をおっ立てねえか」

氷室が声を荒らげて燿子から順に双臀をはたいた。

ピシッ……ピシッ……ピシッ……。

すすり泣く燿子、夏子、万由子は、ひッと泣き声を高くして、両膝を開き、命令に従う。

臀丘の谷間に秘められた肛門が、そしてまだ張型を深く咥えこまされてしとどに濡れそぼった媚肉が、氷室と原田の眼の前にはっきりと剝きだされた。どれも眼移りするほど悩ましく、ゾクゾクとそそられて思わず舌なめずりした。氷室と原田は、じっくりと覗きこんで見較べた。

「まったく三人とも、いい尻の穴をしてやがる、フフフ。味較べといくか」

「フフフ、第三ラウンドはアナルセックスだ。せいぜい気分を出して、楽しませてくれよ」

氷室と原田はたくましく屹立した肉棒を剝きだすと、威圧するようにゆさぶって笑った。

「とくに奥さんは二ラウンドつづけて負けて、あとがねえんだ。売りとばされたくなかったら、せいぜいがんばるんだな」

原田に意地悪くおどされて、夏子はまた泣き声を高くした。

明日の夕方に女体売買シンジケートの船が着くと聞かされ、夏子は気も遠くなりそうだ。

原田は夏子の肛門に潤滑クリームを塗りこみはじめた。

「ああ、やめてッ……そこは、いや……」

夏子はブルッと双臀をふるわせてよじりながら、みじめに哀訴した。

「なにがいやだ。奥さんはもうあとがねえと言ったばかりだろう。それとも売りとばされてえのか」

「そ、それは……ああ、そんなおそろしいことだけは……かんにんして……」

「だったらガタガタ言うんじゃねえ」

原田は潤滑クリームをたっぷり塗りこみながら、ゆるゆると夏子の肛門を揉みほぐす。

原田は同時にもう一方の手で、隣りの万由子の肛門にも潤滑クリームを塗りこみはじめた。

「あ、ああ……」

万由子は泣き声を高くしただけで、なにも言おうとしなかった。売られるという恐怖が哀願の気力をも萎えさせた。

氷室のほうは燿子の肛門に潤滑クリームを塗りこんで、ゆるゆるとマッサージを加えている。燿子はブルッと背筋をふるわせて、腰をよじるようにしてうめき声をこぼした。

「フフフ、もう感じるのか、燿子。尻の穴がヒクヒクしてとろけてきたぜ」

「こっちもだ。奥さんも万由子も敏感な尻の穴してやがる」

氷室と原田はニヤニヤと舌なめずりをした。屹立した肉棒がいっそう硬くなった。

燿子も夏子も万由子も、もう肛門は揉みほぐされ、ふっくらと柔らかく盛りあがって、指先に吸いつくようだ。時々おびえるようにキュウとすぼまっては、またヒクヒクとゆるむ。

それがなにかを咥えこみたがって、あえいでいるようにも思えた。張型を咥えたままの媚肉まで、ヒクヒクとざわめいて収縮し、さらに蜜を溢れさせた。

さっき張型で昇りつめさせられた官能の残り火が、またくすぶりはじめたのか。

そんな女たちの反応を楽しみつつ、原田と氷室は肛門を揉みほぐす指で、ジワジワと縫うように貫きはじめた。

「ああ、いや……ああ……」

「あ、あ……あむむ……ゆるして……」

「あ、うう……ああッ……」

夏子と万由子と燿子は腰をよじり、貫いてくる指をキュッ、キュッとくい締め、狼狽の声をあげた。

それをあざ笑いつつ、原田と氷室は指の根元まで沈めた。

「何度触ってもよく締まる尻の穴だぜ、フフフ。指がくいちぎられそうだ」

「オマ×コに張型をぶちこんであるんで、よけいに締まるようだな」

原田と氷室はゆっくりと指を回転させて抽送する。夏子、万由子、燿子の三人は泣き声を昂らせ、ひいひいのどを絞った。

とてもじっとしていられない三つの白い尻肉はブルブルとうねった。

「フフフ、誰がいちばん先に気をやるかな。三人とも思いっきり昇天してくれよ」

「もっとも先に気をやったって勝ちじゃねえぜ。第三ラウンドはいちばん先に音をあげたのが負けだからな」

「それじゃ第三ラウンド本番といくか。尻の穴もすっかりとろけきったことだしよ」

原田と氷室は顔を見合わせてニンマリと舌なめずりした。

指を引き抜くと、燿子の腰を氷室が、万由子の腰を原田がつかんで、灼熱の先端を肛門に押し当てた。

「ああッ……いや……」

「あ……お尻は、ゆるして……」

もう観念しているはずの燿子と万由子の口から、おびえと狼狽の声があがった。

反射的に前へズリあがろうとする燿子と万由子の腰が、氷室と原田の手で引きもどされて、押し当てられた肉棒がジワジワと肛門を貫きはじめる。

燿子も万由子も肛門はふっくりととろけているとはいえ、氷室と原田の肉棒は人並み以上だ。肛門の粘膜がジワジワと拡張されて、引き裂かれるような感覚が燿子と万由子をおそった。媚肉に張型を咥えこまされているだけに、強烈だ。

「あ、あむむ……ひッ、ひいッ……」

「フフフ、いい声で泣くじゃねえか、燿子。尻の穴にぶちこまれるのが、そんなにいいのか」

「ああ、たまらないッ……う、ううむ……ゆるしてッ」

燿子は耐えきれないように泣き叫んだ。

万由子も黒髪を振りたくる。

「ゆるしてッ……ひッ、ひッ、死んじゃう、万由子……」

「もっと自分から尻の穴を開くようにしねえか。シンジケートに売りとばされたら、こんなもんじゃねえぞ」

原田は万由子の腰をがっしりつかまえたまま、ゆっくりと確実に肉棒を沈めていく。

たちまち燿子と万由子はあぶら汗にまみれて、満足に息もできなくなった。深く入ってくる灼熱をくい締めつつ、ひいッ、ひいッとのどを絞りたてた。

2

「ほうれ、尻の穴でしっかりつながったのがわかるだろ、万由子。クイクイ締めつけやがって、いい味だぜ」

「フフフ、熱くてチ×ポがとろけそうだぜ。犯るたびに味がよくなりやがる」

氷室と原田は肉棒をそれぞれ万由子と燿子の肛門に根元まで埋めこんで、その妖美な肉の感触を賞味する。

その間で放っておかれる夏子は、生きた心地もない。左右から燿子と万由子の悲鳴が聞こえるたびに、夏子はビクッと裸身を硬直させた。

夏子は思わず起きあがって逃げだしたかったが、そんなことをすればシンジケートに売られてしまうのだ。

「フフフ、奥さんもすぐに尻の穴をたっぷりと責めてやるからよ」

「奥さんは人妻だ。ここでもハンディをつけるぜ」

夏子に向かって原田と氷室は左右から声をかけながら、ゆっくりと腰を動かして万由子と燿子を突きあげはじめた。

「ああッ、うむ……うむむ……」

「あ、あ、ゆるして……ああッ……」

燿子と万由子は泣き声とうめき声とを交錯させた。

あらがう気力もなく、されるがままに泣き悶え、あやつられる肉の人形だ。

「どうだ、燿子。気持ちいいか」

「どんな気持ちか言ってみろよ、万由子」

そう言われても、燿子と万由子は返事をする余裕もない。肛門が引き裂かれるような痛みと妖しい快感とが入り混じって、身体の芯が灼けただれる。

「ああッ……ああ、狂っちゃう……」

燿子が叫んだと思うと、たちまち反応を露わにして、張型を咥えこんだ媚肉からジクジクと蜜を溢れさせた。

まだ性経験の浅い万由子は、ただ泣いてうめくばかりだ。燿子のように露わに反応するふうではない。

「万由子、気分出さねえか。燿子に負けるんじゃねえよ、フフフ」

「ゆるしてッ……ああ、ああ……」

「こんなことじゃ、売りとばしちまうぞ」

原田は万由子をおどして、いっそう突きあげながらゲラゲラと笑った。

「燿子だって敏感ならいいってもんじゃねえぞ、フフフ。俺を楽しませることを考えろ。自分ばかり楽しんでねえでよ」

氷室もまたゲラゲラと笑い、容赦なく燿子を突きあげた。

原田と氷室は万由子と燿子の双臀にリズミカルに自分の腰を打ちこみつつ、一方の手を左右から夏子にのばした。

氷室は夏子の双臀を二度三度と撫でまわしてから、媚肉に深く埋めこまれたままの張型をつかんだ。

「さっきからこうされたくてウズウズしてたんだろ、奥さん。ほれ、ほれ」

氷室はゆっくりと張型をあやつりはじめた。

「あ、いや……かんにんしてッ……ああ、やめて、やめて……」

夏子は泣き声をあげ、背筋をわななかせて腰をよじった。

子宮口を突きあげてくる動きに、身体の芯が再び熱く燃えあがる。さっきから待ちかねていた柔肉がざわめき、抽送される張型にいっそうからみつく。

「あ、ああ……いや、いや……そ、そんなにされたら……」

「そんなにされたら、どうだってんだ、奥さん。フフフ、身体は正直だぜ」

夏子の媚肉からジクジクと蜜が溢れ、張型の動きがいっそうスムーズになるのが、氷室にわかった。

　張型にあやつられる夏子の腰がよじれた。

「あ、あ……ああ……」

　いくら唇をかみしめようとしても、張型の動きが送りこんでくる官能のうねりが大きくなると、どうしようもなかった。

「もっとよくしてやるからな、奥さん。尻の穴がさびしいんだろ、フフフ」

　夏子には見えないのだが、原田の手にねじり棒があった。女の肛門を責めるための先細りの長さは二十センチ近くあり、根元のもっとも太いところは直径五センチほどだ。

　その先端を夏子の肛門にあてがうと、原田はゆっくりと回転させてねじこみはじめた。

「ああ、なにを……い、いや、そこは、やめてッ……あぁッ……」

「素直に尻の穴を開きな。ズンといいものを入れてやるからよ」

「いやッ……変なものを入れないで……ああ、そこは、いやぁ……」

「フフフ、生身をぶちこんで欲しいんだろうが、もう俺も氷室も若い娘の尻に入ってるんだ。こいつで我慢しろって」

原田はせせら笑って、ジワジワとねじり棒をすすめていく。

夏子の肛門はふっくらととろけ、粘膜がねじれに巻きこまれつつ、ゆっくりと押しひろげられた。しかもねじり棒は、薄い粘膜をへだてて、媚肉をこねまわす張型とこすれ合う。

そのすさまじい感覚に、夏子はひいひいのどを絞った。

「かんにんしてッ……ひッ、ひいッ……」

腰をよじって逃れようとしても、夏子の腰は媚肉を貫いた張型で、杭のようにつなぎとめられている。

「ほれ、尻の穴に深く入れてもらうんだ、奥さん。いやがってねえで、気分を出してよがらねえか」

氷室は張型をあやつりつつ、ゲラゲラと笑った。

「ひいッ……ひいッ……」

夏子はねじり棒が入ってくる感覚がたまらない。それはねじり棒が元太になっているため、しだいにふくれあがった。

「ゆるして……ひッ、かんにん……」

ねじり棒は十センチは入っただろう。夏子の肛門は三センチも拡張され、粘膜がい

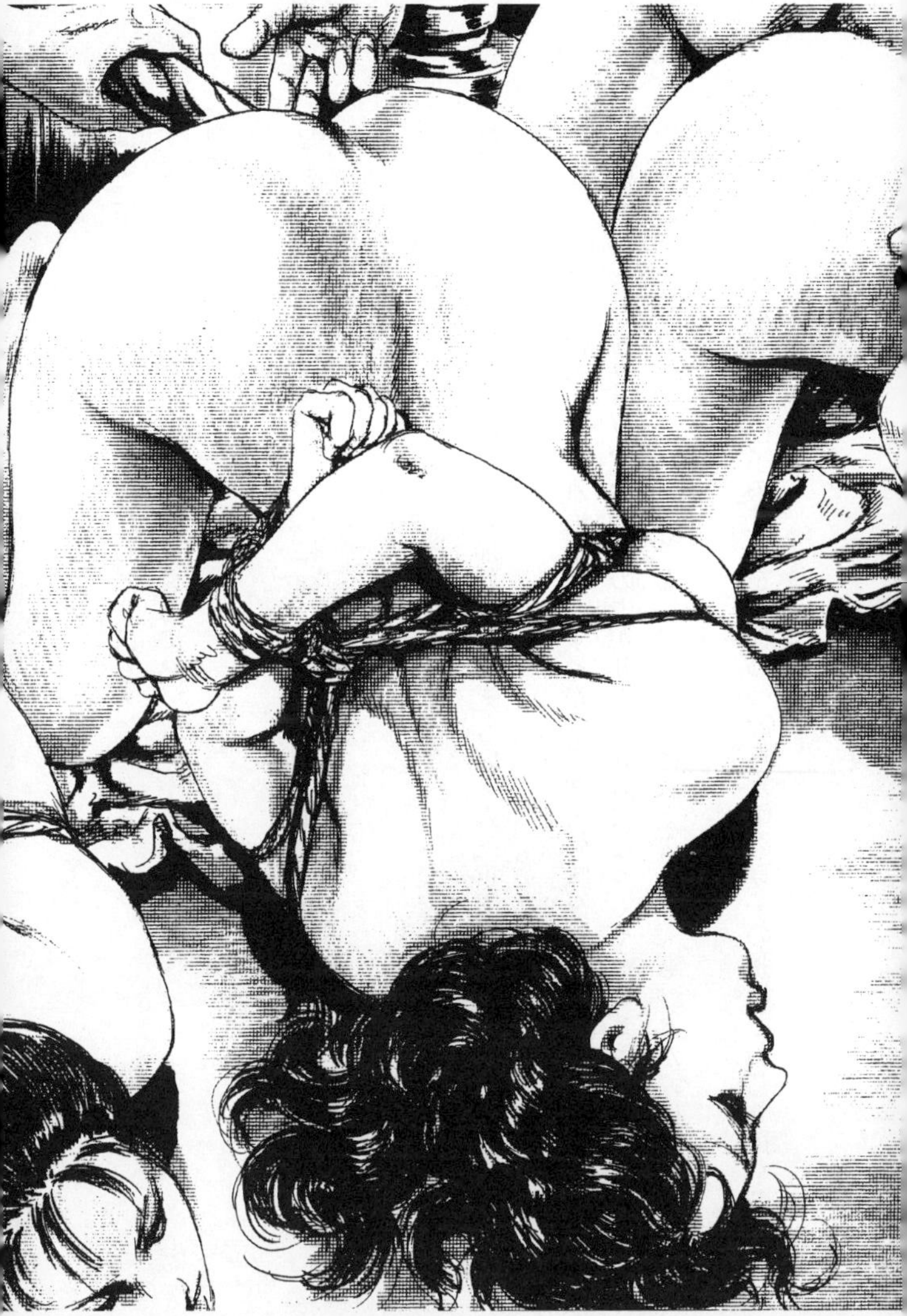

っぱいにのびきった。その粘膜がねじりに巻きこまれる。

すでに火となった夏子の身体に、さらに熱い火花が走った。

「奥さん、まだ入るか」

「や、やめて……たすけて……」

息も絶えだえの夏子だが、さらにねじり棒が巻きこまれ、もう半狂乱になった。

3

燿子と万由子の泣き声に夏子も加わった。えもいえぬ三重唱だ。それが原田と氷室をいっそう昂らせた。

「いいぞ、燿子。締めたりゆるめたり、すっかりアヌスの味を覚えたな」

「万由子もすごい。フフフ、お互いのよがり声が刺激になってやがるぜ」

「相乗効果ってやつか。ほれ、奥さんも二人に負けねえように、もっとがんばらねえか」

氷室と原田は燿子と万由子の肛門を貫きつつ、真ん中の夏子の張型とねじり棒をあやつりつづけた。

「あ、あぁッ……あぁあ……」

夏子はわけがわからなくなって、二本の責め具にあやつられるままに泣き、あえぎ、よがり狂った。

薄い粘膜をへだてて二本の責め具がこすれ合うたびに、バチバチと官能の火花が散って肉がとろけていく。夏子の双臀がブルブルとふるえながらうねった。

燿子と万由子もまた、苦悶と愉悦のなかで、狂乱にかりたてられた。

「ああ、あううッ……たまらないッ……あうッ、ああッ……」

燿子があられもない声をあげて腰をゆすれば、

「ゆるして……ああッ、死ぬ、死んじゃうッ」

万由子はなす術もなくのたうつ快感のなかに、ひいひいのどを絞る。

もう燿子も万由子もおびえや屈辱の段階を通りすぎ、すべてを忘れて淫らな愉悦にどっぷりとつかりきっている。

「三人ともいい声で泣きやがる。いちばん先に気をやるのは誰かな」

「奥さんが猛然と追いあげてきた感じだぜ。こりゃおもしろいレースになりそうだ」

原田と氷室はニヤニヤと笑った。

その間にも夏子の身悶えがいちだんと露わになり、ブルブルと痙攣が走りはじめた。

「ああ、もうッ……あぁッ……」

夏子の声が切迫した。

「気をやるのか。道具で尻の穴を掘られているというのによ」

夏子は返事をする余裕もなかった。

「あ、ああッ……ひいッ……」

今にも気がいかんばかりの夏子に巻きこまれ、燿子と万由子もいちだんと身悶えを露わにした。

「あうッ、あううッ……」

「あ、あああ……ああッ……」

燿子と万由子はめくるめく絶頂へ向けて暴走しはじめる。

「三人そろってラストスパートか、フフフ」

「イク時はちゃんと教えろよ」

原田と氷室はあせることもなく、余裕をもって三人を責めた。

「ああッ、イッちゃうッ……イクッ」

いちばん先に口走って、ガクガクと腰をはねあげ、突きあげるものをくい締めたのは、万由子だ。

「すげえ、油断すると俺もつられそうだぜ」

「いちばん若い万由子がトップとはな……」

原田と氷室が言い終わらないうちに、ほとんど同時に燿子と夏子が、めくるめく絶頂へと昇りつめた。ブルブルと痙攣して、総身がおそろしいばかりに収縮した。

「い、イクッ」

「あ、あああッ、イキますッ」

燿子と夏子は血を吐くように口走った。

きつく収縮して突きあげるものをくい締める肛門が痙攣し、同時に媚肉がキリキリと張型をくい絞った。

万由子も燿子も夏子も、何度も絶息するように痙攣し、ガクガクと腰をはねあげた。

そのきつい収縮に耐え氷室と原田は燿子と万由子を責めつづけた。夏子の媚肉の張型と肛門のねじり棒も、リズミカルにあやつりつづける。

「……ああ、そんな……もう、ゆるして……」

「ああ……ゆるして……これ以上は……」

グッタリと余韻に沈むこともゆるされずに、燿子と万由子は泣き声を大きくした。

「やめて……いや……いやあッ……」

夏子もたてつづけに責められて、狼狽の悲鳴を張りあげた。

「なにがゆるしてだ。俺たちはまだ出してねえんだぜ。これからじゃねえか。もっと何度でも気をやるんだ」

「いちばん先にまいったのが負けってのに、ギブアップするってのか、フフフ。第三ラウンドで負けたいのは誰だ」

氷室と原田は意地悪く言って、あざ笑った。

燿子と万由子と夏子は、もう哀願の声もない。キリキリと唇をかみしばって泣くばかりだ。

その泣き声も、すぐにまた身も心も官能の渦に巻きこまれた昂ったすすり泣きへと変わった。

「ああ……変になっちゃう……」

「あ、あああ……」

燿子と万由子は絶頂の余韻が引く間もなく、再び追いあげられる。

汗でびっしょりの肉がブルブルとふるえてうねり、燿子と万由子の口の端から涎が溢れた。

「また気分が出てきたな。クイクイ締めつけやがって、フフフ」

「いくらでも変になっていいんだぜ」

リズミカルに燿子と万由子を突きあげつつ、氷室と原田はあざ笑った。

打てば響く太鼓のようにビンビン反応する女体がたまらない。とくに夏子の反応が激しかった。

「あ、あああッ……あぁッ、狂っちゃうッ……ひッ、ひッ……」

張型とねじり棒にあやつられるままに、白い肉と化して悶え狂う。もうまともに口もきけず、息すらできない。

「ああッ、ひッ、ひぃッ……あああッ」

今にもまた、夏子は気がいかんばかりだ。

「激しいな、奥さん。そんなにいいのか」

「生身よりもねじり棒や張型のほうが相性がいいのかな。なんたって道具は疲れ知らずだからよ、フフフ」

原田と氷室はからかってあざ笑ったが、もう夏子には聞こえていない。

張型とねじり棒が柔肉をこねまわし、粘膜をへだててこすれ合う。さらに氷室は張型のバイブレーターのスイッチを入れた。

「ああッ、ひいッ……」

汗まみれの夏子の双臀が、はねあがるように躍った。

バイブレーターの淫らな振動とうねりとにおそわれて、すでに火にくるまれた夏子の身体はひとたまりもない。

「ひッ……ああ、ひぃーッ……」

電気が流されたみたいに、夏子の裸身が激しく痙攣し、キリキリ収縮した。

「ああッ、イク、イクッ」

ガクガクとさらに激しく腰を痙攣させせて、夏子はのどを絞り、キリキリ白い歯をかみしばった。

「もう気をやったのか、奥さん。さすがに人妻、一度崩れるとあとは底なしってわけか」

「フフフ、その調子でどんどん気をやりな。道具はいくらでも相手してくれるぜ」

原田と氷室は夏子の激しさに舌を巻きつつも、張型とねじり棒をあやつるのをやめない。

「ああッ、あむッ……ひッ、ひぃッ……死ぬ、死ぬッ……」

夏子は悶え狂った。張型とねじり棒にあやつられ、やがて我れを忘れて腰をうねらせる。

「あ、あ、またッ……ああッ、ひいい……」

夏子は一度昇りつめた絶頂感が持続するようだ。

「フフフ、夏子はまた気をやったぜ。ほれ、万由子も負けずにイクんだ」

「こっちは生身をぶちこんでやってんだからよ。人妻に負けるんじゃねえよ、燿子」

原田と氷室は夏子を責めつつ、万由子と燿子をいちだんと追いあげにかかった。激しく腰を白い双臀に打ちこむ。

「あ……ひッ、ひいッ……」

「ああッ……ああ、あんッ……」

燿子と万由子はいちだんと泣き声を露わにして、絶頂へ追いあげられていく。

「ひッ……ああ、イクッ……」

燿子がのどを絞れば、万由子も負けじと叫ぶ。

「ああ、もうッ……万由子、イッちゃうッ、イクッ……」

ほとんど同時に燿子と万由子は汗まみれの裸身をキリキリと収縮させた。激しい痙攣と収縮が、氷室と原田の肉棒をおそった。

それでも氷室と原田は精を放とうとはしなかった。きつく締めつけてくるのに耐えつつ、ゆっくりと突きあげる。

「いい締まりだ。だがそう簡単には出さねえからな、燿子」

「こっちが出すのが先か、そっちがのびちまうのが先か、フフフ」

氷室と原田は余裕たっぷりだ。三十分や一時間はつづける自信がある。

「奥さんも張型とねじり棒の精を絞るつもりでがんばることだぜ」

「道具相手でも五時間もがんばりゃ、なんとかなるかもしれねえぜ」

氷室と原田がゲラゲラと笑った。

だが、もう夏子も燿子も万由子もひいひい泣くばかりで、二人の言葉は聞こえていないようだ。

「どうした、奥さん」

「フフフ、燿子も万由子も、口がきけねえのか」

原田と氷室がからかううちにも、万由子がひいッと絶息せんばかりの悲鳴をあげ、つづいて燿子と夏子が悲鳴をあげて、ブルルッと双臀を激しく痙攣させた。

また気をやったのだ。三つの白い肉のきつい収縮から、原田と氷室にわかった。

「ますます気分が出てきたようじゃねえか」

「何人でも客をとれそうだな、フフフ。たてつづけに客をとるつもりで、もっと気をやるんだぜ」

氷室と原田はしつこく三人をからかいつづけて、せせら笑った。

いつしか燿子と万由子と夏子は、のどを絞る声も途切れて、絶えだえの息づかいのなかに低くうめくばかりになった。

もう何度絶頂を極めさせられたのか。自分の身体がどうなっているのかもわからない。四つん這いで高くもたげさせられた双臀がしとどの汗でブルブルと痙攣しつづけ、今にも崩れ落ちそうだ。

「フフフ、しっかりしねえか。のびちまったら負けだからな」

「どれ、少し気分を変えてやるか。奥さんは人妻なんだから、そのままだぜ」

そう言うと、氷室と原田は入れ代わった。

氷室は万由子に、原田は燿子にと乗る馬を替える。

「あ……そんな……もう……」

「あ、あ……ああ……」

燿子と万由子は声をかすれさせてうめいた。

あらがう気力もなく、燿子がなにか言おうとしたことも、うめきに呑みこまれた。

それでも押し入ってくるものが変わったことで、燿子と万由子は再び追いあげられていく。

夏子のほうは追いあげられるまでもなく、張型とねじり棒とに休みなく責められつづけて、

「あ……う、うむ……」

悶絶せんばかりの声をあげて、ガクガクと腰を揉み絞った。

そのあとを追うように、燿子がひいッと絶息の悲鳴をあげた。そしてブルルッと痙攣を走らせ、ガクッと身体から力が抜けた。

原田が後ろから覗きこんだ燿子の顔は、白眼を剥いていた。

「フフフ、勝負ついたか。いちばん先にのびたのが、燿子だとはな」

「万由子ものびちまったぜ。どうやら第三ラウンドは、奥さんのひとり勝ちってわけ

だぜ」

原田と氷室が腰をつかんだ手を離すと、燿子と万由子の裸身がズルズルと床に崩れた。

引き抜かれた肉棒はヌラヌラと光り、まだ天を突かんばかりだ。

「勝負もついたし、こいつは奥さんのなかですっきりさせるか、フフフ」

「それじゃ生身のサンドイッチといこうぜ」

氷室と原田はニヤニヤと笑って、夏子の裸身にまとわりついた。

4

翌日、原田と氷室が眼をさましたのは昼近かった。明け方近くまで夏子をサンドイッチにして、たっぷりと楽しんだ二人だ。

どうせ売りとばしてしまう女だ、原田も氷室も容赦がなかった。夏子が気を失っても、気つけ薬で起こし、前から後ろから責めたてた。夏子の身体は氷室と原田の間でギシギシときしみ、揉みつぶされる。

「……いっそ、殺してッ……」

何度、夏子はそう叫んだろう。

それから六、七時間はたったのに、夏子はまだ身体になにか入っているような重いだるさと、肛門の拡張感があった。

腰がフラつき、膝がガクガクとして、とてもひとりでは立っていられない。

「しっかりしねえか、奥さん。売られたらもっときついんだぜ。一日に何十人も客をとらされるんだからよ」

「……い、いやッ……売られるなんて……ああ、かんにんして……」

「いやなら次のラウンドもがんばることだ。次で負けりゃ奥さんに決まり、勝てば燿子や万由子と五分ってことだ」

原田と氷室はそんなことを言いながら、夏子を風呂に入れた。

燿子と万由子も風呂に入れ、身体の汚れを洗い流す。

「今日で誰を売りとばすか決まるぜ。燿子か万由子か、今のところは奥さんが有力だな」

「フフフ、誰にしろ、シンジケートのものになりゃ、死ぬまで毎日が地獄だ。うらむんなら、いい身体をしてることをうらむんだな」

原田と氷室はあざ笑った。

燿子と万由子と夏子は、なにか言う気力もなくおびえて、シクシクと肩をふるわせて泣くばかりだ。

風呂からあがると、食欲などあるはずのない女たちを、食べなければ次のラウンドでハンディをつけるとおどして、無理やり食べさせた。

「フフフ、たっぷり食って精もつけたことだし、第四ラウンドといくか」

「まずは牝たちの身体をほぐさなくちゃな。発情させるか」

原田と氷室はニヤニヤと笑って舌なめずりをすると、女たちを天井の鎖から立ち姿に吊った。両手をひとまとめにして頭上に引きのばし、爪先立ちにする。

万由子、燿子、夏子の順だ。若くピチピチとはじけるような万由子の肢体、くっきりと際立ったビーナスのような燿子のプロポーション、そして身体のラインがけぶるようなムチムチとした夏子の肉体、何度見ても眼移りするほどの三つの女体だ。

思わずゾクゾクと胴ぶるいがくるような見事な光景だ。

原田と氷室は端から順に白い肉をまさぐりはじめた。原田が両手で乳房をわしづかみにしてタプタプ揉みこめば、氷室は双臀を撫でまわして股間をまさぐる。

「あ、ああ……」

泣きださんばかりの声で、万由子は弱々しく頭を振った。

「さすがに若い女子大生はプリンプリンしてやがる、フフフ。ほれ、万由子、気分出して発情しねえか」

「オマ×コを濡らすんだ。ほれ、ほれ……」

「……ゆるして……ああ……」

原田が乳首をつまんでしごけば、氷室は媚肉をまさぐり、女芯を剝きあげる。

「ああッ、ゆるして……あ、ああッ……」

「きのうはあんなによがって何度も気をやったじゃねえか」

「ああ……ひッ、ひぃッ……」

女芯を指でこすられて、万由子は悲鳴をあげた。

なす術もなく女の官能をさぐり当てられて崩されていく。はやくも身体の芯がしびれ、熱くうずきだした。乳首が硬くとがり、女芯もツンと充血して、媚肉の奥が熱くたぎりだすのを万由子はどうしようもなかった。

「フフフ、もう感じだしやがった。責めるたびに敏感になるようだな」

「発情させるだけにしとけよ、氷室。今楽しませちゃおもしろくねえからな」

「わかってるって。燿子と夏子もひかえてることだしな」

氷室は催淫クリームを指先にすくい取ると、万由子の媚肉にたっぷりと塗りこんだ。

そして氷室と原田は次の燿子へと移った。今度は氷室が乳房で、原田が下だ。

「やっぱりプロポーションでは燿子がいちばんだな。このところ若さに色気もついて、いちだんといい身体になってきたぜ」

「フフフ、それでいて敏感で味もいいときてるから、たまらねえわな」

氷室と原田は舌なめずりをしながら、燿子の肌をまさぐった。

「ああ……いや……」

燿子は黒髪を振りたくって、いじられる裸身を揉んだ。

どんなにいやと思っても、男たちに責められて幾度となく狂わされた記憶が、燿子を崩していく。男たちの指に身体が勝手に反応してしまうのだ。

肉のうずきが熱いたぎりとなって、ジクジクと溢れだした。それを指先に感じた原田は、燿子にもたっぷりと催淫クリームを塗った。

次の夏子だ。

「か、かんにんして……これ以上は、ゆるしてください……」

夏子はすすり泣く。

明け方までの責めの名残りに、夏子はまだ腰がフラついている。こんな身体でさらに責められたらどうなってしまうのか。

夏子の哀願をせせら笑って、原田は乳房をいじりまわし、氷室は媚肉をまさぐりはじめた。

「やめて……そんなにされたら……」

「熟した人妻のくせして、弱音を吐くんじゃねえよ、奥さん。もうあとがねえのに、そんなことでいいのか」

「ああ……」

「奥さんは発情することだけ考えてりゃいいんだよ、フフフ」

氷室と原田は意地悪く夏子の顔を覗きこんだ。

夏子の肉はピチピチとはじけるような万由子に較べて、しっとりと指先に吸いつくような柔媚さだ。そしてムンムンと女の色香が匂う。

氷室は夏子に最初から催淫クリームを塗りこんだ。

「あ、あ……ああ……」

下腹全体が火になった。夏子は我れを忘れて腰を振りたてる。両脚をぴったりと閉じ合わせる余裕もない。

乳首がうずきつつとがり、媚肉は肉芽を充血させてヒクヒクとうごめかせ、ジクジクと蜜を溢れさせはじめた。

「もう効いたのか。やけにはやいな」

「それだけ敏感ということだぜ」

原田と氷室がそう言う間にも、燿子と万由子の身悶えが露わになった。

もう太腿を固く閉じ合わせていることもできない。燿子と万由子の両脚はガクガクと力を失って、股間をベトベトに濡らしていた。

「あ……」

「ああ……」

燿子も万由子もキリキリと唇をかみしばって声をこらえようとするが、催淫クリームの効きめに思わず口がゆるんだ。

「フフフ、どうだ。こいつが欲しいか」

原田は長大な張型を二本取りだして、女たちに見せた。

コーラの瓶ほどもある長大な張型で、しかも二本の張型は根元のところを一メートルほどの糸でつなげられていた。

「いや……」

「ああ……ゆるして……」

夏子と万由子は思わず声をあげて、おそろしいものでも見たようにハッと眼をそらした。

燿子は眼をそらしはしたものの、観念したようになにも言わなかった。

「第四ラウンドはこいつを使って、オマ×コでの綱引きだ」

「まずは燿子と奥さんからだ」

原田と氷室はニヤニヤと笑うと、夏子と燿子の両手を吊った縄をほどいた。

そして互いに一メートルほどの間隔をとって双臀を向かい合わせる格好で、床の上に四つん這いにした。

張型を一本ずつ手にして、原田は夏子の後ろに、氷室は燿子の後ろに陣取った。

「さあ、もっと膝をひろげな」

「ああ、かんにんして……い、いや……」

夏子は声をふるわせたが、燿子はさらに両膝を開くと、キリキリと唇をかんで両眼を閉じた。

後ろから覗くと、剝きだしの夏子と燿子の媚肉は、催淫クリームの効果も露わにしとどに濡れて、柔肉を熱くとろけさせていた。これから押し入ってくるものを待ちかねたように、ヒクヒクとうごめく。

それでも夏子の口からは、思わず哀願の言葉が出てしまう。

「も、もう、かんにんして……」

「若い燿子がおとなしく受け入れようとしているのに、奥さんがいやがってどうする」

原田はあざ笑い、張型の先端を夏子の媚肉の割れ目に分け入らせた。

氷室も張型で燿子の媚肉をジワジワと串刺しにしはじめた。

「ああッ、いや……いやあッ」

「あ、あ……あ、むむ……」

夏子と燿子はほとんど同時に声をあげて、ブルブルと双臀をふるわせた。

「ああ、そんな……大きすぎるッ……」

それまでなにも言わなかった燿子が、狼狽の声をあげた。

媚肉はいっぱいに押しひろげられて、今にも張り裂けんばかりだ。

「フフフ、大きすぎると思うなら、自分でもっとオマ×コをとろけさせりゃいいんだ、燿子。これだけいい身体してりゃ、入るはずだぜ」

「ああッ……あ、きついッ……」

燿子が泣きだすのもかまわず、氷室はゆっくりと、確実にすすめた。

いっぱいにのびきった媚肉の粘膜が、痙攣するような動きを見せてジワジワと張型の頭を呑みこんでいく。

「う、うむむ……」

燿子は四つん這いの裸身を揉み絞った。

夏子のほうはもうすでに長大な張型を底まで受け入れた。ズンと子宮口を突きあげられて、ひいッとのけぞった。

身体の芯がひきつるように収縮をくりかえし、夏子の肉がひとりでに快感をむさぼろうとうごめいた。

「ああ……たまらない……」

クイクイ張型をくい締めつつ、夏子はうめきあえいだ。

「さすがに人妻、こんな太いのも思ったよりもスムーズに入ったぜ、フフフ」

「こっちはもう少しだ。燿子には少々きついようだが、なんとか入りそうだぜ」

氷室はさらに張型を押し入れていく。押しては引き、引いては押すことをくりかえした。

「うむ……ううむ……」

燿子はもう満足に口もきけない。生汗をドッと噴いて、キリキリと唇をかみしばった美貌を、右に左にと振った。

そのくせ、いっぱいに拡張された柔肉はしとどの蜜にまみれ、さらにジクジクと新たな蜜を溢れさせた。

ようやく張型は底まで沈んだ。ひいッと白眼を剝いたのは、張型の先端が燿子の子宮口を突きあげたのだろう。

互いに向き合う白い双臀は、汗にヌラヌラと光ってブルブルふるえ、張型と張型とをつなぐ糸は、もうピンと一直線だ。

5

原田は夏子を、氷室は燿子を見おろし、二人はニヤニヤと笑った。その手には、それぞれ鞭が。

「フフフ、牝の綱引きだぜ」

「オマ×コを思いっきりくい締めて引くんだぜ。ほれ、前へ這わねえか」

氷室と原田は鞭を振りあげると、燿子と夏子の双臀をピシッと打った。

「ああッ……」

「ひいッ」

四つん這いの夏子と燿子の裸身がビクッと硬直し、前へ這おうとした。

互いの張型をつないだ糸がさらにピンと張りつめて、ズルズルと張型が引きだされそうになった。それがまた夏子と燿子に悲鳴をあげさせ、引きだされまいと張型をキリキリとくい締めた。

「こ、こんな……あぁッ……」

「う、ううむ……いや……」

少しでも力を抜けば、夏子も燿子も張型を引きだされてしまいそうで、もう動くこともできない。

「どうした。もっと前へ這うんだ。思いっきり引っぱり合うんだよ、奥さん」

原田が鞭を夏子の双臀に向けて鋭く振りおろした。

ピシッ……。

「ひいッ……」

夏子は顔をのけぞらせた。

最初よりずっと強烈な衝撃だ。夏子の身体は強張ったまま、さらに前へズリあがるように這おうとした。

ピンと張りつめた糸に引かれ、燿子の媚肉の張型がズルズルと引き抜かれる気配を見せて、燿子のなかで動いた。

「あ、駄目ッ……ううむ……」

燿子は引き抜かれまいと、キリキリと唇をかんで下半身の力を絞った。

「フフフ、燿子もくい締めてるだけでなく、反撃するんだよ」

氷室の鞭が燿子の双臀にはじけた。

ピシッ……。

夏子の双臀にもまた鞭が。

「もっとどんどん引かねえか、奥さん。燿子から一気に引き抜いてしまうんだ」

「ああ、そんな……」

夏子は黒髪をバサバサとゆらした。

前へ這おうとすれば、燿子の張型をグルグルと引きだすだけではすまず、自分の張型もズルッと引きだすことになる。

「ああッ……ひッ、ひいッ……」

鞭が双臀にはじける音とともに燿子の悲鳴があがって、燿子もジリジリと糸を引いてきた。

ピシッ……。

「ひいッ、ひッ……」

　鞭と悲鳴とが夏子と燿子から交互に響いて、汗にヌラヌラと光る四つん這いの女体が、妖しくゆれた。

「だいぶ張型が抜けたぞ、奥さん。もっとしっかりくい締めねえか。それとも、まだ鞭が足らねえのかな」

　原田が夏子をからかって鞭をふるえば、

「どうした、燿子。ズルズル抜けてるぞ。子供を生んだ人妻に負けるんじゃねえ」

　氷室は声を荒らげて、ピシッ、ピシッとたてつづけに燿子の双臀を打った。

もう夏子も燿子も汗びっしょりだ。鞭が双臀にはじけるたびに玉の汗があたりに飛び散った。

ピンと張った糸が引っぱり合いっこになる。それにつれて夏子も燿子もズルズルと張型が抜けでた。離すまいと柔肉が張型にからみつき、ジクジクと蜜を溢れさせるのが、原田と氷室にもわかった。

「燿子のほうが負けてるぜ。締まりじゃ燿子だと思ったがな」

「人妻の経験のほうが強いってことかな。もっとも奥さんはあとがねえんで必死だけどよ」

氷室と原田はニヤニヤと交互に覗きこんだ。

少しでも糸を引く力がとまると、氷室と原田は容赦なく二人の双臀を打った。

「あ、駄目ッ……ああッ、いや、いやッ」

それまでは歯をかみしばってうめき、鞭に悲鳴をあげるだけだった燿子が、にわかに声をひきつらせた。

ズルズルと抜けでる張型をくいとめることができなくなった。鞭打たれると一瞬とまるが、すぐにまた抜けだす。

それは夏子も同じだが、燿子のほうが抜けでていく動きがはやかった。

「ああ……いやあ、ああッ……」

「なにがいやだ、フフフ。一気に勝負つけてやりな、奥さん」

原田はピシッと夏子の双臀を鞭打った。氷室も燿子を鞭打つ。まるでゴール寸前の競走馬にラストスパートをかけるようだ。

「ああッ……ああッ、いやあッ」

燿子の双臀がブルルッとふるえ、ひときわ高い悲鳴をあげ、燿子の媚肉からヌルリと張型が抜けでて、床に落ちた。わあッと燿子は床に泣き崩れた。みじめさとくやしさ、そして女体売買のシンジケートに送られる恐怖――。

「これで奥さんと燿子は二敗ずつのタイ。売られるのは誰か、ますますわからないな」

「その分、こっちは楽しめるってもんだ、フフフ」

原田と氷室はニヤニヤと笑って燿子を抱き起こすと、再び天井から爪先立ちに吊った。

代わって万由子を床の上に四つん這いにすると、燿子から抜け落ちた張型を万由子に埋めこみにかかった。

「あ……ゆるして……」

万由子はすすり泣くような声をあげた。

だが、もうあらがう気配はなかった。催淫クリームにさいなまれている万由子の身体は、しとどに濡れて、充血した柔肉をあえがせた。

張型の頭が媚肉に分け入りはじめると、万由子は顔をのけぞらせて白い歯を剝いた。

「あ……ああッ……」

沈んでくるものの太さに、万由子の腰が硬直した。ブルッ、ブルルッとふるえがとまらなくなった。

「そ、そんな……ゆるして……あ、ああ、きついわ……」

「それにしては楽に入っていくぜ、万由子。オマ×コの襞がからみついてきやがる」

「ああ、いや……う、うむ……」

よじれる腰が、まるで挿入をうながすように見えた。

「あ、あうう……うん、ゆるして……」

「そんな声出して、ゆるしてもねえもんだ、万由子。ほれ、深く入っていくのがわかるだろうが」

「ああ……ああッ……」

催淫クリームを塗られ、夏子と燿子の綱引きの間、放っておかれたせいか、万由子は今にも気がいきそうだ。

「フフフ、気分出すのはいいが、綱引きってことは忘れんなよ、万由子」

「もうこんなに張型をくい締めてやがる。こりゃ奥さんにとって強敵かもな」

原田と氷室はゲラゲラ笑った。

できるだけ深く張型を埋めこんでから、氷室は夏子のほうへ行った。

「万由子の準備はできたが、奥さんのほうはこれでいいのか」

ニヤニヤと夏子を覗きこんだ。

夏子はハアハアとあえぎつつ、弱々しくかぶりを振った。燿子との綱引きで、張型はなかば抜けでて、あやうくひっかかっている感じだ。

こんな状態で万由子と引き合えば、一瞬にして勝負は決まるだろう。

「若い万由子を相手に、これくらいのハンディがあってもいいんじゃねえのか、奥さん」

「いや……おねがい……」

夏子はすがるように氷室を見た。

「なんだ、奥さん」

「なんでもねえなら、このますぐに綱引きをはじめるぜ、奥さん」

「待ってッ……ああ、い、入れて……奥まで入れてください……ああ……」

シンジケートに売りとばされる恐怖が、夏子を叫ばせた。

氷室はわざとらしく、

「奥まで入れてか、可愛いことを言いやがる。よしよし、思いっきり深く入れてやるからな」

氷室は張型に手をのばすと、ゆるゆると夏子の媚肉の入り口のあたりをこねまわした。

「あ、ああッ」

いっせいに肉襞がざわめいて、張型にからみつく。ジクジクと蜜も溢れた。

「わざわざ俺が入れてやらなくても、人妻なら自分で奥まで吸いこめるんじゃねえのか、奥さん、フフフ」

「そ、そんなこと……ああ……」

夏子は唇をかみしめてかぶりを振った。

氷室は張型でさんざん夏子をからかってから、グググッと一気に底まではめこんだ。

「……」

「ひぃーッ」

夏子は顔をのけぞらせ、四つん這いの裸身をふるわせた。

夏子と万由子の間で、それまでたるんでいた糸がピンと張りきった。

「フフフ、はじめな」

原田が万由子の双臀をピシッと鞭打った。

「ひいッ……」

万由子の裸身が硬直して、ブルルッとふるえた。

負けじと氷室も夏子の双臀を打つ。

ピシッ……ピシッ……。

「ひいい……ああ、ひいッ……」

夏子と万由子の悲鳴が交錯し、ピンと張った糸が両端から引っぱられた。

ズルズルと、夏子も万由子も張型が引きだされはじめたが、今度は夏子のほうが万由子よりも引きだされていく。

「あ、ああ……そんなッ……ああ、いや、いやあ……」

夏子が狼狽の声をあげた。

「どうした、奥さん。せっかくタイにもどしたのに、またあとがなくなるぜ、フフフ」

「人妻のくせして、女子大生に負けるのか、しっかりしろよ」

夏子はキリキリと唇をかみしばった。いくら下半身に力を入れても、張型はズルズルと抜けでてしまう。

鞭を双臀に振りおろされた瞬間しか、とめることができない。

「ああ……こんな、こんなことって……」

夏子は黒髪を振りたくった。

万由子の張型もずいぶんと抜けでているが、双臀を向け合っているので夏子には見えない。

自分だけが一方的に引き抜かれている気がした。

また鞭でピシッと打たれた次の瞬間、夏子がよろめいたと思ったら、張型はヌルリと夏子から抜けでた。

「あ……い、いやあッ……」

夏子は泣き声をあげて、黒髪を振りたくった。燿子が負けた時と同じように、床に泣き崩れた。

勝った万由子もブルブルと裸身をふるわせたが、緊張の糸が切れたように泣きだした。

「シャンとしろ。これですべて終わったわけじゃねえぞ、フフフ」

「次は第五ラウンドだ。誰を売るかの決着は次で決まりか」

氷室と原田は鞭を振りあげると、床に泣き崩れる夏子と万由子の双臀を、ピシッ、ピシッと打った。

燿子と万由子と夏子の三人ともシンジケートに売ることは、もう決まっている。

そうとも知らずに、売られるのは一人と思わされて必死に肉を競う女たち……。氷室と原田は笑いがとまらなかった。

そう思いながらも、今夜にも女たちはシンジケートの手に渡るのだと思うと、もったいない気もした。短期間にこれほどの美女を三人集められるなど、めったにあることではない。

それだけに原田と氷室は、どうしても三人そろっての肉の競争をさせることに力が入ってしまう。

「ほれ、次は三人並んで台の上にあおむけになりな」

「第五ラウンドは浣腸だ、フフフ」

燿子と万由子と夏子をそれぞれ縄で後ろ手に縛りながら、原田と氷室はゲラゲラと笑った。

6

大きな台の上に、後ろ手に縛られた燿子と万由子と夏子があおむけに横たわっていた。今にも互いに肌が触れ合うような近さで並んでいて、それぞれ両脚はまっすぐ上へVの字に開いて、足首を天井から縄で吊られていた。

腰の下にはクッションを押しこまれて、開ききった股間をいっそう露わにした。

「フフフ、こりゃいいながめだぜ」

原田は舌なめずりをし、思わず眼が細くなった。

三人とも綱引きのあとも生々しく、しとどに濡れた媚肉を赤くひろげて、ヒクヒクと肉襞をうごめかせる。張型での綱引きだけでは、催淫クリームの効きめがおさまるはずもなく、じらされつづけているのと同じだ。

女三人は、ハアハアとあえいで右に左にと顔を伏せている。その顔は、明らかに発情した牝のそれだ。

「とろけきって、太いのを咥えこみたくてしようがねえというところだが、第五ラウンドは尻の穴のほうだ」

原田はあざ笑った。

女たちの肛門は、どれも前から溢れでた蜜で、びっしょりだった。

それでいて燿子の肛門はヒクヒクとあえいで、万由子の肛門はわななくようにすぼまって、夏子の肛門は収縮と弛緩とをくりかえして、それぞれ個性があった。

「言うまでもねえが、いちばん先に漏らした者が負けだぜ」

浣腸の準備をする氷室がニンマリと笑った。

容量五百CCのガラス製の注射型浣腸器が二本、グリセリン原液の薬用瓶に便器が三つ、ティッシュやガーゼなどが並べられていく。五百CCのグリセリン原液が、二本の浣腸器に吸いあげられた。

キィーッとガラスが鳴って、女たちはブルルッと戦慄のふるえを見せたが、なにか言う者はいなかった。

「フフフ、それじゃはじめようぜ、原田」

氷室は浣腸器を一本原田に手渡し、自分も一本を手にして、夏子の双臀の前にニヤニヤと陣取った。

原田は燿子の双臀の前に立つ。

「ああ、そんなこと……」

「ああ……」

夏子と燿子とは声をふるわせた。

氷室と原田はほとんど同時に、浣腸器のノズルの先端を夏子と燿子の肛門に押し当てた。

ガラスのノズルで粘膜を縫うように、肛門を深く貫いた。

「あ、あッ……いや、ああッ……」

夏子は腰をはねあげのけぞったが、燿子は小さく声をあげて腰を硬直させただけだ。

ゆっくりとシリンダーが押され、ドクッ、ドクッと入ってくるグリセリン原液に、夏子と燿子はひいッとのどを絞った。

「あ、あ……」

耀子はガチガチと鳴りだした歯をかみしめ、声をかみ殺してブルブルとふるえながらも必死にこらえる。吊りあげられた両脚の爪先が、反りかえった。

それに較べて夏子は、ひいひいのどを絞って泣き悶えた。黒髪を振りたくり、乳房をゆさぶって、腰をよじりたてつつ、吊りあげられた両脚をうねらせる。

「いやあ……あ、ああッ、入れないでッ……やめて……」

「派手に騒ぎやがって。少しは年下の耀子を見習っちゃどうだ。あばれると、あとでつらくなるだけだぜ」

「ああッ……あむむ……こんなこと、いや、いやですッ……」

夏子はとてもじっとしていられない。浣腸などという方法で嬲りものにされるなど、いまだに信じられない。

原田と氷室は、そんな耀子と夏子の反応のちがいを楽しみながら、ゆっくりとシリンダーを押しつづけた。

五百CCといってもグリセリン原液である。ようやく注入しきった時には、夏子の悲鳴と嗚咽も途切れ、耀子ともどもあぶら汗にまみれて息も絶えだえだ。

「どっちが先にひりだすか、フフフ。せいぜい尻の穴を締めてろよ」

「先にひりだしたほうは、シンジケート行きになるかもな、フフフ」

原田と氷室は一滴残らず注入した空のガラス筒を引きながら、せせら笑った。

氷室はすぐに新たに五百CCのグリセリン原液を浣腸器に吸いあげると、今度は万由子に浣腸をしかけていく。

「フフフ、二人より遅く浣腸するのは、第四ラウンドの綱引きで勝ったハンディだぜ、万由子」

「ああ……か、浣腸だなんて……いや、本当にいや……」

「もうそろそろこいつにもなれていいころだぜ、万由子」

氷室はあざ笑って、グイグイとシリンダーを押しはじめた。

「あ、あむ……ううむ……」

万由子はキリキリと唇をかみしばり、右に左にと顔をゆらす。

ドクドクと流入する薬液を拒もうと肛門がノズルをくい締め、腰がブルブルとふるえた。

「ああ……」

シリンダーが押しきられてノズルが引き抜かれると、万由子は身体の硬直がガクッとゆるんだ。

「これで三人そろったな。誰が先にひりだすか、時間が責めてくれるってわけだ」

「じっくりと見物させてもらうぜ。三人のちがいを見るのも、おもしれえぜ」

原田と氷室は女たちの表情と股間を、一人ひとり見較べては舌なめずりした。

こうやって見較べると、美人といっても一人ひとりちがうように、媚肉と肛門のたたずまいも十人十色であることがよくわかる。万由子をユリの花にたとえれば、燿子は赤いバラ、夏子は時に毒々しいまでの南国の妖花というところか。

「あ、あ……」

「うむ……」

数分もしないうちに、夏子と燿子は歯をかみ鳴らしはじめた。便意がふくれあがって、荒々しくかけくだりだしたのだ。

吊りあげられた両脚が、ブルブルとふるえ、さっきまで真っ赤だったのにその美貌はしだいに血の気を失って、あぶら汗を噴きだした。

万由子は遅れて浣腸されただけに、まだそれほどではない。

原田は夏子の腰が片時もじっとしていられないようにふるえだすのを見てから、

「そうだ。奥さんにはハンディをつけなくちゃよ、フフフ」

さも思いだしたみたいに言って、浣腸器を取りあげた。

浣腸器にはすでにグリセリン原液が五百ＣＣ、補充されてあった。

「そんなッ……やめて、これ以上は……」

なにをされるのか知って、夏子は戦慄の声をあげた。

夏子の腹部はグルルと鳴って、今にも肛門が爆ぜんばかりだ。そんな状態にさらに薬液を注入されたら……。

「か、かんにんして……もう、もう、駄目、これ以上は……」

「駄目でも、もう一発入れてやるぜ。これは人妻としてのハンディだ、フフフ」

「ああッ……」

両脚を吊りあげられていては逃れる術もなく、必死に引き締めた肛門にノズルを無造作に突き立てられた。

シリンダーが押されて、さらに薬液が五百CC、ズーンと流入した。かけくだろうとする便意を押しとどめ、逆流させて次々と入ってくる。

「うむ、ううむ……」

夏子は必死に肛門を引き締めて、キリキリと歯をかみしばった。もう息さえまともにつけない。

腰をよじり、吊られた両脚を苦しげに波打たせた。

そんなことをすればいっそう耐えられなくなるのだが、夏子はどうにもならない。

「く、苦しい……ううむ、かんにんして」

夏子の哀願をあざ笑うシリンダーは底まで押しきられ、ノズルが引き抜かれた。

「どうだ、奥さん。五百ＣＣのハンディだぜ」

夏子は、まなじりをひきつらせて唇をかみしばり、おそいかかる便意に必死で立ち向かった。

「奥さん。五百ＣＣのハンディをつけられたくらいで、だらしねえぞ」

「ここで奥さんが漏らしたら、シンジケート行きは奥さんで決まりだな」

原田と氷室にからかわれても、キリキリと唇をかみしばる夏子は返事をする余裕もなかった。

程度の差こそあれ、便意の苦痛にさいなまれ、必死に耐えるのは燿子も万由子も同じだ。だが、三人の女たちはもう、互いの存在を気にする余裕すらない。

「十分だぜ。みんながんばるじゃねえかよ」

「あと何分もつか、フフフ」

「気をまぎらすために、オマ×コいじってやろうか」

氷室と原田が、開きった燿子と万由子の股間に手をのばす。

「いやあッ……」

「あ、いやッ、やめて……」

たちまち悲鳴が噴きあがる。

それでは奥さんはどうだ、と夏子に手をのばすとやはり悲鳴があがった。

「気どるなよ。オマ×コはいやとは言ってねえぜ。とろけきってるじゃねえか」

「本当はオマ×コいじって欲しかったんだろ。こんなふうによ」

原田は夏子に、氷室は燿子と万由子の二人にいたずらをはじめた。

しとどに濡れた媚肉を指先でまさぐり、肉芽を剝きあげていじりまわす。

「そんなッ……いやッ……」

「ああ、やめてッ……い、いやッ」

「ゆるしてッ……」

夏子と燿子と万由子はまた、声をあげて泣きだした。

浣腸されて猛烈な便意にさいなまれているのに、こんなあくどいいたぶりはたまらない。

媚肉をいじられたことで、便意はいっそうふくれあがる。

「あ、ああッ……もうッ……」

先に声をあげたのは、やはり夏子だ。ブルッ、ブルルッと身体のふるえも、燿子や

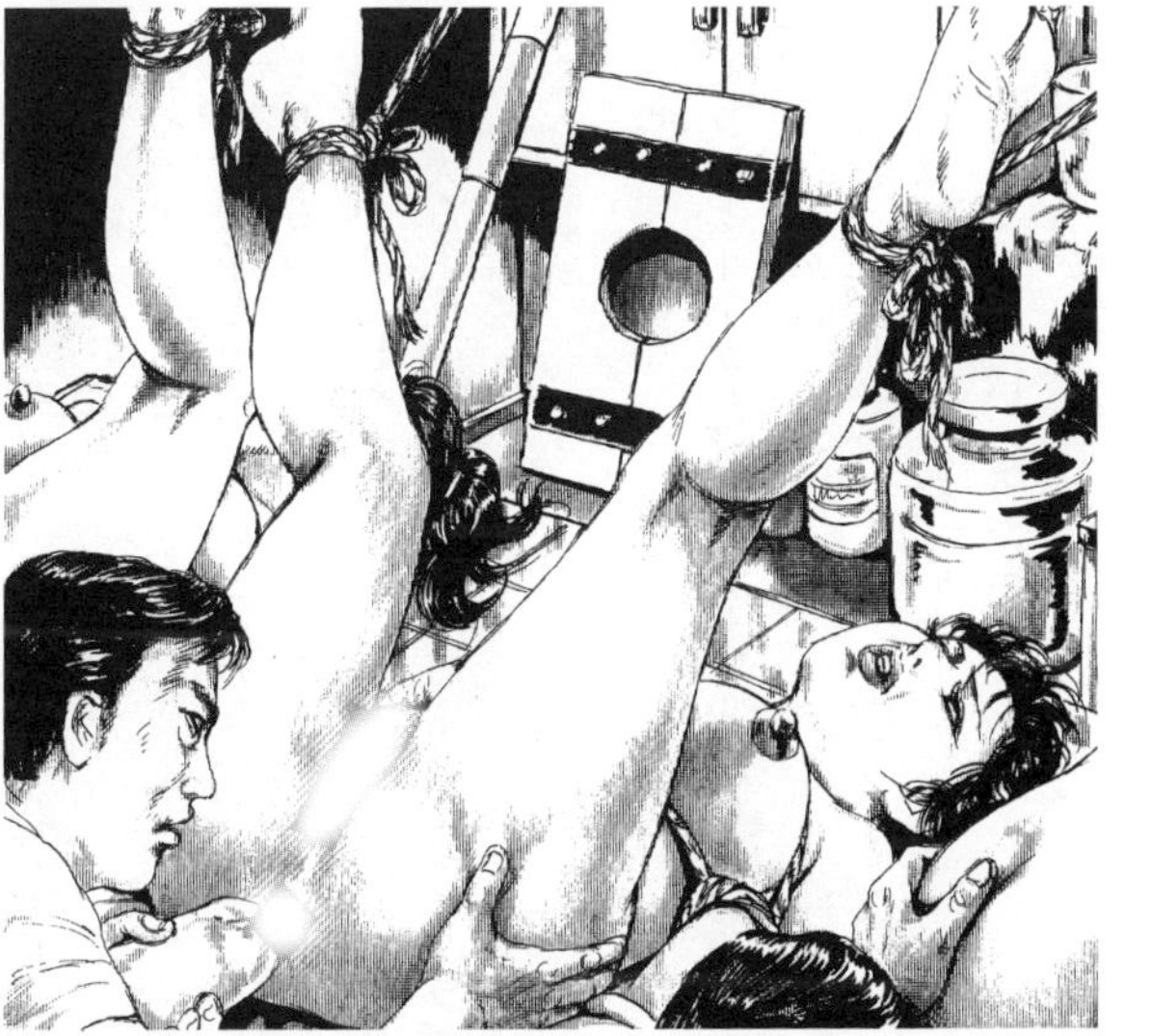

万由子より大きい。

「……も、もう、駄目……出ちゃう……」

夏子は泣き声をひきつらせた。

「ひりだしゃ奥さんの負けということになるぜ、フフフ」

もう夏子はあらゆる思考が停止して、猛烈な便意だけがすべてを呑みこんでいく。

「……も、もうッ……で、出ちゃうッ……」

夏子は肛門の痙攣を自覚し、泣き声がひきつった。肛門が内からふくれあがったと思うと、号泣とともに耐える限界を越えた便意が、ドッとほとばしった。

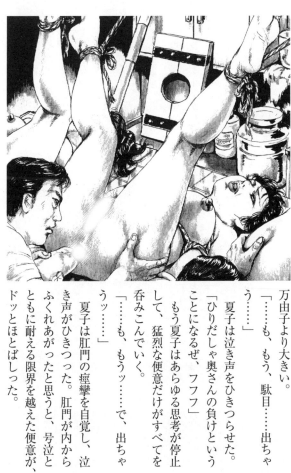

つられたように燿子が、つづいて万由子が崩壊した。

「ああ、あッ……駄目ッ、出るッ」

「いやあ……死にたいッ……」

号泣が燿子と万由子ののどをかきむしる。

「三人そろってだと、ものすげえな」

「派手にひりだしやがるぜ」

くい入るように覗きながら、原田と氷室はゲラゲラと笑った。

7

シンジケートから連絡が入り、出かけた原田がもどってきたのは、夜の八時近かった。

「どうだった、原田」

原田はニンマリとうなずいた。

「すぐにでも見たいそうだ」

原田は小さな声で言った。

氷室はいつでも女たちを連れだせる準備をしている。

燿子と万由子は汚れを洗い流された裸身を後ろ手に縛られ、黒髪にはブラシがかけられて、綺麗に化粧されている。

夏子はさらに両足首も縛られ、口にはさるぐつわがかまされていた。

「フフフ、泣きわめいてうるさいもんでよ」

氷室はそう言ったが、夏子に万が一でも舌をかまれては元も子もないと思ったからだ。

「ああ、死にたい……売られるなんて、いや、いやあッ……そんなことをされるくらいなら、死んだほうがましだわッ……」

夏子はさっきまでそう言って泣き叫んでいた。

「フフフ、船は予定通りに着いたそうだぜ。いよいよ奥さん、その時がきたな」

「これからは奥さんは男を楽しませるための肉として大事に扱われることになるってわけだ」

原田と氷室が意地悪く夏子に言うと、

「う、うむッ」

夏子の瞳が恐怖に凍りつき、縛られた裸身が本能的に逃げようともがく。

さるぐつわの下の悲鳴が、くぐもったうめき声となった。

「あきらめるんだな、奥さん。肉の競争で負けたんだからよ」

「シンジケートから、逃げられた女はひとりもいねえんだ、フフフ。途中で狂っちまったり、責め殺される女もいるらしいけどな」

原田と氷室はゲラゲラと笑った。

それから原田は夏子を抱きあげ、肩にかついだ。

氷室は燿子と万由子の後ろ手縛りの縄尻を取った。

「燿子と万由子もいっしょに来るんだ。フフフ、シンジケートに売られるってことがどんなことか、よく見とくといいぜ」

「これから先、言うことをきかねえ時は、いつでも売りとばせるようにするためにもな」

氷室と原田は燿子と万由子に向かって、平然と嘘をついた。

コートで一人ずつ裸身をくるんで隠し、地下室から連れだしてワゴン車に乗せた。

「騒ぐんじゃねえぞ。逃げようとしたら、夏子といっしょに売りとばすぞ」

原田は燿子と万由子に、低くドスのきいた声で言った。燿子と万由子はあらがう気力もなく、ワナワナと唇をふるわせるばかりだ。

氷室が運転して、ワゴン車は闇のなかを走りだした。

「うむ……ううむ……」

夏子は原田の腕のなかで恐怖に美しい瞳をひきつらせ、さるぐつわからうめき声をこぼして、もがく。

「おとなしくしねえか、奥さん。シンジケートに売られりゃ、いやでも悶え狂うことになるんだからよ」

原田はゲラゲラと笑った。

夏子は身体を揉むようにして、原田の手から逃れようとする。

(たすけてッ……ああ、誰か、たすけてッ)

さるぐつわの下で叫びつづけた。

「しようがねえな、フフフ。もっとも、それくらいいやがってくれたほうが、売りとばしがいがあるけどな」

原田は夏子の裸身をくるんだコートの合わせ目から手をもぐりこませ、裸の乳房と双臀をいじりはじめた。

乳房をタプタプと揉みこんで乳首をつまみ、もう一方の手で双臀を撫でまわす。

このムチムチと官能味あふれる夏子の肉とも、あと少しでお別れだ。原田は気持ちが昂ってきて、乳房をギュウッと絞りこんでガキガキと乳首をかんだ。

「うむむッ」

さるぐつわの下で悲鳴をあげて、夏子はのけぞった。

ワゴン車は郊外へ出ると、高速道路にあがってかなりのスピードで走る。

「フフフ、原田、今になって未練が出てきたんじゃねえのか。お前のほうが、女はいくらでもいるって格好つけてたのによ」

車を運転しながら、氷室がバックミラーで覗きこんで言った。

「なんたってこれだけの女だからな……だけどほれちゃ仕事にならねえぜ」

「わかってるって、フフフ。もったいねえが、しようがねえ」

原田と氷室は自分自身に言いきかせているようでもあった。

原田は、夏子だけでなく、燿子と万由子も強く抱きしめて唇を重ねたい欲望にかられたがグッとこらえる。

燿子と万由子はまだ売られることを知らないだけに、気どられてはまずい。

一時間も走っただろうか、高速道路をおりたワゴン車は港の倉庫街へ入った。

まったく人けのない道を街灯が照らしだし、不気味なまでの無人の街がつづいた。

しばらく行くと、トラックが道をふさいでいて、人相の悪い男たちが立ちはだかった。

シンジケートの検問である。

そんな検問を二カ所通って、ようやくめざす倉庫に着いた。倉庫のまわりにも銃を持った船員ふうの男たちが要所を固めている。

「お待ちしてましたよ、原田さん。そっちは氷室さんですね」

金ブチ眼鏡に口ひげを生やしたキザな男が出迎えた。

男は瀬島といい、シンジケートの日本における代理人だという。燿子と万由子の顔を見た瀬島の眼が、眼鏡の奥でギラッと光った。

「フフフ、さっそく品定めしてもらおうか、瀬島さん」

「少し待ってもらえますか。ちょうど競りがはじまってしまったので……よかったら競りを見物しませんか」

瀬島は原田と氷室に言った。

競りは倉庫のなかで行なわれるらしく、それで人相の悪い男たちが厳重に警備しているのだ。

「ひとつ見せてもらおうか」

原田と氷室はニンマリと笑った。

原田はコートでくるんだ夏子を肩にかつぎ、氷室はコートをはおった燿子と万由子の後ろ手縛りの縄尻を取り、瀬島のあとにつづいた。

なかは薄暗く、円型の舞台のようなところだけが照明に照らしだされ、それを囲んで三十人ほどの男たちが座っていた。

熱気と淫らな空気がたち昇る。スピーカーからアナウンスが流れると、静まりかえった。

「三人目のコリンヌはフランス女です。年齢は二十三、ごらんの通りの金髪美人です。身長は百七十……」

アナウンスとともにハイヒールをはいただけの全裸の女が現われた。

首に大型犬の首輪をされ、その鎖をがっしりとした黒人に持たれ、ゆっくりと舞台の上を引きたてられていく。

女はもう観念している。それでも立ちどまったり、手で乳房や股間を隠そうとすると、黒人の持つ鞭が容赦なく白い肌に飛んだ。

「四百万」

「四百五十万ッ」

「六百万だッ」

たちまちまわりの男たちから声が飛んで、値がつりあがっていく。

「さすがにシンジケート、すげえ美人を競りに出すぜ」

「かなり大がかりにやってるな。こんなのを見れるとは、ラッキーだぜ」

原田と氷室も声がうわずった。

「これでもアメリカや中東での競りに較べれば、ずっと小規模でしてね」

瀬島が小さな声で言って、ニヤッと笑った。

舞台よりも燿子と万由子と夏子のほうが気になるらしく、瀬島はチラチラと眼をやった。

燿子と万由子と夏子にとっては、信じられない光景だ。

女性が家畜のように競りにかけられる。

燿子と万由子は声を失って、唇をワナワナとふるわせるだけだ。

夏子は原田の腕のなかでグッタリしている。

これがシンジケートに売られるということなのか。自分もあのフランス女みたいに全裸で舞台へ引きだされ、いやらしい男たちに競られるのか。

「フフフ、奥さんがあんなふうに引きまわされて競られるのは、中東かな、フフフ、それとも南米かな」

「奥さんに競りでどのくらいの値がつくか、見てみたいもんだぜ」

原田と氷室は、今すぐに夏子を舞台に引きだして、競りにかけてみたい衝動さえした。

夏子をここまで堕としたことに、原田と氷室はほとんど恍惚となる。

競りが終わったらまた来ると瀬島がひっこんでしまうと、原田と氷室はいっそう大胆になって競りを夏子に見せた。

「見ろよ、奥さん。競りじゃあんなふうに股をおっぴろげて、オマ×コまで見せてやがるぜ、フフフ」

「おお、今度は尻を割ってアヌスを見せてやがる。あんな大勢相手じゃ、たまらねえと思うぜ」

もう夏子に見えているのかいないのか、さるぐつわをかまされた顔をグラグラゆすばかりだ。

フランス女性のコリンヌが、どこかの暴力団ふうの男に競り落とされると、次はアメリカ女性のフィアナが引きだされた。これもまた、まばゆいばかりの美女だ。

どうやら船で運んできた白人女性を日本で売って、代わって日本女性を乗せて出航する計画らしい。

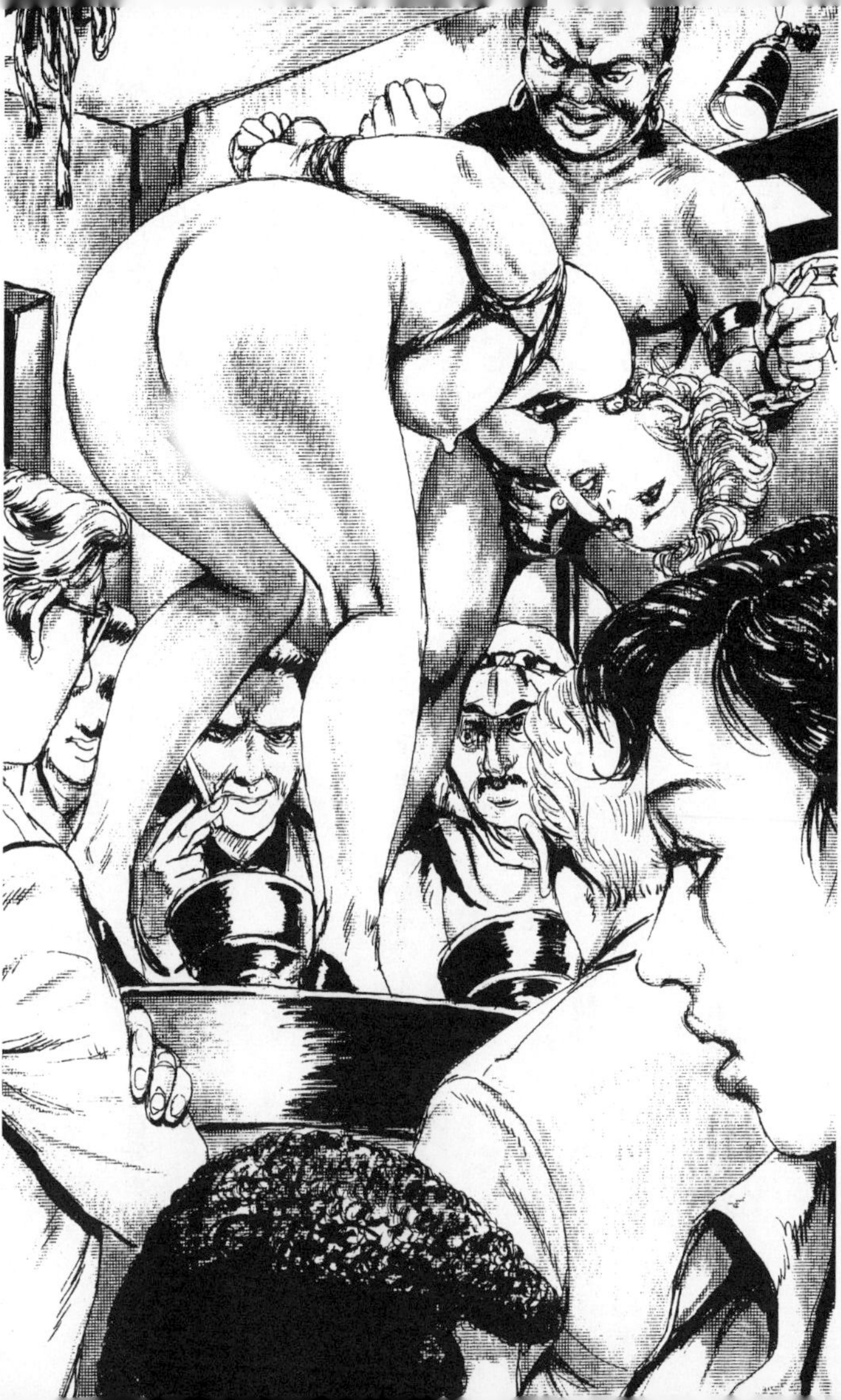

氷室は今度はニヤニヤと燿子と万由子の顔を覗きこんだ。

「どうした。肉の取引きを見せられて、声も出ねえのか、フフフ、まるで自分が売られるような顔してるじゃねえか」

「……あんなことって……あんな……」

燿子はかすれるような声で言って、あとがつづかない。

「…………」

万由子は激しいショックに、まだ声もない。

それどころか、まるで自分が売られるような錯覚に落ちるのか、肩をふるわせてシクシクと泣きだした。

「フフフ、夏子といっしょに売られたいか？」

燿子と万由子はヒッと身体を固くして、激しくかぶりを振った。

「俺たちの言うことをきかねえとすぐに売りとばすからな。肉の競争に勝ったからって、いい気になるんじゃねえぞ」

横から原田が冷たく言った。

「あとでシンジケートが夏子の品定めをする時には、燿子も万由子も自分から身体を見せて、サービスぐらいしろ」

「そ、そんな……」

「売られるわけじゃねえ。せめて身体ぐらい、シンジケートに見せてやれ」

原田と氷室の口調には、燿子と万由子に有無を言わせない響きがあった。

その間も競りはつづき、次々と競り落とされていく。

競り落とされるたびに、取りまく男たちはどよめき、舞台の女性からは哀しげな声があがった。

「ほれ、シャンとしねえかよ、奥さん。肉の品定めに取引き、そして出航と、奥さんにとってはこれからじゃねえか」

原田が夏子の肩をつかんでゆさぶった。

だが、夏子はキリキリと唇をかみしめ、固く閉じた両眼を開こうとしない。

(たすけて……こ、こわい……)

夏子はさるぐつわの下で叫びつづけた。

そして最後の一人が競り落とされると、すぐに瀬島がもどってきた。

「お待たせしました。ではさっそく商品を見せてもらいましょうか」

そう言って瀬島はニヤリと笑った。

その後ろには、がっしりとした黒人が二人つきそっている。

「うむ、ううむッ」

夏子の絶叫が、さるぐつわからくぐもったうめき声となって、噴きあがった。

第八章　終わりなき肛辱の肉地獄

1

氷室は、コートで裸身をおおった夏子を肩にかつぎ、原田は、コートをはおらせた燿子と万由子の縄尻を取って、瀬島のあとにつづいた。後ろを固めるように、プロレスラーみたいな黒人が二人、そのあとにつづいた。

「フフフ、いよいよ奥さんを販売する時がきたぜ。いくらの値がつくか楽しみだ」

氷室が夏子に向かって言えば、原田は燿子と万由子に、

「燿子と万由子はこれから取引きの前のショータイムだ。言うことをきかねえ時は、夏子といっしょに売りとばすからな」

氷室と原田はニヤニヤと笑った。

夏子はさるぐつわの下で泣きじゃくった。黒髪を振りたくり、氷室の肩で身を揉み、泣き悶える。

うなだれた燿子と万由子は引きたてられながら、ブルブルとふるえがとまらない。女体の競りを見せられて、生きた心地もないのだ。

「売りとばされて遠い外国で競られると思えば、ショーぐらい楽なもんだろうが」

「シンジケートの連中の眼を思いっきり楽しませるんだ」

氷室と原田は女二人にネチネチと言いきかせた。

燿子も万由子も、膝とハイヒールとがガクガクとして、今にもしゃがみこみそうだ。それを原田に抱き支えられ、グイッと引き起こされた。

どこへ連れていかれるのか。なにも教えない瀬島と二人の黒人が不気味だ。

夏子は氷室の肩で泣き、もがいている。

(売られるなんて、いやあッ……いっそ殺してッ……)

夏子の絶叫はさるぐつわのなかにくぐもった。

「いい加減にあきらめねえか、奥さん。人妻のくせしてだらしねえぞ」

氷室はせせら笑って、肩の上の夏子の双臀をコートの上からバシッ、バシッとはたいた。

「そんなに泣いちゃ、せっかくの化粧がだいなしじゃねえか。できるだけいい値がつくように、綺麗に化粧したってのによ」

「泣くのははやいぜ。売られりゃ、いやでも毎日泣くことになるんだからよ」

氷室と原田はゲラゲラと笑った。

夏子への未練もあったが、それ以上に氷室と原田は、シンジケートに売られた夏子がどうなるのかと思うだけで、ゾクゾクと胴ぶるいがきた。

異国の地で大勢のバイヤーの前を黒人に引きまわされて競りにかけられる夏子。競り落とすのは変態の大富豪か、実験材料の女体を求める研究所の医者か、それともSMクラブのオーナーか。

夏子だけでなく、燿子と万由子のことも考えて、氷室と原田はさらにだらしなく顔が崩れた。燿子と万由子は、自分たちも売られるなど夢にも思わない。

倉庫の裏口を出て少し行くと、岸壁にモーターボートが待っていた。

モーターボートは夜の海を、沖合に停泊中の貨物船へと向かう。貨物船は闇のなかに巨体をボウッと浮かびあがらせ、奴隷船みたいだ。

「うむ、ううむッ」

さるぐつわからくぐもった悲鳴をあげ、夏子は逃げようともがいた。

燿子と万由子も、今にもわあッと泣きださんばかりだ。

「フフフ、どうやらあの貨物船が女を運ぶらしいな。あれに積みこまれたら、もう二度と日本へ帰ってはこれねえぜ」

「どうだ、奥さん。船に積みこまれる気分は」

そう言って夏子をからかう氷室と原田の声も、さすがにうわずった。

モーターボートから貨物船に乗り移る。瀬島に案内された部屋は、デッキから何度か階段をおりて船底に近いらしく、窓ひとつなくて小さな応接間みたいだ。

「すぐにマネージャーも来ますんで、ここで少しお待ちを」

瀬島がニヤリと笑って、奥の部屋へ入った。そのドアの左右に大男の黒人が立つ。

無表情で両腕を組み、不気味だ。

「夏子の取引きの前に燿子と万由子のショータイムだ。シンジケートの幹部にじっくりと身体を見せて楽しませるんだぜ」

「言うことをきかねえ時は、売りとばしちまうからな。忘れるんじゃねえぞ」

氷室と原田はもう一度、燿子と万由子に念を押した。

「奥さんのほうはショータイムの間に化粧を直しとかなくちゃな、フフフ。シンジケートの幹部が涎れを垂らすように、みがきあげなくちゃよ」

氷室はせせら笑った。

2

しばらくすると、奥のドアが開いて瀬島がニヤニヤと顔をのぞかせた。

「お待たせしました。こちらへどうぞ」

ニンマリとうなずいた原田は、燿子と万由子の縄尻を取って引きたて、奥の部屋へ入った。黒人二人もあとにつづき、ドアを閉めた。

奥の部屋は、やはり窓がひとつもなく、正面に椅子とテーブルが並ぶ他はなにもなかった。

天井には何本も太いパイプが走り、そこから鎖や縄が垂れさがっていた。それが女体を拘束するためのものであることは明らかで、ここで女体の品定めをして、取引きするようだ。

そして正面のテーブルにはサングラスをかけた欧米人らしい男が煙草を咥えていた。その右側には香港か台湾か中国人らしい男が座り、左側には瀬島がいた。

「それじゃはじめましょうか、原田さん」

原田はうなずいた。女体の品定めと取引きのすすめ方については、すでに原田と瀬島の間で話し合われていた。

原田は燿子と万由子を前へ押しだすと、肩にはおらせたコートを剝いだ。コートの下は後ろ手縛りでハイヒールをはいただけの全裸である。

「あ……」

「ああ、いや……」

燿子と万由子は小さく悲鳴をあげ、剝きだされた裸身をビクッと強張らせた。

これまで原田と氷室に裸身を見られる時とは、まるでちがう。見知らぬ男たちの眼が光っていて、しかも外人である。後ろからは黒人の視線が突き刺さってくる。どれも女を肉としか見ない冷たい眼だ。

「ああ……」

「こ、こわい……」

燿子と万由子は思わず前かがみになり、片脚をくの字に折って裸身を隠そうとしたが、その双臀に縄尻の鞭が飛んだ。

「しっかり身体を見てもらわねえか」

ピシッ、ピシッと鞭音とともに、原田のドスのきいた声が船室に響いた。

ひいッ……あわてて燿子と万由子の裸身がまっすぐ起きた。

「こっちが夏木燿子、こっちが深町万由子……フフフ、どうです、二人ともいい身体してるでしょうが」

原田は自慢げに言った。

燿子と万由子の年齢や身体のサイズなどのデータは、すでに書類で瀬島に渡してあり、細かい説明は不要だった。

燿子も万由子もプリプリと形よい乳房を妖しく汗にぬめ光らせ、細くくびれた腰となめらかな腹部、そしてムチムチとした太腿は若さにはち切れそうだ。太腿の付け根には茂みが柔らかくもつれ合い、艶っぽい光をたたえている。

それでも二人を較べてみると、くっきりとしたラインでは万由子だが、肉づきという点では燿子に成熟味があった。いずれにしても甲乙つけがたい。

男たちの冷たい眼が舐めるように燿子と万由子の裸身を、上から下へと這いまわった。

燿子はキリキリと唇をかみしめて、必死に平静を装っているが、万由子は若いだけあって今にもベソをかかんばかりだ。

「ああ……ゆるして……」

万由子はすがるように原田を見て、思わず哀願の言葉が出た。

「なにがゆるしてだ。後ろを向いて尻を見てもらわねえか」

原田の縄尻の鞭が、また万由子の双臀に飛んだ。

ピシッ……ピシッ……。

つづいて燿子の双臀にも鞭が振りおろされた。

「ひいッ」

「ああッ……ひッ……」

万由子と燿子の裸身が鞭にあやつられるように後ろを向いた。

形よくムチッと吊りあがった双臀が、男たちの眼にさらされた。燿子も万由子も臀丘は肉がはじけんばかりで、谷間の切れこみが深く、外人女みたいだ。

「見ての通り、尻もいいですぜ、フフフ」

原田が愛想笑いしても、男たちはなにも答えない。左右の二人が真ん中のマネージャーに時々なにか耳打ちするだけで、冷たい眼を燿子と万由子の身体に向けたままだ。

原田は燿子と万由子を横向きにすると、床の上にひざまずかせた。

「フフフ、瀬島さん、あの二人を貸してもらえませんか」

原田は後ろの黒人二人を指さして、瀬島に言った。

瀬島は原田が考えていることがわかったらしくニンマリとうなずいた。

「ジョーとボブに眼をつけるとは、さすがに原田さん。フフフ、二人は我々のボディガードであると同時に、女たちの調教係でもあるんです」

そう言った瀬島が手で合図すると、二人はそれぞれひざまずいた燿子と万由子の前に立った。そして燿子と万由子の顔を見おろして、白い歯を剝いた。

「ひッ……い、いやあ……」

「いや……ゆるしてッ……あぁッ……」

燿子と万由子は悲鳴をあげて、ひざまずいたままあとずさろうとした。

だが、原田の手がそれをゆるさない。

「じっとしてろ。これから黒い肉を口に咥えておしゃぶりだ」

「そ、そんなッ……いや、かんにんしてッ！」

燿子は美貌をひきつらせ、悲鳴に近い声をあげたが、万由子は唇をワナワナとふるわせて声も出ない。

「いやならどうなるか、わかってるよな。すぐに売買の取引きに切り替えたっていいんだぜ」

「ひいッ、それだけはッ……」

「売られたら、こんなことくらいじゃすまねえんだぜ」

原田がそう言う間にも、ジョーとボブはズボンのファスナーを引きおろして、黒いのをつかみだした。

燿子と万由子はヒッと息を呑んだ。

コーラの瓶ほどもあり、先端は握りこぶしのようだ。それが黒くテラテラと光り、ジョーとボブが手でしごくとさらに膨張し、硬く屹立した。

自分のものに自信のある原田も、さすがに圧倒される。

「フフフ、黒人のは燿子も万由子も初めてか」

原田がそう言っても、燿子と万由子は血の気を失ってブルブルふるえるばかりだ。

「言う通りにすることだ。売りとばされたら毎日こんなのを相手にするかもしれねえんだぜ、フフフ。それもしゃぶるだけでなくて、オマ×コや尻の穴にだぜ」

原田が燿子と万由子の耳もとでささやき、さらにあらがいを封じる。

「思いっきりしゃぶるんだ。売りとばされたくなけりゃな」

原田の言葉と同時に、おそろしいばかりに巨大な肉棒の先端が、それぞれ燿子と万由子の口もとに突きつけられた。

「いやッ……いやあッ……」

「こわいッ……ゆるしてッ……」

反射的に顔をそむけた燿子と万由子だったが、

「ああ……」

まず燿子が両眼を閉じて、突きつけられたものにおそるおそる唇を押しつけた。

「ああ、ゆるして……ああ……」

燿子のあとを追って、万由子もむせぶような嗚咽とともに柔らかな唇を押しつけた。

ジョーとボブは立ったまま燿子と万由子を見おろして、ニヤニヤと笑った。そして燿子と万由子の黒髪をつかんだと思うと、グッと肉棒に力を入れた。

唇と歯とを押し割って、一気に押しこむ。

「う、うぐ……うむ……」

「うむ……うむッ……」

のどまでふさがれ、燿子と万由子はあごがはずれんばかりに咥えこまされて、美しい顔をひきつらせた。

3

ジョーとボブは燿子と万由子の黒髪をつかんだまま、リズミカルにゆさぶりつづけた。

二人は、咥えこまされたものの巨大さに満足に息もできない。うぐッ、ぐぐッと押しつぶされるようなうめきをもらすばかりだ。

それでも巨大な肉棒は、燿子と万由子の口に半分入っただけだ。それが好き放題に口のなかを荒らしまわった。

そしてジョーとボブのもう一方の手は、燿子と万由子の乳房をタプタプといじりまわす。乳首も引っぱられ、しごかれる。

「フフフ、そのくらいでいいだろう。そろそろ肉もとろけだしてるだろうしな」

原田に言われて、ようやくジョーとボブは黒い肉棒を引き抜いた。

燿子と万由子はハアハアとあえぎ、すぐには声も出ない。その頬をヌラヌラと光る黒い肉棒でピシッと打たれ、女二人はひぃッと泣き声をあげた。

ジョーとボブは舌なめずりをした。

「燿子はジョーに、万由子はボブに気に入られたようだぜ、フフフ」

原田は燿子と万由子をからかいながら立ちあがらせた。

それぞれ後ろ手縛りの縄尻を天井の鎖にひっかけて、裸身がまっすぐのびきるようにした。

「次はオマ×コを見てもらうんだ。股を思いっきり開きな」

原田は燿子の双臀を、つづいて万由子の双臀をピシッとはたいた。

「ああ……」

「ゆ、ゆるして……」

泣き声をあげながらも、二人は命じられるままに両脚を左右へ開きはじめた。

開いていく内腿に、フルフルとふるえる茂みに、灼けるような男たちの視線を感じた。テーブルの三人はマネージャーを中心に、上体を乗りだしてくる。そして黒人は、左右からニタニタと覗きこんでくる。

「もっと思いっきりひろげろ。そんなんじゃオマ×コが見えねえぞ」

原田がまた、双臀をピシッと平手打ちした。

「ああ……」

泣き声とともに燿子の太腿がさらに開いた。

だが、まっすぐ身体をのばして吊られた身では、せいいっぱいだ。内腿の筋がピクピクとひきつった。

「ああ、恥ずかしい……見ないで……」

「もっと開けねえならジョーに手伝ってもらうか、燿子」

「いやッ、それはいやですッ」

燿子は叫んだ。

「万由子もそんなことじゃ、ボブに開かせるぞ、フフフ」

「ひいッ……ゆるして、そんなことッ」

「もう遅い。ジョー、ボブ」

それだけでジョーとボブは原田の考えていることを理解して、すばやく各々の相方の後ろへまわった。

後ろから抱きすくめ、左右の膝の裏に両手をまわして下肢をすくいあげるように抱きあげた。幼児に小便をさせる格好で、燿子と万由子の太腿を左右へいっぱいに割りひろげた。

「いやあッ」

「あ、あ、やめてッ……いや、いやッ」

女二人はジョーとボブの腕のなかで悲鳴とともにもがいた。

いくらもがいてもどうしようもないとわかると、黒髪を振りたくって泣きはじめた。ハイヒールをはいた爪先が、むなしく空を蹴りたて、黒い腕のなかで腰がよじれた。

それまでほとんど表情をあらわさなかったマネージャーが、ようやく顔を崩した。サングラスでよくわからないが、その眼は、Mの字に開いた燿子と万由子の股間を交互に見ている。

ほとんど水平に近いまでに開ききった股間は、盛りあがった恥丘を艶やかな茂みがおおって繊毛がそよぎ、そこから縦に割れ目をあられもなく見せている。割れ目はわずかにほぐれ、ねっとりと肉襞までのぞかせて、今にも肉芽が包皮を剝いてのぞかんばかりだ。

「自分からオマ×コを開いて、奥まで見せるんだ」

原田があざ笑うように言った。

燿子も万由子も泣きながら黒髪を振りたくるばかりだ。

「それならしようがない、フフフ」

原田はわざとらしく言うと、まず燿子の股間へ手をのばした。

茂みをかきあげるようにして、割れ目をさらに剝きだしにすると、左右に指をかけて開き、肉の構造をすべてさらけだした。

「いやッ……ああッ、そんな……やめてッ」

燿子は悲鳴をあげ、もたげられた両脚をゆさぶった。

秘層はじっとりと濡れていた。そこが外気にさらされ、さらに男たちの視線が奥まで入りこんでくる。燿子は泣き声を高くした。

「いやッ、いやあ……見ないでッ……」

「感じてるじゃねえか。でかいのをしゃぶって気分が出たのか、燿子」

「ち、ちがいますッ……ああ、いやッ、いやですッ……」

「オマ×コはそうは言ってねえぜ、燿子」

原田はゆるゆると指先でまさぐった。女芯も包皮を剝いて肉芽をさらけだし、指でこすりあげる。

「か、かんにんしてッ」

ジョーの腕のなかで燿子の女体が反りかえって、腰がクリックリッとよじれた。

それを楽しみながら、ジョーは燿子の首筋に分厚い唇を押しつけ、巨大な肉棒を臀丘にこすりつける。

燿子の泣き声が、ひッ、ひッと悲鳴に近いあえぎになり、声が昂った。

「フフフ、身体は正直だぜ。オマ×コに蜜が溢れてきやがった」

燿子の媚肉が熱くたぎりだし、指先にねっとりと糸を引くのを、原田は男たちに見せつけた。

「どうです。たいした感度でしょうが、燿子のオマ×コは」

自慢しながら原田は、洗濯バサミを二つ取りだして左右から媚肉にかませた。洗濯バサミには糸が取りつけてあり、左右へピンと張って割れ目をいっぱいに開かせてから、燿子の両膝を下から抱きあげたジョーの手に持たせた。

これで原田が手を離しても、燿子の媚肉は開ききって肉の構造を見せたままだ。

「いやあ……こんなの、いやッ」

泣き声をあげる燿子を無視して、原田は今度は万由子に移った。

「フフフ、万由子は自分から開いてくれるよな」

「ゆるしてッ……いや、いやッ……」

隣りの燿子を見せられただけに、万由子は恐怖に凍りつく。

「万由子も洗濯バサミで開かれたいということか、フフフ。いちばん若いくせして好きだな」

原田はわざとらしく言って、いきなり万由子の媚肉に左右から洗濯バサミをかませた。洗濯バサミの糸を左右へ引っぱって、割れ目をひろげておいて糸の端をボブに持たせる。

「ひいッ……いやあッ」

万由子はボブの腕のなかでのけぞった。

それがボブを楽しませることになるとわかっていても、とてもじっとしていられなかった。もしボブがその気になって、下から万由子を犯そうとしたら、媚肉は開ききっていてひとたまりもないだろう。

臀丘にこすりつけられてくる黒い肉棒が、いっそう万由子の恐怖をふくれあがらせた。

「ヒヒヒ……」

ボブとジョーは白い歯を剝いて笑った。

万由子と燿子を犯す許可がおりれば、いつでも犯る気だ。

「ジョーとボブをその気にさせるとは、たいしたものだ、フフフ。ジョーとボブの女を見る眼は確かなものでしてね」

それまで黙っていた瀬島が、原田に言った。

ジョーとボブは女の品定めをする鑑定係もかねているらしい。女の肉を見抜く黒獣としての本能を見込まれたのだ。

それに較べてマネージャーと東洋系のもう一人は、冷静にメモをとったりなにか耳打ちをし、燿子と万由子の身体を念入りに品定めした。

「どうします。このまま燿子と万由子を奴に犯らせてみますか、フフフ」

原田が聞いたとたん、燿子と万由子から魂消えるような悲鳴が噴きあがった。

「ひいーッ……いやあッ、それだけはッ」

「ひッ、ひいッ……ひいーッ」

逃げられるはずもないのに二人は狂ったように黒い腕のなかでのたうった。

喜んだ二人は、許可を求めるようにマネージャーを見た。巨大な肉棒は今にも媚肉に分け入ろうとしている。

だが、マネージャーは首を縦には振らなかった。

「いきなりジョーとボブの馬並みので、せっかくの極上品をこわしたくないんでね、原田さん」

瀬島がマネージャーに代わって言った。それだけ燿子と万由子を商品として高く評価しているということか。

原田も逆らわなかった。燿子と万由子が黒人に犯されるところを見たい気はあったが、しようがない。人妻の夏子ならばなんとか受け入れられるかもしれない。

そんなことを考え、原田はグロテスクな張型を二本取りだした。

「フフフ、燿子と万由子に気をやらせてみませんか」

張型のスイッチを入れると、ジーという不気味な電動音とともに、頭が振動して胴がクネクネと動きはじめた。

マネージャーがニンマリとうなずいた。

瀬島の言葉に救われたと思ったのも束の間、燿子と万由子はまた悲鳴をあげた。

「やめてッ……そんなもの、使わないでッ」

「ああ……いや、いやッ……」

燿子と万由子は黒髪を振りたくって泣き声を大きくした。

「フフフ、こんな道具よりも、黒い生身のほうがよかったというのか」

原田は意地悪くからかってゲラゲラと笑った。

テーブルについた三人が前へ出てきて、マネージャーが原田から張型を受け取った。よほど燿子と万由子が気に入ったらしく、マネージャー自ら張型を使うようだ。

「原田さん、一人ずつ品定めをさせてもらいますよ。まずは夏木燿子のほうからとマネージャーは言ってます」

原田はニンマリとうなずいた。

ジョーに抱きあげられた燿子の開ききった股間の前に、マネージャーはしゃがみこんだ。右側には瀬島が、左側には東洋系の男が。

「いやッ……かんにんしてッ……」

燿子は美しい顔をひきつらせて、悲鳴をあげた。

4

マネージャーは、なれた手つきで、燿子の媚肉の構造を確かめるように張型の先端を柔肉のひろがりにそって、二度三度とゆっくり這わせた。

さらに剝きあげられた肉芽に、張型の淫らな振動を押し当てる。

「ああッ、いやあ……やめてッ、ひッ、ひッ、かんにんしてッ」

のけぞった燿子の口から悲鳴の入り混じった泣き声が噴きあがり、腰がはねあがる。

燿子はおそろしさに生汗がドッと噴きでた。ブルブルと身体のふるえがとまらない。

「いや、いやッ」

泣きじゃくる燿子をあざ笑って瀬島と東洋系の男が左右から乳房をいじってくる。

燿子の形のいい乳房を根元から絞りこむように揉みこんでは、乳首をつまんでしごかれた。

「フフフ、入れて欲しいんだろ、燿子。おねだりしねえか。こんなふうにシンジケートのお偉いさんがじきじき可愛がってくれるなんて、めったにねえことだぜ」

原田がそう言っても、泣きじゃくって悶え狂う燿子には、もう聞こえていない。

乳首をいじられ、バイブレーターに肉芽をいたぶられて、燿子の媚肉がジクジクと潤いはじめた。どんなにおぞましいと思っても、原田と氷室に責められて幾度となく絶頂を極めさせられた記憶が、燿子の肉をひとりでにとろけさせる。

「ヒヒヒ……」

ジョーが燿子の耳もとでなにかささやいては耳たぶをかみ、首筋に唇を押しつけた。

さっきまで血の気を失っていたのが、今では首筋まで真っ赤だ。

そして燿子の媚肉が、熱くたぎる蜜を溢れさせるのを確認してから、マネージャーはジワジワと張型の頭を柔肉のなかへ埋めこみにかかった。

「あ……ああッ、いやあッ……」

燿子は黒い腕のなかで顔をのけぞらせて、狼狽の悲鳴をあげた。張型を沈められた媚肉から脳天まで火が走る。

「やめてッ……いや、いやッ……ゆるして、ああッ、ひッ、ひッ」

「今日はどうしたってんだ。いつものように悦んでみせねえかよ、燿子」

原田が声を荒らげた。

「ひッ、ひッ……う、うむッ……」

燿子は、柔らかくとろけた肉を巻きこむようにして入ってくる張型に、総身を揉み絞った。

燿子を抱きあげたジョーは、ニタニタと笑って女体をあやすように張型を押し入れてくるマネージャーの動きに合わせた。

（いやッ、いやあッ……こんな人たちに嬲られるのは、いやあ……）

胸の内で狂おしいまでに叫びながら、燿子はいつしか受け入れようと腰がうねり、身体の奥がざわめくのをどうしようもなかった。

「そんなッ……いやあ……」

マネージャーはわざとゆっくりと沈めてくる。ゆっくりと張型の出し入れをくりかえしながら、くりかえすごとに深く入ってきた。

そして先端が燿子の子宮口に達し、ズンと突きあげた。

「ひいーッ」

燿子は眼の前が暗くなり、その闇に火花が散った。

押し入っているものに柔肉がからみつき、身体の芯がひきつるように収縮をくりかえした。今にもつきそうな感覚がせりあがった。

それでもマネージャーはさらに深く押し入れようとして、子宮が押しあげられる。

「ひッ、ひッ……あああ、あうう……」

燿子はグイグイと突きあげられつつ、ひいひいとのどを絞った。

「ああッ……ああ……」

子宮がうずき、媚肉はひとりでにうごめいてからみつき、腰とともに腹部がふいごのようにあえいだ。

「いい反応だ、これならいくらでも使い道はある。フフフ、さすがに原田さん、いい女を連れてきてくれた」

瀬島がマネージャーの言うことを通訳して原田に言った。

女を売りたいという話は多いが、これまでマネージャーの眼にかなう日本の女はいなかったという。

「これだけ顔も身体もよくて、敏感な女は貴重品だとマネージャーは言ってますよ」

「フフフ、俺たちは極上品専門のハンターでね。これからも、どんどん上玉を仕入れるから、よろしく頼むぜ」

原田の言葉にマネージャーもニンマリとうなずいた。

マネージャーはできるだけ深く張型を埋めこむと、張型は動かさずに肉芽を指先でいびりはじめた。

「あ、ひッ、ひいッ」

燿子はビクンと腰をはねあげて、顔をのけぞらせた。

あとは肉芽をいじられてあやつられるままに、ひいひい声を放った。張型を深く咥えさせられ、それを動かされずに肉芽を嬲られるのだ。しかも乳房は左右から瀬島と東洋系の男に、さっきからずっといじられている。

「ゆるしてッ……たまらない、ああ、変になっちゃうッ」

黒髪を振りたくり、ジョーの腕のなかで燿子は狂った。

たちまち、ただれるような肉の快美に翻弄された。このままひと思いに官能の絶頂に身を灼きつくすことができれば……。だが、張型は深く埋めこまれたまま、まったく動く気配はない。

（ああッ、どうして……）

燿子は我れを忘れて張型の抽送を求めるように、自ら腰をゆすりたてた。

これでは、火をつけられたまま、じらされているのと同じだ。もう硬くとがった肉芽はマネージャーの指先で血を噴かんばかりで、ヒクヒクとおののいている。

「いや……ああ、いや……」

やがて燿子はグラグラと頭をゆらしながら、ヒクッ、ヒクッと力なく痙攣しはじめた。

「フフフ、おねだりしねえからだよ、燿子」

原田がせせら笑った。

それが聞こえているのかいないのか、

「……ああ、おねがい……も、もう……イカせて……」

燿子は口の端から涎れを溢れさせて、うつろに求めた。

マネージャーは瀬島や原田らと顔を見合わせて、ニヤニヤと笑った。燿子がここまで反応を見せることに、上機嫌だ。

「まったくすばらしい女ですね、原田さん。オマ×コもいいし、身体つきといい表情といい男心をそそる、フフフ」

瀬島が手ばなしで燿子をほめた。

原田はニンマリと笑うと、黒髪をつかんで燿子の顔を覗きこんだ。

「フフフ、シンジケートがどうしても燿子を売って欲しいと言ってるぜ」

「そんな……いや、それだけはッ……約束がちがいますッ……ああ……」

　ゆるゆると動きはじめた張型に、燿子の声は途中から言葉にならなくなった。

「俺は燿子を売る気はなかったんだが、こう気に入られちゃな……燿子が売られてもいいなら、こっちはかまわねえぜ」

　燿子しだいだと原田はしらじらしく言った。

「燿子がシンジケートに売られてもいいと思うまでは、気をやらせてもらえねえぜ」

　原田がそう言う間も、マネージャーはわざとゆっくり、ゆるゆると張型をあやつった。絶頂へと昇りつめるにはもの足りないが、官能の火に油を注がれていっそうやるせなさがふくれあがる。

「そんな、そんなッ……売られるのは、いや、いやです……」

「オマ×コがそんなにドロドロになって、いつまで強情を張っていられるかな」

瀬島は余裕たっぷりに笑った。

燿子は黒髪を振りたくった。

張型はゆるゆると官能をあぶってじらしてくる。

「なかなか強情だ、フフフ。ますます気に入りましたよ。心はなかなか屈せず、身体はできる限り淫らに、そういう女こそ価値があるとマネージャーは言ってます」

瀬島が通訳した。

「あ、ああ、たまらないッ……ゆるして……もう、かんにんしてッ……」

燿子は耐えきれないように叫んだ。

もう頭のなかは官能の渦と満たされないもどかしさにドロドロになった。

そして燿子は錯乱のうちに屈服した。

「してッ、もっとッ……ああ、おねがい、イカせてッ」

「それじゃ自分から売られていくというんだな、燿子」

原田に顔を覗きこまれて、燿子はガクガクとうなずいた。

「ど、どうにでもしてッ……燿子、売られても、いいッ……」

燿子は張型をキリキリとくい締め、ガクガクと腰をゆすりながら、我れを忘れて絶叫した。自分でもなにを叫んでいるのかわからない。

それを聞いたマネージャーは張型の動きを大きくした。不意にバイブレーターの振動とうねりが燿子をおそった。

「あ、あああッ……あああッ……」

黒い手で左右に抱きあげられた両脚を内へひきつらせて、燿子は激しくのけぞった。背筋を電気が走り、張型に突きあげられてこねまわされる媚肉が、痙攣と収縮とをくりかえした。

「ひいッ……ひいーッ、死ぬッ……あ、あああ、イッちゃうッ……」

悲鳴に近い叫びを絞りだして、燿子はガクン、ガクンと腰をはねあげた。そして汗と蜜とをドッと噴いて、総身をおそろしいばかりに収縮させ、突きあげるものをキリキリくい締めた。

さらに二度三度と痙攣をくりかえし、ガックリと身体から力が抜けた。

バイブレーターのスイッチを切って、マネージャーはゲラゲラと笑った。他の者も皆、ゲラゲラと笑った。

「気のやりっぷりもいい、ヒヒヒ。これはまったくたいした極上品だ」

東洋系の男が言った。

「フフフ、それじゃ次は女子大生の深町万由子といきますか」

原田がマネージャーたちを誘った。

「いやあッ」

万由子が魂消えるような悲鳴をあげて、ボブの腕のなかでもがいた。

さっきから隣りでマネージャーたちに嬲られる燿子を見せつけられ、生きた心地もなかった万由子だ。

「いや、いやあッ……たすけて……」

「フフフ、いやがってばかりいねえで、うんと気分を出すんだ。強情を張ってると、燿子みたいにじらされて、万由子もシンジケートに売られることになるぜ」

「ひいッ……それだけは、ゆるしてッ」

「売るかどうかは、今からそのオマ×コに聞いてやるぜ、フフフ」

マネージャーが万由子の前にしゃがみこみ、東洋系の男と瀬島が左右に陣取るのを見て、原田はうれしそうにせせら笑った。

5

そのころ、隣りの部屋では夏子が崩れた化粧を綺麗に直された。黒髪にはブラシがかけられる。

「もう泣くな。高く売れるように、せっかく綺麗にみがきあげたんだぜ」

氷室が夏子の顔を覗きこんで、ニヤニヤと笑った。

「ああ……」

夏子はもう涙も枯れ果て、歯がカチカチと鳴って身体のふるえがとまらない。

「綺麗だ、奥さん。いいとこの人妻って、どんな男でもそそられるぜ。できるだけ高く売ってやるからよ」

「いやッ……」

夏子はかぶりを振って、キリキリと唇をかみしめた。

「か、かんにんして。どんなことでもしますから……ああ、売られるなんて、いやです。おねがい……」

夏子は後ろ手に縛られた裸身で、必死に氷室にすがった。

女体の競り市、おそろしい黒人を見せられた夏子は、そんな目にあわされるくらいなら、辱しめにも耐えられると思った。

「売らないで……ああ、いや、いやです……かんにんして……」

夏子は必死に哀願し、また泣きだした。

「今度化粧が崩れたら、売る前に黒人のおもちゃにするぞ」

「ひッ……」

夏子はキリキリと唇をかんだ。

いっそこのまま死んでしまいたいと思うが、三歳の女の子を残して、とても死ねない。

「フフフ、このムチムチした身体にいくらの値がつくか、楽しみだぜ。なんたって、どんなことでもできる牝として売りだしてるんだからよ」

氷室は夏子の乳房から腰、双臀へと撫でまわし、ネチネチとしゃべりつづける。

「奥さんの場合は簡単に売りとばしちゃおもしろくねえ。趣向をこらして、じっくり売ってやるからな」

時計を見ながら氷室は言った。そろそろ燿子と万由子の品定めも終わり、取引きに入っているころだ。

部屋の防音装置がしっかりしているのか、隣りの声はまったく聞こえない。

隣りの部屋では、万由子が屈服するのにさほど時間はかからなかった。激しかった責めを物語るように、万由子はグッタリと縄目に裸身をあずけ、放心状態だった。

全身びっしょりの汗で、まだ張型を咥えさせられたままの媚肉をヒクヒク痙攣させている以外は、死人みたいだ。

「こっちもたいしたもんだ。まだ若いし、少し仕込めば極上品になる」

東洋系の男がニヤニヤと笑って、流暢な日本語で言った。

マネージャーも瀬島も、万由子のことも大いに気に入ったようだ。

ボブがすばやく万由子にさるぐつわをかませた。燿子のほうはすでにさるぐつわがされている。せっかくの商品に舌でもかまれたら大変だからだ。

マネージャーと東洋系の男、そして瀬島は満足げにテーブルにもどった。

「それでは取引きに入りましょうか、原田さん。まず夏木燿子のほうですが……」

瀬島はそう言って、マネージャーのほうを見た。マネージャーが指をかざしてみせた。

「千五百万でどうです」

瀬島はズバリ言った。

「なんたってこれだけの上玉だから、二千万はもらわなくちゃ」

原田はふっかけたつもりだったが、マネージャーはニンマリとうなずいた。

それで決まりだった。原田にしてみれば千万ちょっとぐらいを予想していただけに、笑いがとまらない。

「それじゃ次は深町万由子ですが、二千二百万で手を打ちませんか」

瀬島の言葉に原田は異論のあるはずはなかった。

万由子のほうが燿子よりも二百万高いのは年が若いせいか……。原田はそんなことはもう、どうでもいい。

東洋系の男が原田の前にトランクを置いた。札束がぎっしりつまっている。

「合計で四千二百万、数えますか」

「その必要はねえだろう、フフフ。これでもう燿子と万由子はそちらのものだぜ」

原田はトランクを受け取り、ジョーとボブがマネージャーの命令を受けて燿子と万由子を抱きあげた。

「うむ、うぐぐ……」

「うむむ……」

さるぐつわの下から燿子と万由子のくぐもったうめき声があがり、救いを求める必死の眼が原田を見た。

原田は冷たくあざ笑った。

ジョーとボブはうれしそうに燿子と万由子を肩にかつぐと、さらに奥の部屋へと姿を消した。燿子と万由子のうめき声も、ドアが閉まると聞こえなくなった。

「さてと、あとは人妻でしたね、フフフ。さっそく品定めといきますか」

瀬島が原田をうながした。

原田はニンマリとうなずくと、

「今と同じような品定めをするんじゃおもしろくねえぜ、フフフ。少しばかり趣向を変えて、ジョーとボブの二人に人妻をレイプさせるってのはどうだ」

「しかし、せっかくの商品がいきなりでは」

「なあに、夏子は子供を生んだ人妻だぜ。馬並みのでかいのだってこなせるはずだ」

今度は自分の言う通りにやらせてくれ……原田にそこまで言われて、マネージャーと瀬島らはまかせることにした。

ジョーとボブがもどってくると、原田はドアを開けて氷室に声をかけた。

「いよいよ出番だぜ。奥さんをこっちへ連れてこいや」

「聞こえただろ、奥さん。売られる時がきたんだぜ、フフフ」

氷室はニンマリと笑って、後ろ手縛りの夏子の裸身に手をかけた。

夏子は悲鳴をあげた。

「こわいッ……行かせないでッ、いやッ……」

裸身を強張らせて両脚を突っぱり、夏子は連れていかれまいとあらがった。

「往生際が悪いぜ、奥さん」

「だ、だってッ……ああ、いやですッ、かんにんしてッ」

「しようがねえな。原田、手をかしてくれ」

氷室に言われて原田はニヤニヤして入ってくると、夏子の身体に手をかけた。

「フフフ、そのくらい抵抗してくれたほうが、ジョーとボブも喜ぶかもな」

「せいぜい高く売れるように、人妻のよさってのを見せつけてくれよ、奥さん」

原田と氷室は左右から後ろ手縛りの夏子の腕を取って、引きずるようにしてドアをくぐった。

マネージャーたち三人のつくテーブルの前へ、夏子を突きとばした。

「ああッ……」

眼の前の三人に夏子はおびえた声をあげて、あわててあとずさった。

だが次の瞬間、左右に黒人のジョーとボブがいるのに気づいて、夏子は戦慄の悲鳴をあげた。

ジョーとボブは黒い肌を光らせ、その股間に巨大な肉棒を屹立させていたのである。

これからなにをされるのか、二本の黒い肉棒がすべてを物語った。

「ひいーッ……いやあッ……」

夏子ははじかれるように逃げた。

だが部屋には窓ひとつなく、二つのドアは固く閉められている。

ジョーとボブは両手をひろげ、巨大な黒い肉棒を誇示するようにゆすり、ジワジワと夏子に迫った。夏子の前と後ろを、あるいは右と左をというように固め、二人の描く円のなかで夏子は踊らされている。

時々スッと手をのばして、夏子の乳房や双臀に触れて、ジョーとボブはうれしそうにゲラゲラと笑った。

「いや、いやッ……ひいッ、たすけてッ……かんにんしてッ」

夏子は悲鳴をあげながら、右に左にと逃げまわった。

それがマネージャーらテーブルについた三人と、原田と氷室の眼を楽しませた。

豊満な乳房とムチッと見事なまでの肉づきの双臀。つきたてのモチみたいだ。くっきりとした燿子や万由子の曲線に較べて、どこかぼんやりとけぶるようだ。ムンムンと女の色気が匂う。すべてが熟しきっている。

「フフフ、やっぱり奥さんには黒人が似合うぜ」

「ジョーとボブの奴、じっくり楽しんでやがる」

氷室と原田はそう言いながらも、さすがに声がうわずった。ジョーとボブがどんなふうに夏子を犯すか、そして夏子がどうなるか、もう眼が離せない。

「たすけて、氷室さんッ……ああ、おねがいッ……原田さんッ」

夏子は必死に氷室と原田に救いを求めるが、ジョーとボブは巧みに夏子を氷室と原田には近づけさせない。

なにやら盛んに淫らな言葉を夏子に投げかけ、追いつめては肌をまさぐり、またわざと逃がすことをくりかえした。

「いや、いやあッ……たすけてッ……」

夏子は逃げながら泣きだした。膝とハイヒールとがガクガクして、足がもつれてフラついた。

もっと抵抗して逃げまわれというように、ジョーとボブは夏子の白い双臀を黒い手でバシッ、バシッとはたいて追いたてた。

そうやってさんざんもてあそんでから、ジョーとボブは夏子をマネージャーたち三人のテーブルの前へ引きだした。

「いやッ、いやッ」

夏子はなんとか逃れようともがき、悲鳴をあげて泣き叫ぶ。

だが、プロレスラーのような二人につかまえられていては、ただ黒髪を振りたくって腰をよじり、両脚を突っぱることしかできなかった。その夏子の黒髪をジョーがつかんで、顔をマネージャーたちのほうへさらした。

ボブは縄に絞りこまれた夏子の豊満な乳房を、黒い手で下からすくいあげるようにしてゆさぶったり、わしづかみにした。

「ひッ、ひいッ……かんにんしてッ……」

マネージャーを中心に瀬島と東洋系の男の三人は、夏子の裸身を舐めるように見ては、なにか互いにヒソヒソと話し合い、メモをとったりしている。夏子の商品としての鑑定を行なっている。真剣なのはそれだけ評価も高いということだ。

この男たちもまた、おそろしい変質者なのだ。いや、原田や氷室よりもずっとおそろしい男たちだということが、夏子は本能的にわかった。

「たすけてッ」

ジョーの黒い手が、夏子の股間にのびて茂みをいじりはじめた。指先で繊毛をかきあげ、かきまわし、引っぱってはゲラゲラと笑った。

6

ジョーとボブは夏子に後ろを向かせ、見事なまでの肉づきを見せる双臀もさらしてみせた。

九十センチはあるだろう。ムチッと盛りあがった夏子の双臀はシミひとつなく、高く吊りあがってムンムンと官能味があふれる。

「いい尻だ……」

思わず瀬島から声が出た。

ボブは夏子の双臀を下からすくいあげるようにしてゆさぶり、指先をくいこませてゆすり、さらにバシッ、バシッとはたいた。

ブルンと尻肉がふるえ、臀丘の谷間がキュウと締まるのがたまらない。

「いやッ、いやッ……」

夏子はなす術もなく、みじめに泣き声をあげた。

ジョーとボブは顔を見合わせてニヤリとすると、ジョーが夏子の腰を腋に抱きこむようにして上体を前へ倒させ、双臀を後ろへ突きださせた。

「ああ、なにをするのッ……」

夏子がそう叫ぶ間にも、ボブの手が臀丘の谷間を割りひろげた。

「いやあッ」

戦慄に夏子は絶叫した。黒人たちの興味が肛門にあることを知って、夏子は総身が凍りついた。

「そんなッ……そこは、いや、いやあッ……かんにんしてッ」

夏子の悲鳴をあざ笑うように肛門が剝きだされて、マネージャーたちの眼にさらされた。

可憐なまでにすぼまった夏子の肛門がさらにキュウと締まって、とても浣腸やアナルセックスの経験があると思えないたたずまいだ。

「綺麗なアヌスだ。こりゃアヌスマニアにはたまらないねえ、フフフ」

瀬島がニヤニヤと笑って言い、マネージャーの口からも感嘆の言葉がもれた。

白い夏子の臀丘はその谷間を底まで黒い指に押しひろげられ、秘められた排泄器官をさらけだされている。どんな男でもそそられずにはいられない。

ボブはじっくりとマネージャーたちに見せてから、その前にしゃがみこんだ。臀丘の谷間を両手で割りひろげたまま、不意に顔を埋めた。分厚い唇をとがらせて、夏子の肛門に激しく吸いつく。

「ひいッ、ひいーッ」

まるで電気にでも触れたように、夏子はガクガクと腰をはねあげた。

「やめてッ……いやッ、いやあッ……ひッ、ひッ、かんにんしてッ」

いくら腰をよじっても、ボブの唇は蛭のように吸いついて離れない。おいしいものでもすするように音をたてて吸い、舌先で揉みほぐすように舐めてくる。

「ひッ、ひいッ……いやあッ……ひいーッ」

夏子の悲鳴は途中から、くぐもったうめき声に変わった。

夏子の口にはジョーの分厚い唇がかぶりついてきた。

「うむ、ううむッ」

夏子は眉間にシワを刻んでうめいた。

必死に閉ざした唇も、かみしばった歯も、たちまちジョーの舌にこじ開けられた。舌をからめ取られて激しく吸われて、夏子はふさがれたのどの奥で泣き声を絞った。ドロドロと唾液を流しこまれ、口のなかをかきまわされる。

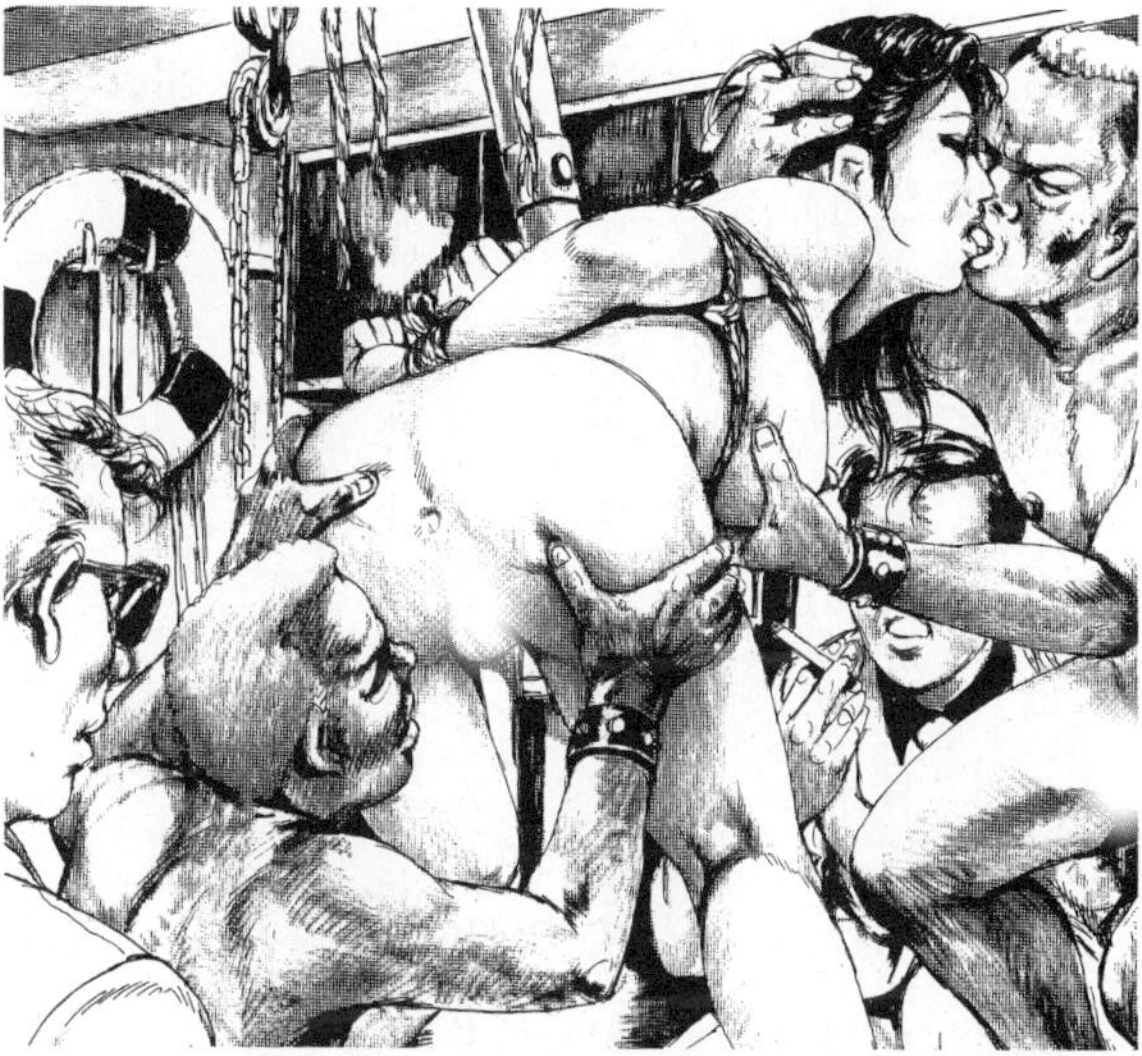

「うむむッ……うぐぐ……」

黒人に肛門を舐めまわされながら、さらに口まで吸われ、夏子の身体からあらがいの力が抜けていく。

「フフフ、いきなり尻の穴を舐めるとは、やるじゃねえか。さすがに夏子の扱い方を知ってやがる」

「白に黒ってのはたまらねえな、フフフ。まして黒二人とくりゃ、最高だぜ」

原田と氷室はくい入るようにながめつつ、眼の前の光景に恍惚となる。

長い口づけが終わってジョーがようやく口を離すと、夏子はもう頭をグラグラゆらすばかり。ブルブルとふるえる裸身には、ねっとりと汗をかいている。

ボブも夏子の肛門から口を離した。

「ヒヒヒ……」

ベトベトと、分厚い唇で、ボブはうれしそうに舌なめずりした。

夏子の肛門もベトベト。さっきまですぼまっていたのが嘘のように、ボブの唇と舌とで揉みほぐされてふっくらとゆるんだ。ヒクヒクとあえぐようにうごめくのが妖しい。

その夏子の肛門にワセリンをたっぷりとすくい取ったボブの黒い指が押し当てられた。

「ああ……」

夏子の裸身がジョーの腕のなかでビクッとふるえた。

黒い指がジワジワと夏子の肛門を貫いた。揉みほぐされる肛門は、驚くほどの柔らかさでボブの指を受け入れていく。

「あ、ああッ、やめて……そこはいや、いやッ……しないでッ……」

「ヒヒヒ……」

ボブは舌なめずりするばかりだ。

ジョーのほうは黒い手で夏子の乳房をタプタプ揉みしだきはじめた。

「ああ、いやッ……あぁッ……」

たちまち指の根元まで沈んでしまうと、今度はその指がゆっくりまわされ、回転しながら抽送された。指先を曲げて、夏子の腰を吊りあげるような真似さえした。

黒い指が一本、夏子の肛門に入っているというだけで、夏子の白い双臀はひときわ悩ましい。原田と氷室にとっても、これまでにない新鮮さだ。

ボブがなにかマネージャーに向かって言う。

「フフフ、クイクイ締めつけていいアヌスだとボブがほめてるんですよ。これだけ締められりゃ、並みの男はひとたまりもない、ともね」

瀬島は夏子にボブの言葉を聞かせる。

「そうだろう。尻の穴が奥さんのいちばんのセールスポイントだもんな、フフフ」

「きつく締まるだけでなく、太いのだって楽に呑みこむからな」

原田と氷室が自慢げに言った。

「ぶちこむのが楽しみだとボブは言ってますよ、フフフ」

やはりボブは夏子にアナルセックスをいどむ気だ。

だが、今の夏子は泣き、うめき、ハアハアとあえぐばかりで、男たちの話も聞こえないようだ。

そうしてるうちにも、ボブの黒い指は一本から二本になろうとした。

「ああッ……やめてッ、ああッ……」

指を一本呑みこんだ夏子の肛門が、さらにジワジワと押しひろげられていく。

「いやあ……」

「指二本くらい楽に入るはずだぜ。オーバーに騒ぐんじゃねえよ」

「う、うむ……痛い……」

「痛いわけねえだろうが。どうしても開かねえのなら、浣腸してやろうか」

原田と氷室が意地悪く夏子をからかい、せせら笑った。

夏子の肛門は二本の指を呑みこんでいびつに開き、ヒクヒクと痙攣を見せる。二本の指がまわされ、ねじり合わされるたびに、肛門がゆがんで形を変えた。

「ああッ……や、やめてッ……指を動かさないでッ……」

「ヒヒヒ……」

「ああッ……ひッ、ひいッ……」

二本の指は夏子の肛門をさらにひろげようと、なかで開くことさえした。

夏子はドッとあぶら汗にまみれ、白眼を剝いてひいひいのどを絞る。

肛門をいじりまわされているというのに、身体の芯が熱くとろけだすのが夏子にはおそろしい。いくらこらえようとしても、原田と氷室に教えこまれたA感覚が、ひとりでに反応してしまう。

腹のなかが火になって、ドロドロとあふれだす。一度感じてしまうと、とめる術がなかった。

「かんにんして……もう、かんにん……」

夏子のあらがいだけでなく、声まで力を失ってどこか艶めいた。

夏子の美貌が汗のなかに上気し、身体じゅうが匂うような彩色にくるまれていくのが、見ている男たちにわかった。

「も、もう、ゆるして……お尻は、いや……もう、いや……」

「なに言ってやがる。奥さんはこれから尻の穴で奴の相手をすることになってるのによ、フフフ。これからじゃねえか」

なにを言われているのかわからなかった。

次の瞬間、夏子の唇がワナワナとふるえたかと思うと、

「いやあッ」

夏子は魂消えんばかりに絶叫した。

黒人の肉棒の巨大さはもう充分に見せつけられている。そんなもので肛門を貫かれると思うと、夏子の身体が恐怖に凍りついた。

「ゆるしてッ……いやあッ、それだけは、いやあッ……」

夏子はたちまち生きた心地がなくなった。

それをあざ笑って肛門のなかでねじり合わされ、抽送される二本の黒い指に、夏子の悲鳴が途切れた。

「まるで殺されるような騒ぎだな。あばれれば、かえってつらいだけだぜ、奥さん」

「どうあがいたって、奥さんは黒人に尻の穴を串刺しにされるんだからよ」

あざ笑う原田と氷室の声も、さすがにうわずっていた。

いくら夏子の肛門がとろけて二本の指を受け入れるとはいえ、ボブの肉棒の巨大さに較べればあまりにも小さく、それを受け入れるにはいたましすぎる。

それが見る者の嗜虐の欲情をそそった。

不意に二本の指が引き抜かれたと思ったら、代わってボブの巨大な肉棒の先端が夏子の肛門に押しつけられた。

「ひいッ……いやッ、ああ、いやあッ……た、たすけてッ……」

逃げようとよじりたてられる腰はジョーの黒い手でがっしり押さえつけられ、臀丘を割りひろげられた。

ボブは肉棒の先端で夏子の肛門を揉みほぐすようにして、ジワジワと力を加えた。

「あ……いやあッ、こわい……ひッ、ひッ」

夏子の腰がビクッと強張った。

次の瞬間、夏子の美貌が激痛にゆがんだ。

「痛いッ……ひッ、ひいッ、裂けちゃうッ……たすけてッ」

押しひろげられる肛門が、激痛にミシミシときしんだ。

「うむ……ううむッ……」

キリキリと歯をかみしばり、ブルブルとふるえる身体が、みるみるあぶら汗にまみれた。

巨大な肉棒はとても一度では入っていかず、ボブは刺し引きを何度もくりかえし、少しずつすすませた。

そして夏子の肛門は極限まで押しひろげられて、黒い肉棒の頭を呑みこもうとした。

「う、うむッ……」

夏子の眼の前で火花がバチバチと散った。

7

巨大な黒い肉棒は根元まで入って、夏子を身動きひとつできない状態に縫いつけた。夏子の肛門は五、六センチは拡張されて、二十五センチ近く入れられただろうか。

「うむ……ううむ……」

夏子はキリキリと歯をかみしばり、それでも癒えぬ苦痛に口をパクパクさせ、耐えきれないようにのどを絞った。

「見事に入ったもんだ」

瀬島がうなるように言った。東洋系の男がうなずいた。

「よほどアヌスの伸縮性がよくなければ……裂けていないのだからすごい」

瀬島の言葉にマネージャーもうなずく。三人とも夏子にすっかり魅せられた。

それに対して原田と氷室は、身を乗りだして息を呑んで見つめた。

夏子の肛門が今にも裂けそうに、黒い肉棒をせいいっぱい受け入れた。

ボブは夏子の肛門を深く貫いたまま、まだ動こうとしなかった。夏子のきつい締めつけをじっくりと味わっている。

「……かんにんして……裂けちゃう、うむ……苦しい……」

夏子は息も絶えだえだ。

内臓まで征服され、黒いものが胃を押しあげて口から出てきそうだ。

ボブとジョーが互いに顔を見合わせて、ニヤリと笑った。なにも言わなくても、互いの考えていることがわかるようだ。

ボブが夏子の腰を両手でつかんでいっそう深く抱きこむと、ジョーが夏子の上体を起こして立たせた。

「あ、ああッ、いやあッ……ううむ……」

身体の姿勢を変えられ、ぴっちりと肛門に咥えこまされた肉棒が微妙に動く感覚に、夏子は悲鳴をあげた。

まっすぐ立った夏子を、ボブが後ろからまとわりついて肛門を犯している格好になった。そのままボブは夏子の正面がマネージャーに向くように、ゆっくりとまわった。

「あ、いやッ……」

正面にマネージャーや瀬島、東洋系の男の三人を見ることになって、夏子はあわてて顔をそむけた。それでも顔や乳房、腹部に茂みと夏子は身体を隠しようがなかった。

ジョーが夏子の足首をつかんで左右へ大きく開いた。そして開脚棒をはめた。

「ああ、そんな……ゆるして……」

夏子は黒髪を振りたくった。

肛門が犯され裸身の正面をさらされるおそろしさ、恥ずかしさ。

男たちが今どこを見ているか、夏子は痛いまでにわかる。剝きだされた媚肉が火になった。

(いやッ……ああ、こんなことって……黒人にお尻を犯されて、見世物にされているというのに……)

夏子は黒髪を振り払って打ち消そうとするが、どうしようもない。

ボブが少しでも動くと、思わず身ぶるいが出て蜜が溢れ、声をこらえきれなくなった。

待っていたように、ジョーが夏子の股間へ手をのばし、媚肉の割れ目を左右へ押しひろげて、マネージャーたちに見せた。

「……いや……ああ、いや……」

夏子のあらがう声も弱々しい。

マネージャーたち三人は、くい入るように夏子の媚肉を覗きこんだ。原田と氷室も左右からいっしょになって覗く。

「フフフ、どうです、奥さん。こんなふうにオマ×コの品定めをされる気分は」

「品定めなんかよりも、オマ×コに太いのを咥えこみたいんじゃねえのか」

「おねだりしたっていいんだぜ、奥さん。犯す奴はもう一人いるんだからよ、フフフ」

瀬島と原田、氷室はいっしょになって夏子をからかった。

「いいオマ×コだ。これで子供を生んだとは……本当なのか」

東洋系の男は、夏子が人妻だというのが信じられない顔をしている。

実際、ムンムンと匂うような色気を除けば、剥きだされた夏子の媚肉は色も形も崩れていない。それがしとどに蜜をたぎらせている。

しかしなにかを咥えこもうとうごめく肉襞は、ヒクヒクとざわめいて蜜を吐き、熟しきった人妻らしさを見せた。

ボブがゆっくりと動きだすと、たちまち媚肉はざわめきを露わにして収縮を見せ、さらに蜜を溢れさせた。

「ああ、動いちゃ、いや……ああ、いや、いやあ……」

たちまち夏子の息が火になって、ボブにあやつられるままに声をあげて、肉の人形のように身悶えた。

「いや、いやッ」

「なにがいやだ。こんなにオマ×コをヒクヒクさせてよ。気持ちいいんだろ、奥さん」

氷室がせせら笑えば、原田も負けじと、

「まず尻の穴に咥えこんでおいて、オマ×コを濡らすとは奥さんらしいぜ。ボブの太いのがそんなにいいのか」

「ああ、もう、かんにんして……いや、これ以上は……ああ……」

夏子は息も絶えだえに泣き、うめいた。

巨大な黒い肉棒が肛門を突きあげると、夏子は腰から下がバラバラになりそうだ。ぴっちりと咥えこまされた肛門の粘膜が、黒い肉棒が出入りするたびに引きずりだされたり、めくりこまれたりをくりかえす。

それにつられるように放っておかれている媚肉がうごめき、ジクジクと蜜を溢れさせる。

豊満な乳房は汗にヌラヌラと光って乳首をツンととがらせ、グラグラと頭をゆらす美貌は苦痛と快感とで妖しいまでの美しさだ。

ボブはすぐに腰の動きをとめた。そしてジョーが夏子の媚肉を両手でくつろげ、さっきよりもいちだんと熟した肉を見せつけた。

「これはすごい、フフフ、なにか咥えたくてオマ×コをそんなにヒクつかせている。欲張りな人妻だ」

「あんまり初めからじらすと、本当に気が狂うかもしれんぞ」

瀬島と東洋系の男が言うと、ボブはわかっているというようにニンマリとうなずいた。

夏子は肉芽も露わに、血を噴かんばかりに充血させてツンと屹立させ、それをジョーが指ではじくと、

「ひッ、ひぃーッ」

今にも気がいかんばかりにのどを絞り、汗まみれの裸身に痙攣を走らせた。

ジョーとボブはゲラゲラと笑った。

「カモン、ジョー」

ボブがジョーを誘った。

ジョーはニタリと白い歯を剝くと、長大な黒い肉棒をつかんで正面から夏子にまとわりつこうとした。

「そ、そんなッ……いやあッ」

なにをされようとしているのかわかって、夏子は絶叫した。

「いやッ、いやあッ……死んじゃうッ」

腰をよじってジョーを避けようとしても、夏子の身体は肛門を貫いた肉棒でがっしりとつなぎとめられている。

しかも股間は開脚棒で開ききって、逃れる術はなかった。

「ひいーッ……ひッ、ひいい……」

長大なものが前から媚肉に分け入ってくる。夏子は悲鳴を噴きあげた。

ジワジワともぐりこみ、薄い粘膜をへだてて肛門の肉棒とこすれ合う。

「ひいい……死ぬッ、死んじゃう……」

身にあまる巨大なものが前と後ろとでこすれ合うたびに、バチバチと火花が散った。

「すっかり呑みこみやがったぜ。さすがに人妻だな、フフフ」

「サンドイッチでも黒人二人となると、さすがにすげえな」

原田と氷室はくい入るように覗きこんで、圧倒されている。

黒い巨体の間で夏子の白い女体が泣き悶えている。

ギシギシと揉みつぶされ、前から後ろから貫かれる。

黒と白が鮮明な対比を見せているだけに、これほど二人の男に前後から犯されているひとりの女を実感させるながめはないだろう。

「ああッ、たすけて……ひッ、ひいッ……」

夏子はジョーとボブの間で裸身をきしませながら、半狂乱に泣きわめいた。身体じゅうが灼けただれ、満足に声も出なくなって息すらできない。のけぞらせた口の端から、涎れが糸を引いた。

ボブとジョーはニタニタと笑って、余裕をもって夏子を責めている。初めてなので夏子をこわさないように手加減しているのだ。

前から後ろから同時に突きあげられ、口もとまで串刺しにされたようで、夏子の裸身が浮きあがる。

「うむ、ううむ……たまらないッ、ひッ、ひいッ……」

汗びっしょりの夏子の裸身が、黒い巨体の間で浮きあがったままブルブルと痙攣した。ハイヒールをはいた両脚が突っぱり、顔がのけぞる。

(おお、気をやるのか……)

見ている者は皆、我れを忘れて身を乗りだした。

もう夏子はまわりから見られていることも、黒人にサンドイッチにされて犯されていることすら忘れ、錯乱状態だ。そんな夏子をボブとジョーはゆっくりと追いつめていく。

ガクガクと夏子の裸身がのけぞった。

次の瞬間、夏子は声にならない声を絞りだして白眼を剝き、総身をキリキリ収縮させた。身体の芯から脳天まで火柱が走って、白く灼けつきた。

夏子がグッタリと崩れる余裕も与えず、ボブとジョーはニタニタと責めつづける。

前後から夏子の耳もとに、盛んにささやいた。

「フフフ、奥さん、ボブとジョーはまだこれからだと言ってますよ。奥さんのオマ×コとアヌスの具合がよくて、ひどく気に入ったようですよ」

瀬島が意地悪く通訳した。

「いや、いやッ……」

夏子がまた悲鳴をあげだした。

「もう、かんにんして……夏子、こわれちゃう……いや、いやッ……」

「フフフ、奥さんは黒人との相性がいいようじゃねえか。すげえ悦びようだったぜ」

「いや……休ませてッ……」

「休みなんか必要ねえよ。ジョーとボブは五時間や六時間ぶっつづけなんてのは、当たり前のことだからよ」

氷室と原田も夏子をからかった。

「いや、いやッ……かんにんしてッ、死んじゃう……」

泣き叫んだ夏子だったが、その声もすぐに、身も心もゆだねきったようなすすり泣きに呑みこまれた。

「からみを見物しながら取引きの交渉といきませんか」

瀬島が聞いた。

「そうだな、フフフ、この分じゃ、からみのほうは長びきそうだしな」

「レイプされている奥さんを見ながら、交渉するのも、売るって感じが出ておもしれえかもな」

原田と氷室はニヤニヤと笑って応じた。

瀬島はマネージャーと東洋系の男と三人で、ヒソヒソ相談しはじめた。

「そちらの希望額はいくらかとマネージャーが聞いています」

「五千万だ」

原田は思いきってふっかけた。

とんでもないというように、マネージャーがオーバーなゼスチュアをした。

「いくらなんでも高すぎますよ、原田さん。二千万でどうです」

「二千万はねえだろう。見ての通り、あれだけいい身体をして、奴ら二人の相手だっ

てできるんだぜ。しかも人妻だ」

「それじゃ二千五百万でどうですか」

そんなやりとりが聞こえるのか、夏子の泣き声が高くなった。ただれるような肉の快美と、売られる恐怖とが入り混じった泣き声だ。

「ひッ、ひいッ……あううッ……」

夏子の身体は、黒い巨体の間で揉みつぶされるようにギシギシと鳴っていた。

「殺してッ……いっそ殺してッ」

泣きわめきながら、やがて夏子はなにもわからなくなった。

…………

船の汽笛が港に響きわたった。夏子と燿子、そして万由子を乗せた貨物船が出航したのは、三日後のことであった。

（完）

本作は『悪魔の淫獣（上）美人秘書・肛虐せよ！』『悪魔の淫獣（下）人妻奴隷・肛姦せよ！』（結城彩雨文庫）を再構成し、刊行した。

フランス書院文庫X

【完全版《かんぜんばん》】悪魔《あくま》の淫獣《いんじゅう》

著　者　結城彩雨（ゆうき・さいう）
挿　画　楡畑雄二（にれはた・ゆうじ）
発行所　株式会社フランス書院
東京都千代田区飯田橋3－3－1　〒102-0072
電話　03-5226-5744（営業）
　　　03-5226-5741（編集）
URL　https://www.france.jp
印刷　誠宏印刷
製本　若林製本工場

ISBN978-4-8296-7941-8 C0193